# 權力巔峰

SUPREME POWER

卷11 悶棍女王

夢入洪荒 著

# 目錄

Contents

# 第一章

# 市政廣告

廣告拍完，工作人員都驚呆了，柳擎宇要拍的竟然是這樣的一則廣告。早上八點到晚上十一點，這可是十五個小時啊！尤其是他還公布了他的手機號碼，難道他不怕老百姓三更半夜打給他，或是故意電話騷擾嗎？

柳擎宇接過履歷，飛快的掃了一下，立刻對兩人的情況瞭解清楚，點點頭道：「曉軍主任，你去找他們的時候，這兩位副台長都處於什麼狀態？」

宋曉軍回道：「柳書記，我去的時候，這位副台長徐傳勝正在伏案撰寫瑞源縣下一階段宣傳方案，另一位副台長賈世寶正在聽取下屬的工作彙報。」

柳擎宇看向徐傳勝道：「徐同志，出於吳中凱和兩位副台長上班時間打麻將，嚴重違紀，已經被就地免職，現在就由你暫代台長職務、賈世寶同志擔任第一副台長，至於空缺出來的副台長位置，你們兩人可以商量著推舉出一位合適的人選，上報到我這裡。」

柳擎宇接著又對一旁的唐睿明道：「唐同志，你身為宣傳部部長，對電視台和宣傳工作很瞭解，你也推舉一個你認為合適的人選到我這裡，到時候組織部擬定名單的時候，把這兩個人選都添進去，然後常委會上討論通過。」

唐睿明聽到柳擎宇的指示，心裡直罵道：「陰險！」

柳擎宇這一招實在是太陰險了！

首先，柳擎宇讓徐傳勝擔任代理台長，基本上就等同於未來的台長了，除非徐傳勝做出讓柳擎宇十分不滿的事。

而不管是徐傳勝也好，賈世寶也好，這兩個都是屬於很有個性的人物，不願意和吳中凱同流合污，所以基本上不會參與吳中凱號召的牌局、飯局。

同時徐傳勝也是個能力很強的人，在沒有任何背景的情況下，靠著過硬的專業技術硬是在三十五歲的年紀衝到了副台長的位置，能力可見一斑。

至於賈世寶也不是個等閒之輩，賈世寶在電視台裡屬於排名第三的副台長，比徐傳勝位置靠前，柳擎宇讓他擔任第一副台長肯定也是包含深意的，因為賈世寶雖然沒有徐傳勝的能力強，但是他的資歷夠老，是縣電視台的老人。

以賈世寶的個性，決不會甘於做一個傀儡副台長，肯定會經常去找柳擎宇邊彙報工作，以期獲得柳擎宇的支持，從而獲得與徐傳勝平臺競爭的空間。

如此一來，柳擎宇一個簡單的任命便解決了這兩個人聯合起來對抗他的可能性，**通過分化和鼓勵，讓兩人都必須同時向柳擎宇靠攏才能保住地位。**

而柳擎宇讓他們兩人推舉出副台長的人選，這一招就更加陰險了，不管這個人最終是誰推舉出來的，兩人間肯定會產生一些齟齬，如此一來，就更加需要得到柳擎宇的支持了。

柳擎宇此舉還暗含更深一層的意思，那就是**對他的試探**。如果自己不知好歹，後面不排除柳擎宇繼續在宣傳口興風作浪的可能性，畢竟縣電視台是屬於自己這個宣傳部部長主管下的部門，如今出現了如此嚴重的紀律問題，柳擎宇絕對有理由趁此向自己發難。

在這種情況下，最為明智之舉便是接受眼前的現實以圖自保，減少損失。

唐睿明想通這些奧妙之後，便看向柳擎宇道：「我同意柳書記的意見，這件事就按照柳書記的指示辦吧。」

聽到唐睿明如此爽快的回答，柳擎宇若有深意的看了唐睿明一眼，心中暗暗點頭，這個唐睿明也是個聰明人啊，看出了自己此舉的真實用意。看來這個瑞源縣雖小，幹部們的城府卻都挺深的。

只是唐睿明不知道的是，柳擎宇**此舉暗含的深意遠比他想像的還要多，還要深**，只不過由於他採取了最為明智之舉，讓柳擎宇的一連串後招暫時沒有用武之地罷了。

此刻，現場最為高興和意外的，要屬徐傳勝和賈世寶兩人了，他們怎麼也沒有想到，自己閉門辦公室坐著，喜訊莫名從天上掉下來，兩人的職務和排位像坐雲霄飛車一般，嗖的一下飆升起來。

不過兩人也是明白人，尤其是在聽到唐睿明的回答之後，都琢磨出一絲味道來，看來柳擎宇插手縣電視台的人事安排已成定局，自己要想保住位置，只能向柳擎宇靠攏。

從柳擎宇的安排中，他們也領會到柳擎宇這樣做的深意，徐傳勝知道，在「代理」兩個字沒有去掉之前，賈世寶會是自己獲得台長位置的最大威脅；賈世寶自然也清楚，在徐傳勝確認為正式台長之前，自己仍有機會上位，只要表現出色，隨時都有取代徐傳勝成為台長的可能。

這一刻，兩人不禁對視一眼，目光中對彼此充滿了警惕，看向柳擎宇的目光也變了。人，大多數都是十分現實的。

就在這個時候，辦公室外面響起了一陣雜亂的腳步聲和亂哄哄的吵鬧聲。

很快，辦公室的房門打開了，一大群電視台的員工從外面湧了進來，大家一邊往裡面擠一邊，大聲說道：「柳書記，聽說您來了，我們向您反映一件事，我們縣電視台已經有五六年沒有發過年終獎金了。」

「柳書記，我們後勤部所有員工現在還被拖欠了半年的工資呢，您給解決一下吧！」

這些人七嘴八舌的說著。

雖然你一言我一語，但是柳擎宇還是聽懂了，他們所反映的主要問題就是拖欠工資，他的眉頭一下子就皺了起來。

縣電視台也會拖欠工資嗎？這事情他還是第一次聽說。

柳擎宇的目光從在場眾人臉上一一掃過，通過觀察這些人臉上的表情，柳擎宇感覺到這些員工們並不像是在撒謊，柳擎宇的臉色當即陰沉了下來，不解地問：

「徐傳勝同志，這到底是怎麼回事？為什麼你們縣電視台會發生拖欠工資的問題？據我所知，就算是別的單位都發生拖欠工資的問題，你們縣電視台也不應該發生這種事情吧？電視台還有廣告業務和有線電視的收費，這麼多的收入來源何以導致拖欠工資呢？」

還沒等徐傳勝回答，其中一個員工便憤怒的說道：「還不是吳台長他們大吃大喝造成的。」

另一個員工大吐苦水道：「還有一個十分重要的原因，有線電視費根本就收不上來，我們縣電視台基本上是處於虧損營運狀態。」

柳擎宇目光看向剛當上代理台長的徐傳勝道：「徐同志，你說說，究竟是不是大家所反映的這兩個原因？」

徐傳勝知道自己要想通過柳擎宇的考驗，只有實話實說，因而坦承道：

「柳書記，大家說得沒有錯，我們縣電視台雖然每年的廣告費收入不菲，但是有相當一部分被某些領導以各種理由用在公關支出上，拿去吃吃喝喝了，但是，這部分的帳目還可以查得清楚；至於有線電視費收不上來的問題，就有一點麻煩了，因為會欠費的，基本上沒有幾個是老百姓，因為普通老百姓一旦欠費，我們就可以通過技術手段直接停止傳送畫面。」

柳擎宇頓時好奇心大起，問道：「哦？既然不是老百姓拖欠有線電視費，那麼到底是誰拖欠的呢？何以這些費用會嚴重影響到員工們發工資？」

徐傳勝訴苦道：「柳書記，這些欠費的人，主要是一些單位的員工宿舍以及電力、水力等部門的員工社區。就拿電力公司來說吧，咱們縣電力公司的宿舍有五百多戶，他們從來沒有交過有線電視的費用。其他像縣自來水公司、縣教育局等好幾個職工社區也已經很多年沒有交過有線電視費了。」

柳擎宇沉聲道：「那你們就不能像對待老百姓一樣對待他們嗎？」

徐傳勝搖搖頭：「那可不行，這些部門全都是大爺啊，哪個我們縣電視台都惹不起，就拿電力公司來說吧，如果我們非得收他們的費用的話，他們隔三差五的給我們來個停電或者線路檢修，我們可承受不起；又比如說自來水公司，我們縣電視台也有職工社區，如果收他們的費用，他們就直接給我們的社區以及縣電視台停水，這誰受得了啊！

「至於教育局就更不得了了，大家都是有孩子的人，孩子該上學了總得去學校吧，如果教育局那邊稍微歪歪嘴，我們就會面臨各種各樣的刁難，最後就只能像現在這樣艱難維持著。」

柳擎宇聽完，眉頭緊緊皺了起來。

看著這些員工們以充滿期待的目光看著自己，柳擎宇感受到肩上沉甸甸的責任。他心中暗暗下定決心，無論如何都要幫助這些員工們解決這個問題。

不過柳擎宇思前想後，立刻想到這麼簡單的問題，只需要向上級領導反映，上級領導稍微協調一下就可以解決了，何以到現在為止一直都沒有解決呢？

柳擎宇看向宣傳部部長唐睿明：

「唐部長，我想瞭解一下，你身為宣傳部部長，縣電視台有這麼嚴重的問題，為什麼你沒有給解決呢？」

唐睿明嘆氣道：「柳書記，這裡面的問題並沒有表面上看起來那麼簡單，否則的話早就解決了。首先就是三角債的問題，比如說，雖然電力公司沒有給縣電視台交有線電視信號費用，但是在電費上卻給了縣電視台一定的優惠，電視台的職工宿舍也享受到了優惠；自來水公司的情況也是如此。所以，真要細究起來，很難說是誰對誰錯，大家彼此是相互影響的。」

然而，唐睿明的話剛說完，員工們立刻就反駁道：

「柳書記，我們從來就沒有享受過什麼電費、水費優惠，職工宿舍樓的電費水費和普通老百姓一模一樣，用水的標準也是全縣統一標準。」

唐睿明的臉有些掛不住，沉著臉說：「你們說話可要負責任，我可是非常清楚，你們確確實實是享受了電費和水費優惠的。」

一名員工從口袋裡掏出兩張收據遞給唐睿明道：「唐部長，您看看，這是我今天上午的繳費單據，從上面的收費來看，一點優惠都沒有。這種單據我家裡都有保存，你要幾年的我都可以給你拿出來。」

其他人也紛紛附和，唐睿明立即意識到這事情恐怕麻煩了。

此時，臉色變化最大的要屬原台長吳中凱等人了。

尤其是吳中凱，這裡面的內幕他非常清楚。電力公司和水利公司雖然給了縣電視台優惠，但是這種優惠是用補貼的方式運作的，收費時正常收費，然後優惠返還的費用直接回到電視台的財務部門。而這筆錢如何使用，還不是台領導一句話的事！

這些年來，各個部門的高層領導間彼此都保持一定的默契，因為大家都是以這種方式來互相合作的。

柳擎宇環視眾人，立刻注意到幾個人臉色的變化。他拿起手機撥通縣紀委書記沈衛華的電話：「沈同志，現在請你派幾名懂得會計的工作人員到縣電視台，對縣電視台的帳目進行審查，具體的情況等你們過來，讓宋曉軍同志配合你們一起工作。」

柳擎宇掛斷電話，隨即對宋曉軍吩咐道：

「曉軍主任，你現在立刻給電力公司、自來水公司以及所有拖欠縣電視台費用的部門領導們，讓他們的一把手在半個小時內趕到縣電視台，我要現場協調他們之間的三角債問題。」

唐睿明瞪大了眼睛，想不到柳擎宇竟然要當場協調這個問題。

要知道，即便是現任市長黃立海在任的時候，也沒有想過要碰這個問題，因為這根本就是一個未爆的炸彈，弄不好是會被炸得灰頭土臉的。柳擎宇難道不知道縣電力公司和縣自來水公司這些大爺們的脾氣秉性嗎？

別說是縣委書記了，就算是市長發話，縣電力公司的領導們都未必會賣這個面子啊！畢竟電力系統不同於教育局這種單位，他們的工資可不是從縣財政裡撥款支付的！

此時，員工們聽到柳擎宇打算插手此事時，臉上都露出了興奮和欣喜之色。

那個拿出單據的員工更是握住柳擎宇的手說道：「柳書記，謝謝，謝謝您。」

其他人看向柳擎宇的目光中也充滿了感激。姑且不論這件事柳擎宇能否協調成功，但是他至少願意站出來試圖解決問題，這種態度與唐睿明的推三阻四形成了鮮明的對比。

只是大家心中也不免存疑：**柳擎宇真的能協調成功嗎？**

沒多久，縣紀委的工作人員便來到了現場，宋曉軍與吳中凱等人找了一個會議室對縣電視台的帳目進行了審計。

由於柳擎宇的強勢作風，半個小時後，縣教育局的一把手也趕到了。

最後到的是縣電力公司局長李宏貴和縣自來水公司的總經理范元高，兩人有說有笑的走了進來。

走進辦公室，發現吳中凱並沒有在裡面，反倒是柳擎宇、唐睿明和徐傳勝、賈世寶幾個縣局一把手坐在裡面，讓兩人有些納悶。

李宏貴和范元高先和眾人打了個招呼後，自行找地方坐了下來，說道：

「柳書記，唐部長，不知道把我們招呼過來有什麼事嗎？我在這邊停留幾分鐘就得回去，今天市電力公司的領導要下來視察。」

說話間，李宏貴臉上充滿了高傲之色。在他的心中，柳擎宇雖然是處級幹部，但是他的權威遠遠不如市電力公司下來的一個小小的實權科長大，因為電力公司不屬於瑞源縣的主要管轄範圍，只是受瑞源縣委託，為瑞源縣配電的任務，所以柳擎宇和唐睿明對自己的位置影響非常小。

柳擎宇眉頭微微一皺，看了眼李宏貴道：

「今天我把各位喊來，主要是想協調各單位與縣電視台之間的債務問題，根據縣電視台的員工們反映，由於縣電力公司、自來水公司等單位從不上繳有線電視的費用，以至於現在縣電視台職工連發工資都有些困難，所以，我希望大家歸還拖欠的費用，讓縣電視台能夠把工資發出去。」

柳擎宇這話剛剛說完，李宏貴便滿臉不耐煩地說道：「柳書記，這話可不能這麼說，雖然我們沒有付費，但是我們在給縣電視台的社區供電的時候，可是按照優惠電價收費的。」

柳擎宇立即反駁道：「李同志，你這話說得不對吧，據我所知，縣電視台的職工們在繳費的時候，都是按照原價來交的。」

說著，柳擎宇把那位員工出示的單據擺在桌上：「如果你不信的話，可以把這個拿去看一看。」

李宏貴搖搖頭說：「不用看，我知道收據上面的確是按照標準費率進行收費的，但是我們每年都要給縣電視台回饋補償，這一點我相信縣電視台財務應該非常清楚。」

「縣電視台財務已經被紀委的工作人員帶出去談話了。」柳擎宇接著說道：「李同志，我想問問你，你口口聲聲說對縣電視台有優惠，有回饋補償，那麼請問，你們之間有沒有相關的文本協議？這個才是最重要的證據。」

李宏貴說：「沒有，這一點雙方都有十分默契。」

柳擎宇臉色一沉：「既然沒有文本協議，那麼你們之間的協議就不具備法律效力，至於你所說的回饋，恐怕也無法獲得官方的認可，所以，你們所拖欠的費用還是需要進行補繳。」

李宏貴聽柳擎宇仍要追究，也有些火了，怒道：

「柳書記，你非得這麼說的話，那我也要說說我的態度，補繳費用？不可能！我們雙方本來就有高度的默契，總不能因為縣電視台自己積欠工資，就硬把我們之前的付出給抹殺吧。」

柳擎宇笑了：「抹殺？不會的！我說過，我今天把你們各方叫來，就是希望起到一個協調的作用，你有什麼要求可以提出來，大家一起商量解決。」

李宏貴沒有想到柳擎宇這麼堅持，這讓他十分不滿，因為即便是大權獨攬的縣長魏宏林在他面前也不敢如此囂張，柳擎宇這個新來的縣委書記，他還真沒有放在眼中。

李宏貴拿出手錶看了看，不耐地說道：

「柳書記，我的態度已經非常明確了，這筆費用我們是一分錢都不會交的，這一點沒有什麼需要協調的。柳書記，我的時間很緊迫，還得趕快回去準備迎接領導，這邊的會議就參與到這裡吧，如果你們有什麼協商結果可以通知我們電力公司一聲，我們會斟酌辦理的。」

說完，李宏貴就準備要走。

柳擎宇看向代理台長徐傳勝道：「徐台長，你現在是新任代理台長，我想問問你，你上臺後有什麼打算和規劃嗎？」

徐傳勝意識到這又是柳擎宇對自己的考驗，便說：

「柳書記，我的打算是過一會兒我會召開縣電視台領導班子會議，統籌大家的意見，對所有欠費的用戶停止繼續供應信號，同時，廢除以前那些黑箱作業的東西，讓所有業務全部在陽光下運作，接受電視台員工和社會大眾的監督。」

「范經理，對目前各個企業廣泛存在的三角債問題，你怎麼看？」柳擎宇又問自來水公司的總經理范元高。

瑞源縣自來水公司屬於事業單位，所以對柳擎宇還是有著幾分畏懼的，見柳擎宇提到電視台財務部已經被紀委約談了，台長又換成了徐傳勝，這時候雖然他不想表態，卻害怕柳擎宇找自己的麻煩，決定還是保住自己的飯碗再說，因而回道：

「柳書記，我們也會按照相關規定執行。」

這個回答讓李宏貴感受到很大的壓力，也令他大為不爽，立即半帶威脅地說：

「柳書記，我突然想起來，縣委縣政府這個區域的線路有些老化，需要對這邊的線路進行例行檢修，所以從下午起，可能會停電一段時間，還請您通知一下，讓大家有個心理準備。」

出人意料的，柳擎宇明知對方是故意為之，卻是淡淡一笑，道：「好啊，線路該檢修還是要檢修的，我們縣委縣政府大院等者就是，你們什麼時候檢修好了告訴我們一聲就行，對了，半天的時間應該可以檢修完吧？」

李宏貴見柳擎宇一副淡定的樣子，冷冷的說道：

「柳書記，正常情況下，半天的時間可以檢修好，但是電路這東西充滿了不確定性，沒準哪個地方如果嚴重老化，需要重新佈線的話，那可就麻煩了，那樣可能需要兩三天甚至更長時間也不一定。」

柳擎宇卻是再次笑道：「沒問題，李同志，你們檢修多長時間，我就給縣委縣政府的工作人員放多長時間的假，你們儘管檢修便是。」

李宏貴愣住了。柳擎宇竟然要給縣委縣政府的工作人員放假?!如果自己檢修個十天半個月的，難道柳擎宇還真的敢放十天半個月的假不成？

李宏貴不相信柳擎宇真敢這麼做，所以他站起身來就向外走去，他相信，只要自己下令立刻給縣委縣政府大院斷電，哪怕是斷電一小時，柳擎宇就不得不向自己屈服！協調？協調個屁！縣電力公司絕對不會向任何人屈服！只有別人向我屈服的分！

李宏貴傲然地走出縣電視台台長辦公室，立即下達了指示：「今天下午兩點鐘，對縣電視台進行線路檢修。」

李宏貴嘴角露出一絲冷笑，暗道：「柳擎宇，你雖然是縣委書記不假，但是你的權力得用對地方，跟我們電力公司找事，我看你是自找麻煩啊！」

李宏貴自始至終都沒把柳擎宇放在眼裡，哪怕柳擎宇祭出種種威懾，他也凜然無懼，**他決定要和柳擎宇好好地博弈一把。**

待他離開後，唐睿明滿臉憂慮的對柳擎宇說道：

「柳書記，縣電力公司這個單位很特殊，他們不同於咱們的事業單位或者下屬部門，咱們對他們很難強制執行，我看這件事你是不是要再好好的考慮一下，沒有必要為了縣電視台的一件小事影響了與電力公司之間的關係啊，畢竟咱們縣經濟要想發展，離不開電力公司的配合，如果得罪了李宏貴，怕是對我們十分不利！而且我聽說這個李宏貴是市電力公司副總經理李宏宇的親弟弟，李宏宇在南華市人脈關係極廣。」

在唐睿明看來，柳擎宇這樣做極為不智，所以出言提醒。他認為自己都把話說得如此直白了，柳擎宇應該有所收斂才對。

誰知柳擎宇卻是不為所動，淡淡說道：「**人脈關係？誰沒有啊！**但是**既然身在官場和職場，就必須要遵守相關的規定**不是嘛，如果什麼事都可以用手中的權力去制衡別人，沒有一點社會責任感，那麼這樣的人是不適合待在相應的工作崗位的。」

「徐台長，立刻派人前往縣電力公司職工宿舍，在各個宿舍樓前張貼廣告，告知收費標準和相關事項，並且在現場設立一個收費點，要求職工們下午兩點鐘以前務必要繳費，逾期不交者，直接停止提供有線電視信號。」

「好的，我馬上去辦。」徐傳勝趕緊答應道。

柳擎宇接著對各部門的一把手道：

「據我所知，你們幾個部門與縣電視台之間都有費用拖欠的問題，甚至三角債，還有的涉嫌以權力來為自己或者部門謀取利益，這樣扯來扯去的，對大家都沒有好處。所以，今天我來為大家協調一下。

「我的建議是，從現在向上追溯一年，這一年之內你們誰拖欠誰的費用，立刻當著我的面彼此清算，結算完畢後，從今天開始，有兩天的緩衝期，這兩天為各單位職工正常繳費的時間，兩天後，任何一家單位對於不予繳納費用的行為都可以採取直接停止服務的方式，來維護自己的正當權益。

「如果某些部門以報復性的方式來作為要脅，只要我接到相關的投訴，那麼對不起，一把手直接就地免職！我不管你有什麼理由，如果連公平都做不到，那麼你這個領導還能用嗎?!

「好了，現在給你們半小時的時間去聯繫財務相關部門，把資料整理出來，進行結算。」柳擎宇大手一揮。

現場眾人全都傻眼。尤其是教育局局長王紹國都呆住了。

他沒想到柳擎宇竟會採取這種手段，一直以來，教育局的職工們住宿舍樓不僅水費不花錢，電費不花錢，看有線電視也不用花錢，歷來的局長們都是這麼操作，如果突然福利大縮水，職工們肯定對自己不滿，他在局裡的威信將會大打折扣。

所以，當其他部門的一把手都開始行動後，他還站在那裡猶豫不決。

看到王紹國按兵不動，柳擎宇問道：「王同志，有什麼困難嗎？」

王紹國為難地道：「柳書記，您應該知道，我們教育局是清水衙門，福利相對來說十分匱乏，這些免費措施是我們局領導努力為員工們爭取來的，前幾任局長都做得非常好，非常得民心，如果從我這一任開始改變，我擔心我回去會被千夫所指啊！」

王紹國沒有隱瞞自己的想法，坦白說了出來。

王紹國說完，其他幾個局的領導也暫停了動作，紛紛說道：「柳書記，王紹國說得沒錯，如果照您的意思去辦，我們回去都得背罵名的。」

柳擎宇淡淡說道：「我理解你們的擔憂，也明白你們的意思，但是我要告訴大家的是，**做任何事，都必須講究一個公平公正**，憑什麼教育局的員工用水用電看有線電視就不用花錢？難道就因為你們是教育局的員工嗎？難道就因為你們手中掌握著教育資源嗎？如果真是這樣的話，那這問題就嚴重了，你們既然可以把手中的權力用在這個方面，難道就不會用在別的方面？說嚴重一點，你們的行為已經**涉嫌權力利益的交換了！**」

柳擎宇沉著臉道：「你們回去可以告訴你們的員工，這個命令是我柳擎宇下的，如果他們要罵，可以罵我柳擎宇，但是，你們之間的債務仍然要進行清點，一切都必須要回歸到正常的模式，絕對不能再以利益交換的方式行事。」

工紹國一聽，頓時臉上一片鬱悶之色。

唐睿明站在旁邊，對柳擎宇做出這個決定充滿了疑惑，柳擎宇這樣做，對自己沒有一點好處啊，只會讓各個機關的職工們對他更加憎惡，那為何他要做這種犯眾怒的事呢，唐睿明發現自己有些看不清楚柳擎宇這個人了。

如果說一開始柳擎宇拿下前任台長吳中凱是一種反擊報復的話，其目的還可以理解，畢竟吳中凱不給柳擎宇面子，柳擎宇收拾他情有可原；但是柳擎宇幫助縣電視台，卻因此得罪了好幾個局的局長，這樣做真的划得來嗎？

唐睿明不理解，其他幾個局長也不理解，只有徐傳勝和賈世寶對柳擎宇充滿了感謝，柳擎宇冒著這麼大的風險來為縣電視台出頭，這種領導太不容易找到了。

王紹國還在猶豫。其他局長也停了下來，現場呈現著詭異的氣氛。雖然沒有人反對柳擎宇的提議，但是，**沒有動作就是最大的抗議**。

柳擎宇見狀，臉色一沉。他很能理解王紹國等人的心態，能夠為員工爭取福利對他們鞏固在局裡的地位自然有是有好處的，畢竟不用花錢就能博得群眾好感的事，誰都願意做。

柳擎宇看了看手錶說道：「現在已經過去五分鐘了，距離三十分鐘還有廿五分鐘的時間。」說完，便靠在椅子上閉目養神起來。

時間一分一秒的過去，柳擎宇就默默的等待著，完全不在意眾人的反應，氣氛顯得越來越僵了。

就在這時候，辦公室門一開，宋曉軍從外面走了進來，臉上帶著怒氣，看到房內的氣氛先是一愣，隨即對柳擎宇報告：

「柳書記，經紀委和審計部門的工作人員查核後，已經初步確定縣電視台台長吳中凱等人利用職權黑箱操作，私吞了不少錢財，涉嫌嚴重違紀，不出意外的話，吳中凱和兩個副台長、一個財務主任被雙規是沒什麼疑問了。」

現場幾個一把手聽了宋曉軍的話，心頭就是一顫。

柳擎宇交代宋曉軍道：「告訴紀委部門，一定要對縣電視台的帳目和各種關係進行仔細梳理和查處，不能放過一絲一毫的線索，任何權力交易都要嚴厲查處，發現一件就查處一件，絕對不能手軟！」

自來水公司的總經理范元高是個十分明智的人，一看眼前情勢不對，立刻拿出手機開始聯繫起來。其他人聽到原台長竟然馬上就要被雙規了，頓時嚇壞了，也不再遲疑，紛紛聯繫起來。

其實，拖欠縣電視台的那點費用只是蒼蠅腿那麼大的一點肉，放棄了也就放棄了，而且這筆錢最終也不需要他們來出，還是由各單位職工們來買單的；而且柳擎宇還算很理智，並沒有要求要把所有拖欠的費用全部補上，只還兩年的而已。

有縣委書記柳擎宇親自坐鎮，財務處的效率非常之高，不到一個小時，所有被拖欠的工資全部匯到了員工們的帳戶裡，員工們都十分高興，而且新任台長還說以後不會再有任何拖欠工資的事情發生。

柳擎宇為員工們解決工資的事很快在縣電視台內流傳開來，所有員工都對柳擎宇充滿了感激和欽佩。然而，柳擎宇處理完這件事，並沒有離開縣電視台，他來到導播室，準備拍攝原本計畫要拍的廣告。

攝影鏡頭前。

柳擎宇坐在辦公椅上，面對著鏡頭說道：

「各位電視機前的觀眾朋友們，各位瑞源縣的父老鄉親們，我是新任縣委書記柳擎宇。

「自從我上任之後，發現瑞源縣上訪事件層出不窮，大家都喜歡往市裡和省裡上訪，對於大家上訪的目的我非常清楚，無非是想要獲得一個公平解決問題的途徑，我認為這樣做其實並無益於事件的解決。

「因此在這裡，我要懇請大家不要再去上訪了，那樣效果並不好。我身為瑞源縣縣委書記，在這裡向大家承諾，今天開始，我的手機將會每天廿四小時開機，大家可以在任何時間撥打我的手機，我會詳細記錄每個人的問題，並且親自解決大家所關心的問題，我的手機號碼是138x311xxxx。」

同時，螢幕上也同步打出了他的手機號碼。

柳擎宇接著說道：「各位鄉親們，不僅我的手機會保持廿四小時暢通，我的辦公室在每個工作日，從早上八點到晚上十一點都會保持敞開，鄉親們只要在縣委大院門口登記後，就可以到我的辦公室來找我，把你的冤屈、困難向我申訴，我會親自為大家解決。」

廣告拍完，為柳擎宇拍攝廣告的攝影師以及新任台長徐傳勝、副台長賈世寶和所有的工作人員都驚呆了，誰都沒有料到，柳擎宇要拍的竟然是這樣的一則廣告。

早上八點到晚上十一點，這可是十五個小時啊！**柳擎宇難道真的每天工作十五個小時嗎？**尤其是他還公布了他的手機號碼，**難道他不怕老百姓三更半夜打給他，或是故意電話騷擾嗎？**

徐傳勝忍不住勸道：「柳書記，您怎麼著也得留出幾個小時的睡眠時間吧，我看是不是只留辦公室電話就好了，這一段要不咱們再重新拍攝？」

不管柳擎宇這樣做是不是在作秀，也不管他是否真的能做到這一點，僅僅是這份魄力就讓他很是欽佩。

柳擎宇擺擺手道：「沒事，手機保持廿四小時暢通，這對我們幹部來說是最基本的要求，只有這樣才能讓老百姓對我們產生充分的信任。我相信，沒有冤屈的老百姓是不會隨意撥打我的電話的，既然有委屈，對這樣的老百姓，哪怕是我半夜被吵醒，如果能夠為他們解決困難，就是少睡一會兒也是值得的。」

柳擎宇語重心長地說道：「徐同志，你記住，一個地方要想發展，離不開老百姓的支持和努力，否則，就算我們再招商引資也不會有多大的效果。所以，只有老百姓的心氣順了，他們才會把精力放在發展經濟上。我始終相信一點，**要發展經濟，必須要先理順官民關係，必須要先整頓官場風氣，而要整頓官場風氣，就必須從與老百姓切身利益最相關的事情上展開。**」

柳擎宇這番話，現場眾人再次凝滯。

徐傳勝從柳擎宇的話中聽出一股濃濃的戰意，很顯然，柳擎宇是想要借著幫老百姓解決切身問題，從而**掀起整頓官場作風的序幕啊！**這一招真的是非常犀利，而且綿裡藏針，後招連綿。

此刻，不管是徐傳勝也好，賈世寶也好，都下定決心要向柳擎宇靠攏了。

因為，他們可以深刻的感受到柳擎宇想要為瑞源縣老百姓做事的決心和魄力，也看出柳擎宇想要發展瑞源縣經濟的堅定意志。這麼年輕的縣委書記，竟願意犧牲自己的休閒時間，換來老百姓的支持，這種耐力絕非一般領導可比。

太多幹部在上任後只會唱高調，說什麼要大力招商引資，甚至動輒建立什麼高新區、工業園，看起來動作很大，實際真正能落實的項目卻寥寥無幾，往往是雷聲大雨點小，老百姓根本沒有得到實惠，甚至損失慘重。柳擎宇這種做法才是真真正正腳踏實地的走群眾路線，為老百姓辦事啊！

跟電視台談完播放原則後，柳擎宇便趕回縣委。

遠在南華市開會的魏宏林第一時間便得知他離開後瑞源縣發生的一切，當他聽到吳中凱竟然要被雙規，氣得拍桌子大罵：「柳擎宇，你太過分了，竟然敢動老子的人，哼！老子我跟你沒完！」

接著又聽到唐睿明告訴他柳擎宇還拍了廣告，並且會在電視台循環播放後，魏宏林眼中寒光四射：「柳擎宇啊柳擎宇，我看你真是活得不耐煩了！看我怎麼整你！」

魏宏林心中頓時便想到了一個陰人的點子。

只是唐睿明不知道是有意還是無意，並沒有告訴魏宏林廣告的內容是什麼，只告訴他柳擎宇拍了廣告，準備在電視上連續播放兩個月。

魏宏林略微整理了一下思路，立刻撥打市長黃立海的電話。

黃立海正在參加市委常委會，接通手機後，就聽魏宏林氣憤地道：

「黃市長，我想向您反映一件事，這次柳擎宇做得實在太過分了。」

黃立海一聽是告柳擎宇的狀，立刻來了興趣，問道：「什麼事啊？」

「黃市長，是這樣的，我剛剛接到宣傳部部長唐睿明同志的報告，說是柳擎宇讓電視台幫他拍了一個廣告片，還要求這個廣告要整天輪番播放，我認為柳同志的做法非常不妥，身為國家幹部，怎麼能做出拍廣告這樣低級的事情來呢？更重要的是，他竟然動用手中的權力讓縣電視台免費無償播放，這屬於嚴重的以權謀私行為，是對幹部形象的一種抹黑，我認為這種行為極其不妥。」

黃立海一聽，覺得很有道理，心說柳擎宇啊，天堂有路你不走，地獄無門自來投，既然你自己主動犯了錯誤，那可別怪我黃立海鐵面無私了。

因此，他面色嚴肅的點點頭道：「嗯，這件事我知道了，我會在常委會上提出來討論一下的。」

掛斷電話後，黃立海便在會議上當眾說道：

「各位同志，我剛剛接到一個電話，有人向我反映瑞源縣縣委書記柳擎宇同志竟然讓電視台幫他拍廣告片，並且要求這個廣告要每天在電視上輪流播放，同志們，這種行為是一個縣委常委、縣委書記應該幹的事情嗎？我認為，我們必須要讓柳同志給我們市委班子一個交代，給瑞源縣人民一個交代！」

黃立海字字鏗鏘，神態堅毅，彷彿柳擎宇犯下什麼十惡不赦的大罪一般。

然而，黃立海沒有想到，他說完，市委書記戴佳明臉上卻是一臉的平靜。黃立海頓時一愣，自己提出柳擎宇的話題，戴佳明應該很著急，趕緊替柳擎宇辯護才對，怎麼看起來如此淡定呢？

想到此處，黃立海不禁說道：「戴書記，這件事你怎麼看？」

戴佳明老神在在地道：「黃市長，請問這件事是誰向你報告的啊？」

黃立海自然不能說是魏宏林告訴自己的，反問道：「誰報告的和這件事情如何處理有關係嗎？」

戴佳明嘆息一聲道：「黃同志啊，我們身為市委領導，必須要講究實事求是，講究證據，不能因為聽到某些人的風言風語就盲目的採取行動，黃同志，我想問你，你有沒有看過柳擎宇所拍的這支廣告？」

黃立海搖搖頭。這一點他不敢撒謊，也不能撒謊，因為到了他這個級別，做任何事都需要給自己留一條後路。尤其是現在情況未明，看戴佳明的意思似乎他還有後手，或者知道什麼，他得小心一點。

看到黃立海搖頭，戴佳明忍不住調侃道：「黃市長啊，我建議你先看看柳擎宇的那支廣告片到底是什麼內容後，咱們再討論這件事行嗎？」

黃立海神情一凜，疑問道：「有這個必要嗎？難道身為縣委書記，自己去拍廣告，還動用權力在電視台上播放，難道這不是以權謀私嗎？」

戴佳明臉色一沉，聲音瞬間變得冷漠起來：

「黃同志，如果柳擎宇拍的是一般的廣告，還動用公權力去播放，那麼肯定是違反紀律，但是你知道柳擎宇拍的是什麼樣的廣告嗎？你根本沒有看過，沒有調查事實真相，憑什麼說他是以權謀私？

「我可以明確的告訴你，在會議前，我剛好看到了這則廣告，說實在，看了之後，我被柳擎宇的廣告給感動了。我到南華市也有些時日了，但是還沒有看到一個像他這樣讓我感動的幹部！黃同志，我知道你因為某些原因對柳同志有些成見，但是我希望你不要被你的個人情感左右了你的判斷！」

戴佳明轉頭吩咐工作人員：「小吳，你把縣電視台的信號切換進來，我估計過一會兒就會再重播柳擎宇的那支廣告了。」

小吳打開電視，切換好頻道，沒多久，柳擎宇的那條廣告果然再次出現了。

黃立海看了廣告頓時啞口無言，不知說什麼才好了。

在座的常委們看了也深受震撼，即便是以前對柳擎宇並不特別認可的常委們，此刻對柳擎宇的這支廣告也表現出了高度讚許的態度。

「黃同志，你看這支廣告還有必要去追究嗎？」戴佳明嘲諷地問。

黃立海的臉一下子紅了，面對戴佳明的質問，尷尬地說：

「沒有必要了，戴書記，這次是我太急躁了，我只聽到柳擎宇拍廣告，卻沒有仔細核實。這件事就到此為止吧，柳同志的廣告我看拍得非常好，值得同志們學習！」

黃立海誇獎了柳擎宇幾句，算是給自己找了臺階下。

等散會後，回到辦公室，黃立海立刻拿出手機撥通魏宏林的電話，大聲怒罵道：

「魏宏林，你是豬頭啊你！做事能不能靠譜一點啊，沒有核實過的事也來隨便亂傳！」

魏宏林被黃立海的這番劈頭蓋臉的痛罵給弄暈了，只好不斷道歉，才讓黃立海消了些氣，等弄明白事情真相後，魏宏林也鬱悶了，心中暗道：「該不會是唐睿明這王八蛋故意陰我吧？」

不過魏宏林是個老謀深算之人，將這件事記在了心裡，暫時沒有向唐睿明追究。

# 第二章

# 飯票老大

黑大個有些不好意思的說道：「那個……那個飯票老大，我喜歡吃肉，能不能多給我來點肉。」

柳擎宇聽到「飯票老大」的稱呼，不禁笑了起來：「好，沒問題，肉管夠，飯管飽，走，進去吃飯。」

接下來的幾天，柳擎宇真是忙壞了。

他的手機幾乎廿四小時不停地響起，辦公室也是從早上八點，便不斷湧入來自各個鄉鎮前來申訴的老百姓。

柳擎宇將老百姓們反映的事都一一記錄下來，並且承諾最遲會在七天內有結果。有些簡單的，甚至立即就解決排除了。

終於到週末了，柳擎宇忙碌了整整一個星期的神經終於可以放鬆一下。

星期天，上午十點半左右，柳擎宇正在睡懶覺呢，便被一陣電話鈴聲給吵醒了，接通後，好兄弟劉小胖的聲音傳了出來：

「老大，我和小魔女馬上就到你們瑞源縣了。」

聽到小魔女這三個字，柳擎宇的頭一下子大了起來，心裡納悶小魔女怎麼和劉小胖這傢伙走到一起了。

「我說小胖，你好端端的在北京待著不是挺好的嘛，怎麼跑瑞源縣來了。」

劉小胖嘿嘿道：「老大，你忘了上次我跟你說的話啦，我準備去白雲省發展種子市場，那就必須要在南華市的種子市場站穩腳跟，而要想在南華市的種子市長站穩腳跟，你們瑞源縣可是兵家必爭之地，我這次就是來考察的。」

小魔女突然搶過劉小胖的手機大聲說道：「柳哥哥，你怎麼不問問我啊，人家可是想你了，不遠千里地跑到這個偏僻角落來看你，你該不會不歡迎我吧？」

柳擎宇連忙說道：「不敢不敢，小魔女到哪裡，我就歡迎到哪裡。」

「哼，這還差不多！柳哥哥，我們馬上就到客運站了，你快點過來接我們，這車廂裡菸味太重，我快受不了了。」小丫頭抱怨道。

「好好，我馬上過去。」

柳擎宇漱洗一番，攔了輛計程車便趕往客運站。

柳擎宇剛從計程車上走下來，便看到客運站前站著的兩人，其中一人身材圓胖，大肚子向前挺著，滿臉帶笑，猶如大肚彌勒佛般；胖子旁邊站著一個十七八歲的女孩，女孩身材高挑，穿著一身雪白色羊絨衫，牛仔褲，渾身上下洋溢著青春的氣息。

看到柳擎宇，女孩猶如小鹿一般飛快的蹦跳著來到柳擎宇身邊，伸手挽住柳擎宇的胳膊，甜甜地喊了句：「柳哥哥，你來得也太慢了，我們都到了。你該不會對我有意見吧？」

說話間，小丫頭把帶著香味的秀髮連同俏臉倚靠在柳擎宇的肩頭。

柳擎宇摸了摸女孩的秀髮說：「怎麼會呢，你是柳哥哥最心疼的小魔女了，哥哥歡迎你還來不及呢。」

這時，胖子邁步走了過來，衝著柳擎宇咧嘴一笑：「老大，我帶小魔女過來，這次在瑞源縣的吃穿住用行可全都靠你啦。」

柳擎宇大手一揮：「少給我在那裝窮，上車，咱們吃大餐去！」

小魔女立刻跳起來親了柳擎宇臉頰一下，大聲喊道：「還是柳哥哥好，知道香怡餓了，劉小胖，快點快點，上車吃飯去，我的肚子都快餓扁了！」

聽到小魔女喊自己劉小胖，劉小胖露出一副苦瓜臉道：

「小魔女啊，好歹你劉二哥我也管你一路好飯了，怎麼著你也得喊我一句劉哥吧，怎麼能喊劉小胖呢！這也太見外了！」

小魔女嬌嗔道：「哼，只有柳哥哥我才喊哥哥，如果不願意聽，以後我就喊你路人甲、路人乙！」

劉小胖一聽，哀嘆道：「算了算了，遇到你這個小魔女我算是沒招了，你願意喊啥就喊啥吧！」

三人說笑著上了計程車，柳擎宇對司機說道：「麻煩去粵港海鮮樓！」

「粵港海鮮樓」是瑞源縣最具特色，也是規模最大、口味最好的海鮮樓，主要是以經營粵式港式海鮮為主，這裡的生意幾乎天天爆滿。

他們來到海鮮樓時，已經是十一點半左右，正是吃飯時間，樓前的停車場早已停滿了各式各樣的汽車。柳擎宇以前沒來過這裡，只聽說這裡口味很不錯。

一下計程車，在飯店門口便看到了讓他們瞠目結舌的一幕。

只見一大群酒店保安正圍在一個縮成一團的男人旁，對他拳打腳踢，邊打邊怒斥著：「看你吃飯還敢不敢不給錢！到我們這裡吃霸王餐?!這次讓你好好長長記性！」

被打的那個人身體縮成一個圓球形，雙手抱頭，腦袋鑽進兩腿之間，任憑對方拳打腳踢也不還手，酒店保安周圍還圍了一群人，一邊看熱鬧一邊拍手叫好，唯恐天下不亂。保安聽到圍觀群眾的叫好聲，就更來勁，打得更加賣力了。

看到這種情況，柳擎宇立刻走上前，喝止道：「都給我住手，誰讓你們打人的，知道不知道打人是犯法的？」

其中一個酒店保安見柳擎宇穿著一身普通的休閒裝，原本不想搭理，不過看到柳擎宇身後一身西服革履的劉小胖和青春時尚的韓香怡，便猜想這群人不是普通人，便帶著幾分耐心解釋道：

「這位朋友，你不知道，這個黑大個一個人要了整整一桌子的飯菜，幾乎是八個人的分量，結果他全給吃了不說，等他吃完結帳的時候，卻告訴我們他沒有錢，你說說，這不是存心來吃霸王餐、擺明來坑人的嗎？沒有錢你到飯店來吃什麼飯啊？我們的飯菜也不是天上掉下來的。」

柳擎宇皺著眉頭說：「就算他吃霸王餐，你們也不能隨便打人啊，直接報警不就得了嘛？」

保安回道：「找警察也沒有用啊，他沒錢還是沒錢啊，還不如打他一頓解解氣！」說完，保安又要動手打人。

那個黑大個甕聲甕氣的說道：「我可跟你們說啊，你們已經打我差不多十分鐘了，該停手了，這頓飯菜的錢，咱們算是兩抵了，如果你們再打的話，我可要還手了。」

柳擎宇聽對方中氣十足，不像受傷的樣子，說話的聲音十分憨厚老實，不像是個壞人；尤其是黑大個說得很清楚，被打十分鐘抵消一頓飯錢，這看起來是一筆買賣，由此可見這個黑大個心中也是有點小算盤的。

柳擎宇心中升起了一絲同情，便對保安說道：「他欠你們多少飯錢？」

保安說：「八百九十八元！他點的是套餐！」

柳擎宇點點頭，從口袋中拿出一疊錢來遞給保安：「這是九百塊，他的飯錢我給了，你們都回去該幹啥幹啥去吧！」

保安看柳擎宇替黑大個給錢了，用手指著黑大個說道：

「黑小子，你聽清楚了，今天是有好心人替你付帳了，不然非揍趴你不可，以後不許再到我們酒店找事了，否則的話，來一次揍一次！」

黑大個知道沒事了，一骨碌從地上站起來。只見他身上到處都是腳印，不過臉上頭上卻是完好無損。

當黑大個站定後，柳擎宇、劉小胖和韓香怡都愣了一下。

這個黑大個在地上蜷縮起來的時候還不太起眼，但是等他站起來時，眾人才發現這傢伙身高竟然足足有兩米左右，黑黝黝的臉膛、皮膚，大光頭晶光瓦亮，長相十分憨厚，一雙黑溜溜的大眼睛裡露出幾絲不諳世事的滯納，看起來十分天真可愛。

黑大個衝著柳擎宇憨厚一笑，露出滿口白牙：「我說飯票，謝謝你幫我付帳啊！」

聽黑大個居然叫自己「飯票」，柳擎宇頓時一陣無語，劉小胖和韓香怡更瞪大了眼睛，「飯票」這種稱呼他們也是第一次聽到。

雖然稱呼特殊，但是柳擎宇可以從黑大個的話語中聽出對方是發自內心的感謝，便笑道：「我說兄弟，你這是啥情況啊，怎麼吃飯不給錢啊！」

黑大個摸摸頭：「我沒有錢，拿什麼給啊！」

「沒有錢，你可以找工作賺錢啊！」柳擎宇問。

黑大個說：「沒有人要我！」

柳擎宇開導道：「那你也不能吃霸王餐啊，萬一要是被人給打受傷了怎麼辦？」

黑大個裂開大嘴嘿嘿笑道：「沒事，他們打不死我的，我會硬氣功。」

柳擎宇一愣，隨即笑了起來。這個黑大個看起來不諳世事，實際上並不傻啊。像這樣憨厚的人現在已經很少了，柳擎宇不禁問道：「你想找什麼樣的工作，為什麼找不到呢？」

黑大個憨憨地說：「我會開車，啥車都能開。」

「哦？你都會開什麼車啊？」

從黑大個的言行舉止來看，他彷彿是從深山古剎中走出來的人，按理說，這樣的人對於汽車這種東西應該非常陌生才是，但是他卻說他會開車，這透露出一絲不太尋常的味道。

「啥車都行啊，我開過那種拉木材的大車，也開過拉豬的車，還開過那種只能拉幾個人的小車，也有轟隆隆開炮的鏈子車，我也會開那種可以飛到天上的大傢伙。」

黑大個臉上露出回味之色，似乎非常懷念那時的生活。

從他粗略的描述中，聽得出這個黑大個應該是會開大貨車、小轎車，還會開坦克！開玩笑，坦克車可不是一般人能夠弄到的，至於能夠飛的傢伙，肯定是飛機啊，**這個黑大個到底是什麼來頭**，怎麼連那玩意都能開？柳擎宇可真的有些震驚了。

「你有駕照嗎？」柳擎宇問。

黑大個反問：「駕照？那是什麼東西？」

「就是一個小本子，只有帶著那個你才可以上路。」

黑大個好像想起什麼，從衣兜裡掏出一本髒兮兮都已經破了口的小本子說道：「你看是不是這個，我師父說拿著這個就可以出去找工作賺錢吃飯。」

柳擎宇接過黑大個的本子一看，眼中立時露出震驚之色，因為黑大個的駕照可不是一般的駕照，而是軍中的特技駕駛執照；要想拿到這種執照，必須要精通多種車輛。

看駕照上，黑大個今年只有廿二歲，名字叫程鐵牛，上面的日期顯示他拿到駕照是在五年前，也就是說，他十七歲就拿到這個駕照了，這個程鐵牛也太妖孽了吧？

柳擎宇不由得生出了愛才之心，笑道：「你現在還想不想找工作賺錢？」

程鐵牛咧嘴道：「當然想啦，有了工作才能賺錢，有了錢吃飯才不用挨打。」

「這樣吧，你給我當專職司機吧。」柳擎宇道。

程鐵牛聽柳擎宇說要收他當司機，臉上立刻露出雀躍之色，不過眼中也露出一絲戒備，疑慮的問：「給你當司機能吃飽飯不？如果吃不飽飯的話我可不當，以前那些老闆們就知道讓我開車，卻不讓我吃飽。」

聽到程鐵牛的話，柳擎宇心中不由得一陣陣憐憫，現在的社會怎麼變成這個樣子，程鐵牛這麼老實的人怎麼會有人去欺負他呢？

想到此處，柳擎宇道：「鐵牛，你放心，跟著我當司機，不僅頓頓可以吃飽，還可以讓你有錢賺。」

「你確定可以讓我吃飽嗎？我可是很能吃的。」程鐵牛不放心地說。

柳擎宇莞爾一笑：「你儘管放心，你吃多少都行，只要你能吃，我一定讓你吃飽。」

程鐵牛聽柳擎宇這樣說，立刻開心的裂開厚厚的嘴唇笑了起來：「我現在可以立刻開工賺錢嗎？我餓了。」

保安在旁邊一聽，頓時嚇了一跳：「我的個乖乖，這個黑大個剛剛吃了整整八個人的套餐，現在竟然又說餓了，他的肚子有那麼大嗎？」

柳擎宇大手一揮：「好，既然你餓了，那就跟著我一起去吃飯。」

黑大個有些不好意思的說道：「那個……那個飯票老大，我喜歡吃肉，能不能多給我來點肉。」

柳擎宇聽到「飯票老大」的稱呼，不禁笑了起來：「好，沒問題，肉管夠，飯管飽，走，進去吃飯。」

黑大個用力拍了拍柳擎宇的肩膀，高興地說：

「飯票老大，你太夠意思了，我師父跟我說，如果遇到讓我肉管夠還有工資拿的人，就讓我跟定他，所以，飯票老大，我決定了，從今以後就跟著你混了，你可不能像以前那些老闆似的，在荒郊野嶺半路上把我趕下車就走了。」

柳擎宇被程鐵牛用力一拍，肩膀往下一沉，心中暗暗叫苦。

這一拍如果是一般人，恐怕早被拍倒在地上了，饒是自己也感覺到肩膀上火辣辣的痛，這黑大個的力氣可真是夠大的。

柳擎宇很是納悶，像程鐵牛這麼大個兒，又粗手粗腳的，怎麼能把那些精密的車子開得非常順溜呢？希望程鐵牛這個特種駕照不是造假得來的。

說話間，柳擎宇也把劉小胖和韓香怡介紹給程鐵牛認識。

介紹到劉小胖的時候，程鐵牛哇哇叫道：「小胖子，你的肚子怎麼那麼大啊，是不是要生小孩了？我師父說過，人肚了大了就可以生小孩了。」

劉小胖鬱悶的差點找個地縫鑽進去。

旁邊韓香怡笑得眼淚都快流出來了，用力摟住柳擎宇的脖子哈哈大笑道：「劉小胖，你一定要給這黑大個生個孩子出來看看啊，他肯定非常好奇。」

劉小胖連忙糾正程鐵牛：「我說程鐵牛，你師父說得不對，只有女人肚子大了才會生孩子，男人是不能生孩子的。」

程鐵牛哦了一聲，突然用手一指旁邊經過的一個胖女人說：「小胖子，你說她是不是要生孩子了？」

眾人順著程鐵牛手指的方向看去，明眼人一看那女人根本就不是孕婦，而是長得胖罷了。

程鐵牛說話中氣十足，他這一聲，周圍二三十米都可以聽得清清楚楚，經過的女人聽到他的話，氣得罵道：「哼，你才要生孩子呢！」

如果是以前，劉小胖肯定就是一個大嘴巴教訓他了，但是面對這個說傻不傻、說愣不愣的傻大個，自己徹底沒招，只能訕訕一笑，仰面看天無語。

柳擎宇還是第一次看到讓劉小胖無法招架的人，不禁笑道：「小胖，這次你可是遇到真正的對手了。」

劉小胖哭喪著臉說：「老大，你也欺負我！」

接著，柳擎宇正要為程鐵牛介紹韓香怡時，韓香怡便道：「程鐵牛，你要是管我叫二姐，我以後就天天給你買肉吃。」

劉小胖聽了，立刻說道：「鐵牛，別聽她胡說，她是在騙你的，你只要跟著你的飯票老大，想吃啥就有啥，根本不需要她給你買。我告訴你啊，她的名字叫小魔女，以後你就管她叫小魔女就成。」

程鐵牛聽劉小胖說得在理，立刻道：「小魔女，好，這個名字我記住了。」

小魔女韓香怡氣得鼻子都歪了，一把扭住劉小胖的耳朵怒聲道：「好啊，臭胖子，你敢拆我的臺，看我怎麼收拾你。」

劉小胖疼得齜牙咧嘴，卻也莫可奈何，他和柳擎宇一樣，都是從小看著韓香怡長大的，對小魔女這個小妹妹，只有疼愛的分，從來不會跟她計較，也因此養成了小魔女天不怕地不怕的性格。

一番打鬧後，眾人來到柳擎宇預定好的一個半敞開式的包間內坐了下來，柳擎宇立刻點了十幾道肉，又點了小魔女最愛吃的八珍豆腐、劉小胖最愛吃的紅燒茄子，點完，幾個人便聊了起來。

「鐵牛啊，你家在哪裡啊？」柳擎宇順口問道。

程鐵牛搖搖頭：「我師父說，不讓我把家裡的事告訴別人，就說是讓我出來闖蕩闖蕩。」

柳擎宇哦了一聲，也就不再問下去，隨即看向劉小胖：「小胖，你真的打算到瑞源縣來投資？」

劉小胖點點頭：「沒錯，老大，因為瑞源縣地理位置很重要，我要想發展我的有機農業生意，就必須要在瑞源縣這個種子大縣站穩腳跟才行。」

就在幾人聊天的時候，距離他們不遠處，有一個男人正在和朋友們觥籌交錯，酒性正濃，一抬頭，看到劉小胖和柳擎宇，眼中立時露出兩道寒光。

原來正是前段時間柳擎宇在北京遇到的老同學范金華。

上一次的黃金玉米試吃大會上，柳擎宇出人意料的佈局，將試吃晚宴攪得七零八落，而他也被抓，後來動用了不少關係才把他給撈出來，他也因為表現不佳被總公司狠狠訓斥了一頓，讓他對柳擎宇恨之入骨，早就憋了一口惡氣等著要出。

最近他聽聞河西省蕭氏集團有意進軍農業領域，是由集團的精英總裁劉小飛親自組隊，選擇的點很有可能是白雲省南華市；他還聽說華安集團的總裁劉恆也有意進軍白雲省，這讓他感到十分緊張，不得不親自趕赴白雲省坐鎮，以免市場被對方搶佔。

他剛好巡視到瑞源縣，陪幾個重要客戶吃喝呢，沒想到竟然看到劉恆那個大胖子，還有自己的冤家對頭柳擎宇坐在一起。

看到這兩個人，范金華眼珠轉了下，立刻計上心頭，他決定要在自己的主場好好的收拾一下柳擎宇和劉恆，他要讓柳擎宇和劉恆知道，在白雲省，尤其是南華市，**自己是絕對的王者，任何人都不可能和自己抗衡**，更何況是柳擎宇這個小小的公務員呢！

至於劉恆，他知道對方在北京似乎有些背景，但是這裡可是白雲省啊，山高皇帝遠，在自己的地盤上想要收拾他們還不易如反掌?!

范金華站起身來對客戶說道：「各位慢慢聊啊，我看到兩個朋友，過去和他們打個招呼。王副總，你陪著幾位一定要吃好喝好。」

王副總連忙點頭：「范總，您放心吧，我保證把大家陪好。」

范金華邁步向柳擎宇這一桌走來。

范金華一站起身來，正對著他的劉小胖立刻就注意到了，立刻向柳擎宇說道：「老大，我看到一位你的老熟人正在向咱們這走過來，他似乎想要和你敘敘舊啊。」

柳擎宇哦了聲，瞄了一眼，見是范金華，不禁有些意外，沒想到會在這裡又遇到范金華。

其實，柳擎宇早就把范金華這個傢伙給忘記了，因此看了一眼，目光便收回來，落在程鐵牛的身上。

程鐵牛正在埋頭苦吃，滿桌子的飯菜不到十分鐘便被他風捲殘雲消滅了三分之一，雖然他剛認識柳擎宇三人，但是並不感到拘束，對飯菜展開了猛烈進攻，一路攻城掠地，毫不客氣。

對程鐵牛這位新加入的朋友，不管是劉小胖也好，韓香怡也好，大家不僅沒有任何鄙視，相反的，都十分喜歡這個黑大個，因為程鐵牛這個人一點都不做作，想幹什麼就幹什麼，想吃什麼就吃什麼，沒有虛應客套，大家都覺得程鐵牛很純真可愛。

看程鐵牛吃得那麼香，柳擎宇忍不住問道：「鐵牛，我看你挺愛吃那個鐵板牛柳的，要不要再給你來兩盤？」

程鐵牛擺擺手：「飯票老大，不要了，我已經吃得差不多了。」說話時，還打了個飽嗝。

柳擎宇默默觀察程鐵牛吃飯時，發現程鐵牛吃飯時雖然狼吞虎嚥，但是很懂規矩，不會伸著筷子四處去夾菜，哪怕是再愛吃的，如果沒有放在自己這邊，或是柳擎宇他們還沒動過的菜，他絕對不會去夾，基本上他把注意力都放在靠近自己的菜上。

從這個細節上，柳擎宇更加覺得這個黑大個的可愛之處了。

就在這時，范金華邁步走了過來，滿臉含笑地伸出手，對著劉恆道：「哎呀，這不是大名鼎鼎的劉總嗎？你怎麼不遠萬里到瑞源縣來了，真是稀客啊，來了也不通知我一聲，我也好盡盡地主之誼。」

劉小胖可是七竅玲瓏之人，范金華這番話雖然表面上聽起來十分熱情，誠意十足，然而卻是話裡有話，什麼叫稀客？他范金華難道就是主人了？憑什麼以地主自居啊，這不是擺明了告訴劉小胖，他才是瑞源縣乃至整個南華市的市場主宰嘛?!

范金華竟跟自己玩這手！劉小胖哪裡是肯吃虧的人，瞪大了眼看著范金華道：「請問你是哪位？我們認識嗎？」

劉小胖說完，韓香怡和柳擎宇都哈哈大笑起來。

這劉小胖簡直太不給面子了，簡直就是當面打臉啊，范金華氣得臉色一陣青一陣白！

四周吃飯的人也笑了起來，這更讓范金華感到無地自容。

不過范金華應變能力相當不錯，鎮定地說：「劉總，你可真會開玩笑，誰不知道你們華安集團在農業領域是數得著的大企業啊。」

劉小胖忙擺手道：「可別這樣說，我承受不起啊。這位先生，不知道你找我有什麼事嗎？」

劉小胖依然裝出不認識他的樣子，這讓范金華自找臺階之舉徹底失敗。

范金華心中這個鬱悶啊，他本來是想要給劉小胖和柳擎宇難看的，沒想到還沒和柳擎宇交鋒呢，在劉小胖這邊便敗下陣來，他怎麼能甘心呢。

范金華冷冷地說：「劉總，我聽說你們華安集團打算進軍白雲省的農業領域？」

「想又怎麼樣？不想又怎麼樣？」劉小胖反問。

「劉總，身為怡海集團東北區域總裁，我認為我很有必要提醒你一下，白雲省的農業市場現狀已經趨近飽和，外來勢力要想再插足進來，基本上已經不太可能了，所以我建議劉總，最好先做好市場調查，可不能一拍腦瓜子說進就進，否則肯定要賠了夫人又折兵的。」

范金華這是發起了言語上的反擊，直接嘲諷劉小胖不懂得市場運作。

劉小胖嘲諷地說：「哦，這麼說，你還挺為我考慮的嘛？不過我很納悶，我們華安集團賠不賠錢和你有半毛錢的關係嗎？我錢多沒處花，想要砸點錢做公益事業難道不行嗎？再說了，我就不信你說這番話是為了我們華安集團好，我們好好的做我們的生意，你幹嘛跟我說這些，是不是在暗示你們怡海集團已經壟斷了白雲省的農業市場啊。如果真是這樣的話，你們可真夠厲害的了。」

劉小胖前面是直接嗆人，後面是對對方表示欽佩，這讓范金華感覺到很不好接招，想了想道：「劉總，我想不用我說，你應該知道我們怡海集團的實力有多強大！我只想奉勸你一句，螳臂當車、蚍蜉撼樹，終究只能作繭自縛，自毀基業；如果你真想發展的話，換一個地區吧，以免最後撞得頭破血流。」

劉小胖哈哈一笑，不受威脅地道：「不好意思啊，我這個人是不撞南牆不回頭！」

「劉總，如果你真的想要撞一撞南牆的話，那我無話可說，不過你記住我今天所說的話，在南華市，在瑞源縣，我范金華說一不二。」范金華霸氣地說。

劉小胖卻是不屑一笑：「如果你說一不二的話，那瑞源縣縣委書記算什麼？難道你說的話比他的話還管用嗎？」

范金華一臉傲然地道：「瑞源縣縣委書記怎麼了，那是我朋友，瑞源縣縣長是我哥們，瑞源縣有許多幹部和我稱兄道弟，劉總，我早就說過，在這瑞源縣，你翻不出我的手掌心的。」

聽范金華竟然說瑞源縣縣委書記是他哥們，劉小胖臉上露出驚訝之色，柳擎宇就坐在自己身邊，這范金華還睜著眼睛說瞎話，這哥們也太搞笑了吧？

其實，范金華還真是在吹牛，他在瑞源縣的人脈關係雖然不錯，但是並沒有他所說的那麼誇張，他只是在嚇唬劉小胖而已。

劉小胖忍不住說：「我說哥們，你可知道瑞源縣縣委書記是誰嗎？你說他是你哥們?!」

「我說劉總啊，你要想做瑞源縣這個市場，最起碼得知道縣委書記是誰吧，你不知道我可以告訴你，是高震，我們兩個認識有好多年了。」范金華得意地說。

劉小胖臉上露出一絲詭異的笑容，點點頭，沒有再說什麼。

柳擎宇也有些震驚，高震的確曾經是瑞源縣縣委書記，只不過那已經是過去式了，范金華卻以為高震仍是縣委書記，這說明他的工作沒有做到位啊。

不過，這也不能怪范金華不知道，因為范金華認為自己只需要搞好上層關係就可以了，所以他平時做公關都是先把省裡的關係打理好，再搞定市裡的，至於縣裡，他也就是半年前與高震、魏宏林等人喝過酒，洗過三溫暖而已。

對這種低層的關係，他頂多半年或者一年才會去關照一次，畢竟他要照顧整個東北區域，白雲省只是他管轄的其中一個省分而已，而白雲省僅僅是地級市就有十幾個，每個地級市又有十幾個縣，要讓他全都親自跑，根本沒有時間。所以他還不知道瑞源縣縣委書記早就換人的消息。

即便知道，他也不怎麼關心，因為在他看來，不管誰來當縣委書記，對自己來說影響都不會太大，因為他和黃立海的關係非常好，稱兄道弟，在瑞源縣絕對是強勢的一方。

韓香怡在一旁聽到范金華和劉小胖的對話，嫣然一笑，憐憫的看了范金華一眼，對范金華充滿了鄙視，心中暗道：

「范金華啊范金華，你真是瞎了狗眼，真正的縣委書記就坐在你的旁邊，你竟然不知道，就這樣你還想在瑞源縣做生意呢，你就等著出糗吧！」

此刻的柳擎宇顯得相當淡定，對范金華不知道自己是瑞源縣縣委書記這件事，他並不在乎，甚至對范金華在瑞源縣做生意與否，他也沒有什麼特別的想法，對他而言，只要范金華是正正當當的做生意，他完全沒有去找對方麻煩的意思。

只是，柳擎宇越是想低調，范金華卻偏偏不想讓他低調。

范金華在劉小胖那裡碰壁後，知道無法說服劉小胖，便把目光落在了柳擎宇的身上，他決定從柳擎宇身上好好的找回面子，至少要報上次被柳擎宇攪局之仇。

因而，范金華用誇張的語氣說：「哎呦，這不是老同學嗎？柳擎宇，上次我聽你說在白雲省當公務員，你怎麼在瑞源縣出現了？」

柳擎宇淡淡一笑：「我是瑞源縣的公務員，自然會在瑞源縣出現啊。」

范金華聽了，立刻興奮起來，**以自己在瑞源縣的關係，想要整柳擎宇豈不是易如反掌！**

他調侃道：「柳擎宇，既然你在瑞源縣當公務員，那遇到我算是你的幸運啊，我跟你說，我和你們瑞源縣的縣委書記、縣長等領導都是好朋友，如果你需要幫忙的話，只要一句話，就可以讓瑞源縣的領導們提拔提拔你。」

范金華臉上充滿了狂傲之氣，一副看你要怎麼求我的姿態。

柳擎宇有些無語。不知他怎麼變成了這副尖酸刻薄的德性！

其實，柳擎宇誤會范金華了。范金華依然睿智、風趣、幽默、幹練，有著諸多的優點，卻也有一個致命的弱點，那就是大學時期在諸多方面落後柳擎宇，以至於他在面對柳擎宇的時候總是會有不由自主的陰影，為了掩飾內心深處對柳擎宇深深的忌憚，他不得不時時刻刻讓自己從言語、心理上對柳擎宇保持一種高高在上的樣子。

柳擎宇好笑地說：「提拔？我看不用了，我現在工作得挺好的。」

范金華仍不放棄地說：「柳擎宇，如果你真的想要上進的話，千萬不要客氣，雖然咱們之間有些齟齬，但畢竟咱們是老同學，該幫你的時候我還是會幫你的。」

柳擎宇笑著搖搖頭。

看到柳擎宇不為所動，范金華臉色一寒。

這時，范金華身邊那位美女秘書姚玉蓉見到柳擎宇和劉小胖竟然一點面子都不給自己的老闆，立時幫腔道：「柳擎宇，我告訴你，別給臉不要臉，我們范總和你聊天是給你面子，我告訴你，在瑞源縣，我們范總一言九鼎，一句話就可以讓你失去工作。如果你不想失業的話，最好給我們范總敬上幾杯酒，賠禮道歉。」

說完，又看向劉小胖道：「劉恆，你最好在瑞源縣老實地待著，不要輕舉妄動，要知道，這瑞源縣的市場不是你們一個小小的集團可以染指的。」

說話時，姚玉蓉還不斷用手點指著柳擎宇和劉小胖。她認為在瑞源縣自己便可以頤指氣使，柳擎宇和劉小胖再牛，也不可能在怡海集團的地盤上翻出什麼花樣來。

然而在柳擎宇看來，姚玉蓉就像是個潑婦般，無理取鬧地亂罵街，可笑之極。至於范金華，則是像跳梁小丑，徒有其表，其實內裡空洞，外強中乾。

劉小胖的看法和柳擎宇差不多，根本就沒有把這兩個放在眼中。

只有韓香怡小魔女忍不下這口氣。柳擎宇可是自己最喜歡的人，就像是偶像一般，是神聖不可侵犯的，現在竟然有人敢當著她的面向柳哥哥發起挑釁，簡直是可惡至極，不可饒恕。

本來照小魔女平時的性格，絕對是拎著悶棍就直接往下砸的。但是今天情況不同，因為今天多了一個人，這個大個一看就是個愣頭青，很好使喚，就趁姚玉蓉在指手畫腳的時候，便在黑大個程鐵牛的面小聲嘀咕起來。

姚玉蓉說完，得意洋洋的正等著看柳擎宇和劉小胖害怕求饒的場面呢，卻沒想到，程鐵牛猛的站起來，用蒲扇一般的大手指著范金華道：

「喂，我說你這個花心大蘿蔔，敢對我的飯票老大找事，是不是不想混了？跟我的飯票老大找事，你就是在砸我的飯碗啊！」

程鐵牛一邊說著話，一邊向旁邊的小魔女使勁的擠了擠眼睛，似乎是在向小魔女邀功：「看到沒，我的記憶力不錯吧！」

范金華頓時一愣，這才注意到柳擎宇身邊的這個黑大個。

這傢伙往那裡一站，人高馬大的，乍看的確很嚇人，不過聽他說話甕聲甕氣的，他就斷定這個傻大個智商肯定有問題，直接無視黑大個，看向柳擎宇，憐憫地道：

「這誰啊？怎麼看起來傻乎乎的？該不會你交的都是這種朋友吧？我真的替你感到悲哀啊！」

「他是我的兄弟，怎麼，這和你有什麼關係嗎？」柳擎宇冷冷地回道。

范金華哈哈大笑起來：「柳擎宇啊柳擎宇，看來你真是墮落了，竟然和這種人交起兄弟來，太沒有品味……了……」

范金華那個「了」字還沒說完呢，便感覺到自己和柳擎宇的位置明顯不同了，之前看柳擎宇的時候還要稍微仰視，現在自己竟然可以俯視柳擎宇了，心中那叫一個爽啊。

然而，他很快就意識到，這種俯視的滋味不是那麼好受，因為他失去了踩在地上的那種踏實感，再往下面一看，他的雙腳離開了地面，他手刨腳蹬的掙扎了一下，身體竟然不受自己控制。

此刻，最為驚嚇的要數范金華的秘書了，因為她驚恐的發現，老闆竟然被那個黑大個一隻手抓住衣襟給舉了起來！這個黑大個簡直比大猩猩還有力氣啊。

「你……趕快把我們老闆給放下來，否則你會惹上麻煩的。」姚玉蓉花容失色道。

然而，黑大個程鐵牛已經舉著手，掄圓了巴掌狠狠的抽了起來：「啪啪啪！啪啪啪！」一邊打還一邊嘴裡叨咕著：「向我的飯票老大挑釁，這要三個大嘴巴！讓小魔女不開心，又是三個大嘴巴！居然敢跟小胖子叫板，還得三個大嘴巴！你還說我傻，這……這得六個大嘴巴！」

范金華人在空中，想逃都逃不了，只能任由程鐵牛一巴掌接著一巴掌啪啪的打著，臉上一陣一陣火辣辣地疼，卻又無可奈何。

當他聽到程鐵牛數他自己的那六個大嘴巴數到四的時候，心想這黑大個打完最後這兩個大嘴巴後，自己總該可以被放下來了，再忍耐一下，受的罪馬上就要結束了。

卻不想讓他欲哭無淚的一幕發生了。

程鐵牛該數六的時候，竟然卡殼了，一隻手把范金華舉在半空中，另一隻手抓了抓自個兒溜光晶亮的大光頭嘀咕道：「哎，這五之後到底該是幾來著，我怎麼忘了呢，看來只能再重新來過了，師父說，數不過來重新數就可以了。」

啪啪啪的打臉聲再次響起，范金華想死的心都有了。

看到此處，柳擎宇、韓香怡、劉小胖三人都哈哈大笑起來。

更慘的事還在後面，黑大個第二次數到五的時候，又忘記後面是幾了，只好又重新來一遍。

范金華那叫一個鬱悶啊，哀怨地道：「還說你不傻，不傻的話，怎麼連一二三四五這幾個數字都數不清呢！」

等程鐵牛第三次數到五的時候，范金華再也忍不住了，他知道自己再不說話的話，還得被這黑大個再重新打一次。

所以，等黑大個數到五時，他趕緊喊道：「五之後是六，是六！」

黑大個聽到范金華的提醒，拍了拍自己的光頭說：「哦，原來五之後是六啊！」

「沒錯沒錯，就是六。」

「啪！」又是一個大嘴巴。

范金華長長的吐了一口氣，終於打完了，該結束了吧！

誰知讓范金華吐血的一幕發生了，黑大個再次啪啪啪的打了起來。

范金華抗議道：「你幹嘛又打我啊！」

程鐵牛咧嘴道：「我讓你提醒我了嗎？你提醒我不是顯得我很笨嗎？所以該打！」

啪啪啪，啪啪啪，又是六個大嘴巴，把范金華打得眼冒金星，臉腫得跟豬頭一般。直到程鐵牛打夠了，才把范金華丟在地上。

姚玉蓉連忙跑過去把范金華給扶起來。

范金華氣得七竅生煙，用幾乎看不見的眼睛充滿怨毒的看了程鐵牛一眼，又看了柳擎宇和劉小胖一眼，隨即直接邁步向外走去。

看著范金華黯然離去的背影，柳擎宇和劉小胖、小魔女都大笑不已，程鐵牛也咧開大嘴跟著笑了起來。

劉小胖看向程鐵牛道：「我說黑大個，你怎麼連五和六都記不清啊，這可不行啊！」

程鐵牛嘟囔道：「誰說我不知道啊，我只是故意那樣說的，小魔女說讓我找幾個理由多抽那個傢伙幾個大嘴巴，我後來實在找不出理由了，又感覺打得不解氣，只好裝糊塗啦。」

眾人一聽，再次大笑起來。

劉小胖更是用手指著黑大個說：「老大，看到沒，**這才是真正的大智若愚**啊！太能坑人了。」

小魔女也點頭表示贊同，程鐵牛則是呵呵的傻笑起來。

笑過之後，柳擎宇換上嚴肅的表情說道：「現在咱們是爽了，不過麻煩恐怕也將會接踵而至，根據我對范金華的瞭解，這傢伙是個睚眥必報之人，而且報仇從來都不隔夜的。」

劉小胖嘿嘿壞笑道：「就算他睚眥必報又怎麼樣，有老大你在，我們怕個鳥啊！」

柳擎宇頓時無語。

不過，他還真沒把范金華放在眼中，所以，也就拋開此事，幾個人繼續吃了起來，邊吃邊聊著，十分開心。

尤其是有了程鐵牛後，這貨雖然看起來愣頭愣腦的，但時不時便有驚人之語冒出，惹得眾人一陣陣大笑，程鐵牛也很快就融入到柳擎宇他們這個圈子之中。

范金華離開後，立刻拿出手機，播出一個電話：

「段天涯，你立刻帶人到粵港海鮮樓來，去十八號桌給我砍幾個人，他們一共有四個人，三男一女，一個黑大個，一個白胖子，還有一個古銅色皮膚的傢伙，年紀都不大。」

電話那頭，段天涯油嘴滑舌地說：「我說范總啊，你應該知道，我和兄弟們現在可都是保安，早已從良了，從來不幹那些違法亂紀的事。」

范金華一皺眉頭，立刻疼得倒吸了口涼氣，他的臉腫成了豬頭，就連皺一下眉頭都會扯得皮膚生疼。

越疼，范金華對柳擎宇這些人就越痛恨，所以罵罵咧咧的說：「段天涯，你少跟我玩這些虛的，我就問你一句話，五萬塊，只傷人不殺人，給我出口氣就行，打完人你立刻走人。」

「那警方追蹤起來怎麼辦？」

范金華安撫道：「段天涯，你應該知道我和瑞源縣康局長的關係，你認為憑我和他的關係，會查到你的頭上嗎？」

段天涯略微沉吟道：「范總，既然你這樣說，那我也就不說什麼了，但是說實在的，五萬塊有些少了，而且還是砍人的事，我是沒問題啦，就算是免費出力也可以，不過對方有四個人，我得多帶點兄弟們，所以……」

范金華心知他是嫌錢少了，說：「這樣吧，十萬塊，訂金五萬，事成之後，剩下那五萬我直接匯到你的帳戶上。」

段天涯滿意地說：「好，就這樣說定了，我馬上召集人手出發。」

掛斷電話後，段天涯立刻行動起來。身為瑞源縣黑惡勢力之一——天涯保安公司的總經理，馬上召集了十二名小弟，來到粵港海鮮城，很容易就找到了柳擎宇他們所在的十八號桌。

不過段天涯並沒有急於動手，他的習慣是先觀察對手的情況。當他看到黑大個身高足足有兩米，身材魁梧彪悍後，立即曉得這傢伙絕對屬於難纏的那種，至少得四五個人才能對付。

隨即，段天涯的目光又落在柳擎宇的身上，他發現柳擎宇個頭也不低，而且臉龐稜角分明，一看也不是個等閒之輩，大概也得三四個人去對付才穩妥，如此一來，自己帶來的十二個人剩下五個，對付剩下的那個胖子和小女孩絕對穩妥。

段天涯是個做事很謹慎之人，否則他這個混道上的傢伙就不會開一家保安公司來洗白自己了。

段天涯在瑞源縣道上也算是手眼通天的人物，一般的酒店保安和服務生大多都認識他。段天涯喊了名服務生過來，當得知柳擎宇他們已經喝了足足有半個多小時的酒後，心中立時有了計較，便對坐在身邊的一個小弟低聲吩咐了幾句，這個小弟立刻站起身，經過埋伏在不同位置的同伴身後時，輕輕拍了拍打暗號，對方立刻會意，跟著他向洗手間的方向走去。

這時，柳擎宇四個人喝得非常開心，尤其是劉小胖，幾乎杯杯乾，從進來到現在，這傢伙已經喊了半斤白酒，五瓶啤酒了，褲腰帶都放鬆兩次了。

又是一杯啤酒下肚之後，劉小胖感覺到小腹下面傳來一股尿意，便說道：「老大，你們先喝著啊，我去放放水。」

柳擎宇點點頭，程鐵牛還在埋頭苦吃，不過他的速度逐漸慢了下來，看來吃得差不多了。

此刻，不管是柳擎宇也好，劉小胖也好，誰也沒有注意到劉小胖已經被段天涯的人給盯上了。

劉小胖上完廁所，從洗手間裡面出來時，段天涯的一個小弟和另外一個兄弟假裝也往洗手間走，劉小胖見迎面而來的這兩人將自己卡在中間，便停住腳步，想等兩人先過去。卻沒想到，這兩個傢伙彷彿沒看到劉小胖般，徑直向劉小胖撞了過來。

劉小胖眉頭微微一皺，兩個人已經撞在劉小胖的身上，其中一個傢伙用手推了一下劉小胖的胸口，罵道：「喂，死胖子，你沒長眼睛啊，這麼寬的路你撞我幹嘛？」

另一個傢伙也用手推劉小胖道：「靠，死胖子，你是不是故意找事啊，我告訴你，立刻向我們道歉，否則我們哥倆削死你！」

聽兩人說話一點都不講理，劉小胖火氣便上來了，怎麼，看我人胖好欺負是不是？那哥們就跟你們好好的玩一玩。

這劉小胖當年也是跟著柳擎宇一起到處搗蛋的主，說起打架更是家常便飯，隨著開始做企業，他把火爆脾氣收斂了許多，畢竟在商場上，僅僅靠拳頭是沒有用的，還得靠智慧。他不去主動找別人麻煩，別人就得燒高香了，現在竟然有不長眼的人主動找事，潛藏在他骨子裡的那種彪悍之氣一下子就被激發了出來。

劉小胖冷冷的掃了兩人一眼說道：「你們是在故意找事吧？」

那兩個人把眼珠子一瞪：「怎麼，孫子，想要和我們兄弟硬抗是不是？」

劉小胖把袖子一挽，道：「識相的趕快走，我可以既往不咎，不然後果自負！」

那兩個小弟哈哈大笑起來，其中一個滿臉青春痘的傢伙突然伸出手來想要偷襲劉小胖，他的巴掌還沒有打到劉小胖的臉上呢，手臂便被劉小胖給抓住了，隨即一腳踹出，這傢伙立刻倒在地上。

另外那個傢伙一看劉小胖身手挺俐落的，立刻大喊道：「老鄭，快過來幫忙，有人把小孫給打了。」

隨著這傢伙一聲呼喊，四周一下子跑出來五個人，呼啦一下子就把劉小胖圍在當中，開始拳打腳踢起來。

劉小胖雖然拳腳不弱，但是畢竟和柳擎宇、陸釗這種經過專業訓練的特種兵不同，一個人對付兩三個還沒有問題，一下子衝出五六個人，他就有些扛不住了。

劉小胖一邊使勁的抵抗著對方如潮水般的拳腳進攻，一邊大聲求救道：「老大，趕快過來救急！」

劉小胖人雖然胖，嗓音卻很大，聲音很快便傳到大廳裡。

柳擎宇正奇怪劉小胖怎麼去個廁所半天也不見回來，想去看看劉小胖呢，乍聽劉小胖熟悉的聲音，知道劉小胖肯定是被圍攻了。

意識到劉小胖出了危險，柳擎宇怒目圓睜，火速朝洗手間衝了過去。

看到飯票老大起身要走，程鐵牛也急眼了，他好不容易遇到像老大這麼好對待自己的人，此刻飯票老大似乎要跑，這還得了，以後誰能讓自己天天吃肉管飽，還有工資拿啊！所以緊跟在柳擎宇的身後。

小魔女韓香怡自然也不落人後，抄起隨身攜帶的悶棍也跟著朝洗手間方向跑去。

距離柳擎宇不遠處正在觀察他們行動的段天涯一看柳擎宇起身，立即曉得洗手間那邊已經幹起來了，於是吩咐身邊的小弟們直衝洗手間增援。

一時間，海鮮樓便出現一幕怪異的場景。

十多個人分成兩條不同的路線，瘋狂的向洗手間方向狂奔而去，中間還有人撞倒了端著飯菜的服務員，菜湯撒了一身。

在洗手間圍攻劉小胖的那幾個傢伙聽劉小胖居然大聲呼救，全都怒了，因為老大讓他們堵在洗手間外面的意圖，就是要將對方分散開來，好逐個擊倒。所以，他們加緊了火力圍攻。

劉小胖很快便被對方的拳腳給打中，鼻青臉腫，渾身都是腳印，血水也模糊了他的雙眼。

不過，即便是在處於如此劣勢的情況下，劉小胖依然傲視站在那裡，他知道，老大一定會趕來救援的，他不能倒下，不能給老大丟臉！

就在劉小胖的頭部再次被對方一拳擊中，眼前金星亂竄，身體搖搖欲墜的時候，柳擎宇急時殺到，一腳踹飛兩個圍在劉小胖身邊準備踢向劉小胖要害的傢伙，一把把劉小胖抱在懷中，眼中怒火噴發，怒視著面前五個彪形大漢。

# 第三章

# 悶棍女王

段天涯噗通一聲狠狠的摔倒在地上！在他暈倒前，他腦海中一直盤旋著一個疑問，這個女孩是從哪裡找到這條粉紅色的棍子的呢？還有，這條棍子上為啥還寫著幾個晃眼的大字——悶棍女王！他還沒有想明白，便暈了過去。

看到柳擎宇突然出現，而且手段如此犀利，這五個人全都毫不猶豫的從腰間抽出了隨身攜帶的砍刀，揮刀向著柳擎宇和劉小胖便砍了過來。

這時候，程鐵牛也拍馬趕到。當他看到飯票老大抱著渾身鮮血淋漓的劉小胖時，頓時也急眼了，雖然他的腦瓜反應不夠快，但是非常清楚飯票老大和劉小胖的形勢岌岌可危，自己必須要挺身而出。

越是像黑大個這種看似魯鈍的人，第六感越是敏銳。從柳擎宇和劉小胖內心深處所散發出來的接納、欣賞和誠摯結交之意，他便完全把柳擎宇當成了自己的老大，把劉小胖當成自己的朋友。

師父從小就教導他，對待朋友必須要真誠，要想朋友之所想，急朋友之所急，你怎麼對待朋友，朋友才能怎麼對你。於是，他毫不猶豫的加入了戰團。

程鐵牛的出現，立刻讓現場形勢發生了巨大的變化，柳擎宇本就受過特種訓練，儘管懷中抱著劉小胖，但是身手依然很靈活，再加上有程鐵牛在旁邊牽制對方，柳擎宇以一敵三仍是不落下風。

對方也沒有想到，黑大個雖然身體高大，但是動作並不遲緩，閃展騰挪異常靈敏，很快就從對方手中奪過一把砍刀，隨即揮刀把另外一個攻向自己的刀給磕飛了。

這時，段天涯帶著另外六名小弟來到現場，當他看到地上倒了四名自己的小弟時，立馬大手一揮：「上，都給我上，不要留手。」

這句話也是暗號，這是在告訴兄弟們，對方很扎手，要下狠手放倒對方，**相當於開啟了搏殺模式**。

段天涯的小弟們聽到命令，紛紛拿出自己的武器，向柳擎宇他們砍殺了過來。

原本遊刃有餘的柳擎宇在對方又加入人手的情況下，頓時便感到形勢嚴峻起來。可恨的是程鐵牛被三個揮舞著砍刀的傢伙給圍住，一時間也無法抽身上去支援。

段天涯見狀，拿出手機播出一個電話，喊道：「孫大麻子，立刻帶人到粵港海鮮城來，帶上傢伙，以最快的速度趕到！晚了老子劈了你！」

說完，段天涯從腰間抽出砍刀，尋找著機會。

就在這時候，段天涯看到手中抱著劉小胖的柳擎宇一邊逼退身前三個傢伙的進攻，一邊緩慢的向後退，距離他只有不到五米的距離，正是他出擊的好機會，便把砍刀藏著背後，悄悄地向柳擎宇身後緩緩移動。

他的嘴角露出得意的微笑。

然而，這時候，段天涯感覺到身後似乎有人在靠近，不過他並沒在意，不管對方是什麼人，自己段天涯的名號在瑞源縣可是響噹噹的，沒有幾個人敢偷襲自己。

至於柳擎宇那邊，好像還有一個小女孩沒過來，那只是個長得蠻漂亮的小女孩罷了，沒有絲毫威脅性。

歷史告訴我們，**任何時候都不能輕視你的對手，否則必定會付出血的代價**。

段天涯正是輕視了小魔女韓香怡，所以，當他距離柳擎宇不到兩米左右，高舉手中的砍刀準備砍向柳擎宇的後背時，腦袋突然發出砰的一聲巨響，隨即眼前金星亂晃，一陣劇烈的疼痛從後腦勺傳來，鮮血瞬間流淌下來。

段天涯意識到被人給偷襲了，轉過身來，怒聲呵斥道：「是誰？是誰偷襲老子？看老子弄不死你！」

當他身體緩緩倒下時，只看到小魔女那雙修長得令人不敢逼視的美腿，還有那條粉紅色的悶棍，以及韓香怡那俊俏的臉上充滿嘲笑和不屑的表情。

段天涯噗通一聲狠狠的摔倒在地上！不甘心的閉上了雙眼，他暈倒了。

在他暈倒前，他腦海中一直盤旋著一個疑問，**這個女孩是從哪裡找到這條粉紅色的棍子的呢？**還有，**這條棍子上為啥還寫著幾個晃眼的大字——悶棍女王！**

這女孩是誰？怎麼從背後打我悶棍啊！他還沒有想明白，便暈了過去。

小魔女看到段天涯暈倒了，立刻大喊道：「都給我住手，誰要是敢再動手，姑奶奶我踹爆他的蛋蛋！」說著，小魔女便把腳放在段天涯的小腹上方。

段天涯帶來的小弟們聽到小魔女的喊聲，紛紛轉頭看來，頓時傻眼，不敢置信自己的老大竟然被一個小女孩給打趴了。

只見女孩肩頭上扛著一條粉紅色的長棍，一雙高跟鞋踩在老大的身上，滿臉的殺氣，這些人都被震住，不敢再動手了。

他們不敢動手，程鐵牛立刻上去三拳五腳把幾個傢伙全部放倒。

柳擎宇趕忙拿出手機撥通急救電話，呼叫救護車，又給劉小胖檢查了一下，還好劉小胖只是被打暈，身上沒有致命傷後，這才放下心來。

隨即目光一轉，眼光落在段天涯的身上，他非常清楚，這個男人才是今天晚上劉小胖被襲擊的真正操控者。

其實，他早就注意到段天涯在不遠處觀察著自己，只是一時間沒有搞清楚對方到底為什麼要這麼做，所以也按兵不動。不想這傢伙竟然玩了一招**聲東擊西、各個擊破**的手段，把算盤打到了劉小胖的身上。

從現場這麼多人來看，柳擎宇隱隱猜測，這些人恐怕根本就不是對著劉小胖來的，**很有可能目標是自己**，畢竟劉小胖剛剛來到瑞源縣，人生地不熟的，也不可能和什麼人有仇恨。

要說對方只是尋釁滋事，柳擎宇就更不相信了，對方策劃得如此周密，這個幕後策劃者基本上也就呼之欲出了，除了剛剛被程鐵牛打了幾個大嘴巴的范金華外，不可能會有別人。

想到此處，柳擎宇一腳踢在段天涯的人中上，把這傢伙踢醒，段天涯緩緩睜開雙眼，便看到一雙充滿殺氣的雙眼。

柳擎宇怒視著他說道：「是誰指使你來找我們麻煩的？」

段天涯好歹也算是道上混的人，對江湖規矩還是懂的，裝出一副不解的樣子說道：「什麼指使？」

柳擎宇一腳便在他的尾椎上，疼得他倒吸了口涼氣，卻仍是裝糊塗道：「我不知道你在說什麼。」

柳擎宇冷哼道：「好啊，你的骨頭倒是挺硬的嘛，不說是吧?!」柳擎宇看向韓香怡：「香怡，想不想聽一聽蛋黃破碎的聲音？」

韓香怡俏臉一紅，瞪了柳擎宇一眼說道：「你敢踢我就敢聽。」

柳擎宇毫不猶豫的抬起腳來，故意瞄了下位置，點點頭道：「嗯，這個角度正好，可以一腳讓這個王八蛋變成太監。」

段天涯嚇壞了，大聲喊道：「我說朋友，咱們遠日無怨，近日無仇，何必下此毒手呢？而且現在是法治社會，你踢我不要緊，你自己也會進監獄的。」

柳擎宇冷面無情的說道：「我的兄弟都被你們打成這樣了，我如果還要有什麼顧忌的話，我這個當大哥的也太窩囊了，我現在想的只有一件事，那就是為我兄弟報仇！再給你最後三十秒鐘的考慮時間，如果三十秒內你不說出來到底是誰指使你的話，可就別怪我心狠手辣，把你變成瑞源縣歷史上第一個太監了。」

柳擎宇說話時，一邊看著手錶計時。

圍觀的人看到在瑞源縣風光一時，無人敢招惹的段天涯竟然被對方如此逼迫之時，都顯得異常興奮，彷彿在看一齣高潮迭起的好戲般看著熱鬧，跟著開始倒數起來：三十、廿九……廿五……廿四……

段天涯心中這叫一個鬱悶啊，本以為可以手到擒來賺十萬塊錢的小事，竟然變成了這個樣子，**這范金華要自己收拾的到底是什麼人啊！**

就在此時，離柳擎宇他們不遠處，段天涯安排好的一個沒有參與戰團的小弟播出一通電話，打到了瑞源縣公安局局長康建雄的手機上，焦急的說道：

「康……康局長，大事不好，我們老大被人給打暈了，他們還說要把老大給變成太監，請你趕快派員警過來救救他吧！」

康建雄一聽段天涯被人給收拾了，立刻火了，這傢伙平時很懂事，逢年過節都會給自己送禮，額度比一般道上的那些人要多出一半；最重要的是，康建雄現在最疼愛的一個小三就是段天涯幫他弄的。

基於以上種種，康建雄自然不能見死不救，不過康建雄也是一個老狐狸，做事很謹慎，問道：「對方是什麼人？為什麼和老段發生衝突？」

小弟回道：「對方好像是四個外地人，因為他們的口音不是咱們瑞源縣本地的腔調，至於他們是什麼人，我也不清楚。今天我們和段總在粵港海鮮城喝酒，在洗手間有人找事，段總就帶我們過去幫忙，沒想到對方特別厲害，把我們的人都給放倒了。」

段天涯之所以選這個小弟負責放哨，就是因為這小子很機靈，懂得**黑白顛倒**，這是他最後的底牌。

康建雄一愣：「你們在粵港海鮮城？」

那個小弟說：「是的，康局長，求求您快點派人過來吧，不然我們段總可就危險了。」

康建雄點點頭：「好，我馬上派人過去。」

其實，此刻康建雄和兩個公安局的副局長、三個得力手下正在海鮮樓樓上的包間吃飯呢。

掛斷電話後，康建雄看向其中一個副局長李歐華道：「老李，段天涯在樓下遇到了點麻煩，正被幾個外地人收拾呢，你帶兩個人下去解決一下。」

李歐華是康建雄的鐵桿人馬，是康建雄從小隊長的位置一步一步提拔起來的，所以對康建雄的命令言聽計從，沒有任何的猶豫。而且他和段天涯更是稱兄道弟，關係好得很。

李歐華聽到康建雄這樣說，便對兩個手下說道：「王海青、朱志剛！你們兩個跟我下去，我倒要看看，到底是誰敢在我們瑞源縣的地面上撒野！」

此刻，三十秒的時間已經到了，柳擎宇抬起腳向著段天涯的襠部準備踢下去。

段天涯連忙喊道：「我說，我說，是范金華指使我的，他給了我十萬塊，讓我們把你們四個好好收拾一頓！」

聽到段天涯的話後，柳擎宇眼中射出兩道寒光：「范金華，果然是你，這次，你死定了！」

柳擎宇正琢磨著怎麼處理段天涯這些人呢，這時候，李歐華帶著人來到了現場。由於柳擎宇是背對著李歐華，身後身側還站著程鐵牛和韓香怡，所以李歐華並沒有注意到柳擎宇。

他一到現場便吆喝道：「誰啊，誰在瑞源縣的地盤上鬧事，是不是不想混了?!」

剛剛被柳擎宇嚇破了膽的段天涯聽到李歐華的聲音，立刻哭叫道：「李局長，快救救我啊，這些人不僅打了我，還對我動用私刑逼供，這些人實在是太囂張、太可惡了。」

李歐華走到段天涯身邊，把段天涯從地上扶了起來，沉聲道：

「段總，你放心，像你這樣有良心的商人，我們瑞源縣警方一定會為你做主的！康局長一直在教導我們，要我們警方要時刻保護人民的利益。」

聽到李歐華這樣說，段天涯心中大定，他知道李歐華這是在暗示他可以放心，這件事康建雄已經知道了。

李歐華把目光落在韓香怡、劉小胖和程鐵牛的身上，質問道：「地上這些人都是你們打傷的？」

韓香怡不滿地說：「我說警官，你是不是眼睛瞎了，你沒看到我們這邊有一個人被打暈了嗎？你憑什麼說是我們打他們，而不是他們打我們？你這樣也太武斷了吧？」

李歐華板著面孔說道：「武斷？段總可是我們瑞源縣十大優秀企業家之一，是我們瑞源縣的名人，怎麼可能說謊呢？再說，這邊地上躺著的人明顯比你們那邊多，很明顯是你們占了上風，肯定是你們打他們的啊，否則他們明知道自己打不過你們，為什麼要和你們打呢？

「來人啊，先把這些人給我銬到警察局去，好好的審問審問。我看有些人真是沒有把法律放在眼中啊，竟敢在光天化日之下毆打他人，尋釁滋事，這根本就是蓄意擾亂社會治安，十分惡劣，必須要嚴厲打擊！」

李歐華直接把一頂頂的大帽子扣在柳擎宇他們身上。

韓香怡抗議道：「警官，你的處理方式也太隨便了吧？你最少也得問問目擊者，現場到底發生了什麼事，就這樣武斷的做出決定，這根本就不符合警方辦案的流程啊！」

「流程？我的話就是流程！我的話就是法律！」李歐華囂張跋扈的說道。

李歐華以前是一個不學無術、混黑道的痞子，只不過家裡有些錢，有點關係，經過一番運作後，把他弄進了警局，而他因為懂得察言觀色，又很講義氣，敢花錢，膽子還大，所以獲得了康建雄的賞識，把他提拔到公安局副局長的位置上，成了左右手。

儘管當上副局長，李歐華說話做事依然痞氣十足，什麼法律他壓根就不懂，也不在乎，他很明白自己的定位——**他就是康局長的一條狗，他讓自己咬誰，自己就咬誰，讓自己做什麼就做什麼，哪怕是背黑鍋也不在乎。這就是他理解的官場。**

所以，李歐華完全不理會韓香怡的質疑與不滿。

這時，段天涯用手指著程鐵牛身後的方向說道：「李局長，看到黑大個身後的那個傢伙了嗎？這個人得重點審訊，這小子實在是太狠毒了，他竟然威脅要把我變成太監，你一定要給我出這口惡氣啊！」

李歐華聽了大感好奇，很想見識一下想要踩爆段天涯蛋蛋的那個人到底是誰，趾高氣揚地向程鐵牛方向走去，一邊說道：「段總，你放心，我們警方做事一向是公平公正，對任何敢欺負老百姓的人絕對不會姑息。」

程鐵牛向旁邊一閃，露出了身後的柳擎宇，李歐華話還沒說完呢，便看見站在面前的柳擎宇。

李歐華一下子懵了！怎麼也想不通這位縣委書記是啥時出現在現場的，他來的時候明明沒有見到柳擎宇啊。

柳擎宇淡淡說道：「這位警官，我就是段天涯說的那個人，請把我銬起來帶回去審問吧！」說著，便伸出手遞向李歐華。

李歐華身後的下屬沒有認出柳擎宇，毫不猶豫的從腰間掏出手銬就想給柳擎宇戴上，李歐華一巴掌把王海青給搧了出去，喝令道：「王海青，你不想混啦，縣委柳書記你也敢銬？」

王海青一聽，頓時一愣，隨即定睛一看，嚇得腦門上立刻冒汗。

前段時間公安局康局長就差點被這位縣委書記提議給撤換掉了，要不是魏縣長等人強力反對，恐怕今天的公安局局長就不是康建雄了。這樣強勢的縣委書記就連康建雄都不敢招惹，自己竟然要去銬他，這不是找死嘛！

王海青連忙點頭哈腰道：「柳書記，真是對不起啊，我沒有認出您來，我錯了，我錯了！」

柳擎宇沒理會王海青，目光直視李歐華，問：「這位警官，你認識我？」

李歐華尷尬地點點頭，心中懊悔到了極點，早知道這事和柳擎宇有關，自己說啥也不會出面的。這縣委書記是出了名的官場殺手啊！誰遇到他誰倒楣！

「好，既然你認識我，那麼報一下你的職務姓名吧！」

李歐華垂著頭道：「我是瑞源縣公安局副局長李歐華。」

柳擎宇點點頭：「你為什麼會出現在這裡？」

李歐華眼神閃爍著說：「我們是接到有民眾報案才來的。」

以柳擎宇多年練就的經驗，一眼就看出對方在撒謊，冷冷說道：

「李同志，你這個公安局副局長難道就是像這樣執法的嗎？不問青紅皂白，不問是非曲直就要把人給銬走？這樣做符合警方辦案的流程嗎？」

柳擎宇接著又猛批道：「請問李同志，面對人民的質疑，你憑什麼說你的話就是流程，你的話就是法律?!是誰給你權力讓你這麼說的？你不知道你這樣說會嚴重影響警方的形象嗎？更會讓老百姓對警方產生嚴重的不信任感！說，到底是誰給你這麼大的膽子？」

面對柳擎宇一連串的質問，李歐華把頭低了下去，一句話都不敢說，深怕惹毛柳擎宇。他現在最希望的就是康局長趕快從樓下下來，好為自己解圍，不然自己可就真的凶多吉少了。

此刻，圍觀的群眾有些人認出了柳擎宇，聽到柳擎宇一字一句的逼問，都大聲叫好起來，段天涯在瑞源縣作惡多端，許多人對他早已恨之入骨了，而李歐華在瑞源縣的名聲也不怎麼好，現在聽柳擎宇如此訓斥李歐華，老百姓都覺得十分解氣。

而正在樓上等消息的康建雄發現等了半天不見李歐華回來，意識到情況不太對勁，立刻派出另一個下屬下去打探消息，很快，那個哥們回來了，臉上寫滿凝重的說道：

「康局長，縣委柳書記就在樓下！」

康建雄一聽柳擎宇竟然在下面，眉頭就是一皺，這事怎麼和柳擎宇扯到了一起，事情可有些麻煩了。

這時，康建雄的手機響了起來，之前打電話放哨的小弟還不知道闖下大禍，急急地道：「康局長，事情好像有變化，李副局長下來後，被一個叫柳書記的人給問住了，看樣子，這個人像是一個當官的，恐怕還是得您親自來處理一下啊。」

康建雄聽到這傢伙的話，真想掄起拳頭狠狠的砸他一頓，然而現在箭在弦上，自己卻不能不發，人是自己派下去的，出了狀況自己卻不理會，那以後就沒有人願意再替自己出力了。

想到此處，康建雄站起身來：「走，咱們下去看看，小李那邊可能要撐不住了。」

其他人一聽，也趕緊跟在康建雄的身後向樓下走去。

當一行人來到樓下，就見柳擎宇狠盯著李歐華，李歐華則是滿頭大汗，臉色蒼白，一言不發。康建雄趕忙堆起笑臉，道：「柳書記，發生什麼事啦，我正在樓上吃飯呢，就接到電話說這裡發生了打架鬥毆事件，趕快過來看看。」

柳擎宇看了他一眼，沉聲道：「康同志，我想問問你，你們縣公安局的工作人員在執法的時候，有沒有一套完善的執法流程？」

康建雄連忙說：「有啊，怎麼可能沒有呢，這套流程全國都是統一的，我們瑞源縣警方一直都是文明執法、公正執法的。」

柳擎宇冷哼一聲：「康同志，你就不要在那裡吹噓了，看到沒，你們這位副局長，不問青紅皂白、事情緣由，就要銬人帶回公安局去，而且只帶走其中一方，對另一方根本不予理會，看樣子似乎和對方很熟悉，康同志，你認為這件事該如何處理？」

康建雄自然知道李歐華與段天涯的關係，心裡直罵李歐華也太白目了，要偏袒人，也得看一下當事人是誰吧？現在可好，捅了馬蜂窩啦！

可是儘管康建雄心中對李歐華十分不滿，但是此刻自然不能表現出來，還得為李歐華說話：「柳書記，我看這件事可能有些誤會。」

李歐華立刻順坡下驢道：「柳書記，這的確是個誤會，我沒有看到你在場，否則，就算是給我十個膽子，我也不敢不給您面子啊。」

李歐華這番話如果是當著別人的面說，也許對方會認為李歐華在給他面子，但是在柳擎宇面前說，卻恰恰給柳擎宇抓住了把柄，反問道：

「哦？照你這麼說，如果今天不是我在這裡，你肯定還是要這樣做了，這說明什麼？說明在你的心中根本就沒有文明執法、公正執法的概念，你身為公安局副局長尚且如此，手下帶出來的兵就可想而知了！

「俗話說得好，兵熊熊一個，將熊熊一窩，一個公安局副局長是什麼風格，在很多程度上將會影響公安系統的工作作風。現在全縣正在大力響應中央號召，推動四風建設，看來你平時根本就沒有認真學習啊，這是絕對不行的。我看這樣吧，市委黨校幹部培訓班即將開始，我們瑞源縣已經收到通知書了，你就去市委黨校好好的學習學習，縣裡會安排一位同志頂替你的工作，等你從黨校學習回來後，縣委會根據你的學習情形酌情安排工作的。」

李歐華一聽工作可能不保，哭喪著臉道：「柳書記，不用這樣吧，我只是一時疏失而已啊。」

康建雄也幫腔道：「柳書記，我看你這樣處理有些過重了，李同志的能力非常強，是我的左膀右臂，要去黨校學習，可以安排別人去，他不能去。」

柳擎宇寒著臉道：「左膀右臂？康同志，你這樣說的話，那我有些疑問，我問你，這些年來，瑞源縣發生的大案有多少起？僅僅是殺人案件發生了多少起？公安局又破獲了幾起？有十分之一嗎？你知道瑞源縣老百姓是怎麼看待你們縣公安局的嗎？」

柳擎宇這番話讓康建雄啞口莫辯，公安局的現況他當然知道，但是平時他把心思都放在如何編織自己的關係，如何去跑官要官，如何去撈取好處上了。

見康建雄沉默不語，柳擎宇便一聲令下：

「康同志，這件事就先這樣定了，回去之後，我會和其他常委們交流一下意見最終確認，至於現場，我看就由你這個公安局局長親自來過問一下吧，希望你把整件事情查個清楚，給相關人員一個公平公正的結果。」

有柳擎宇親自坐鎮，康建雄自然不敢怠慢，先給附近的派出所所長打電話，讓他立刻帶著人過來支援，隨後又把酒樓的工作人員找來，讓他們把酒店的監控視頻調出來，確認是段天涯的小弟們在洗手間門口故意尋釁滋事的，康建雄大手一揮：

「來人，立刻把那幾個尋釁滋事的人給我銬起來帶到縣公安局去，我要親自審訊。」

說完，看向柳擎宇，恭敬地道：「柳書記，您看這樣處理行嗎？」

從康建雄的動作中，柳擎宇看出這個康建雄和事件的幕後操控者段天涯關係絕非尋常，他雖然把下面的小蝦米給抓住了，卻沒有去動段天涯的意思。

柳擎宇冷笑道：「康同志，你認為整件事你處理完了嗎？你為什麼不問問雙方當事人具體情況是什麼呢？難道這些還需要我教你嗎？」

康建雄一拍腦門，裝著糊塗說：「看我這記性，光顧著找證據，都忘了錄口供了，來人啊，找雙方的當事人瞭解一下情況。」

很快的，有警員過來一一瞭解情況，韓香怡伶牙俐齒，把整件事的來龍去脈詳細的說了一遍。

這時，救護車到了，柳擎宇把劉小胖送上救護車，隨後看向康建雄說道：「康建雄，我們這一方的口供是一樣的，字也你簽了，從我得到的訊息來看，策劃這件事的，是那個叫段天涯的人，而他是受到怡海集團東北區總裁范金華的指使才這麼做的。這件事的後續調查就交給你處理了，不過，我會持續關注後續的結果，希望你能夠公平公正的處理。」

說完，柳擎宇跟著上了救護車，小魔女韓香怡和黑大個程鐵牛也跟著一起上了救護車，離開了現場。

在救護車上。

韓香怡有些不滿的問道：「柳哥哥，你為什麼不直接讓那個康建雄馬上給出處理結果呢？那樣的話豈不是更加穩妥？否則劉小胖的傷豈不是白挨了？」

柳擎宇殺氣騰騰地說道：「找柳擎宇的兄弟怎麼可能白白挨打！我會讓那些人受到應有的懲罰！不過現在先給劉小胖治傷要緊，那邊我們暫時顧不了，就讓康建雄去折騰吧，如果他處理不好此事的話，我想他這個局長也差不多該到頭了。」

醫院急診室內，醫護人員把劉小胖的傷口進行了一番處理後，劉小胖蘇醒過來，他流了不少血，輸了血後，總算平安沒事。

不過這麼一折騰，已經是下午兩點左右了。

柳擎宇給辦公室主任宋曉軍打了個電話，告訴他自己的去向，讓他暫時先替自己看著點縣委的工作，宋曉軍自然一口應承下來。

宋曉軍不禁提出一個疑惑他很久的問題：

「柳書記，上次常委會上，康建雄的問題那麼嚴重，為什麼你當時不直接把他拿下，還給了他翻身的機會？這個問題我一直想不通。」

柳擎宇笑了笑，說出他的想法：

「你說得沒錯，上次我的確有機會直接把他拿下，但是你想過沒有，如果把他拿下的話，換誰頂上呢？正常情況下，縣公安局局長這個位置一定是要從公安局內部進行提拔，或者從其他地方調來一個人替補。

「如果從本地提拔的話，你認為能夠找到一個能力和品德都勝任這個位置的人嗎？找不到吧？那麼從外地調來一個呢？這種事又不是我們縣委能夠做得了主的，到時候肯定是市裡要插手，但是我現在對市裡的各種勢力還無法掌握，所以，萬一空降來一個我不太瞭解的幹部，那對瑞陽縣的治安未必有根本性的改變。

「縣公安局局長這個位置至關重要，不容有失，所以，這個位置要麼不動，要動的話，就必須確保這個人選是一個能夠幹事的人，至於是哪個陣營的倒是無所謂。」

宋曉軍沉吟道：「嗯，這一點我也想到了，不過，我想這應該不是全部的理由吧，否則這個問題也還是有解決之道的。」

柳擎宇笑了起來：「老宋，你猜得不錯，在康建雄這個問題上，我的確還有其他的想法。第一，康建雄這個人雖然狡猾，但是缺乏大局觀，不然，他又怎麼敢和我這個縣委書記叫板呢？哪怕我是剛剛上任的縣委書記，但是我畢竟是一把手，從這個細節上，我認為我完全可以把握得住這個人。所以，我可以利用他暫時掌控公安局的穩定，等到有合適的新任局長人選之時，隨時可以把他拿下，我相信這些年他的屁股不會乾淨，拿下他並不困難。

「第二，我暫時還不想和魏宏林等本地派完全撕破臉，那樣對瑞源縣的長遠發展並沒有什麼好處，如果我拿下康建雄的話，魏宏林一定會對我非常不滿，會想辦法對我今後採取的諸多措施處處進行抵制，那樣我反而束手手腳。不如板子高高舉起，使勁落下，卻又不至於讓對方傷筋動骨，**讓對方看到我殺伐果斷的同時對我心存畏懼，讓他們以後做事時有所忌憚。這叫留餘，給他們留餘地，也給我自己留點餘地。**」

聽完柳擎宇的解釋，宋曉軍這才恍然大悟，心中對柳擎宇的欽佩之心又多了幾分。

柳擎宇回到病房，劉小胖正坐在病床上一邊看著電視，一邊吃起了蘋果。

劉小胖身旁，小魔女韓香怡正手握著水果刀在專心的削著蘋果，劉小胖難得能得到小魔女的伺候，開心得不得了，吃起水果來也是狼吞虎嚥的。

不過劉小胖的吃相和病床另外一側的程鐵牛比起來，簡直就是斯文到家了。

只見程鐵牛拿起一個蘋果，只是在嘴邊喀嚓喀嚓輕輕轉上那麼一圈，一顆偌大的蘋果很快便只剩下一個蘋果核，他拿起蘋果核直接向兩米外的垃圾桶隨手一丟，便準確的丟了進去，隨即再拿起一個蘋果，不到一分鐘再次解決，五分鐘內，六個蘋果輕鬆搞定。

劉小胖剛剛吃完一個蘋果，伸手向小魔女準備接過下一顆蘋果時，小魔女卻把蘋果往後一收，雙眼含怒說道：「臭胖子，你已經吃了一個了，這個是我給柳哥哥削的。」

劉小胖不平地道：「香怡妹妹，你胖子哥哥可是病人啊，你怎麼著也得照顧一下病人不是。」

小魔女嗤道：「去去去，臭胖子，你身上又沒有什麼致命傷，裝什麼病人！給你一天時間恢復身體，明天下午你陪我爬山去。」

「啥？爬山？魔女妹妹，你這可是要了我的老命啊，你看看我這一百多斤肉，這要爬山的話得損失多少脂肪啊！還不把我給累死！」劉小胖哀嚎著。

韓香怡美眸中露出兩道殺氣：「魔女妹妹？你說誰是魔女啊？」

劉小胖忙改口道：「不不不，是我口誤了，是香怡妹妹。」

「口誤？我看你是存心要給我起綽號吧！」

這時，柳擎宇走了進來。小魔女把手中削好的蘋果遞給柳擎宇，溫柔的說道：「柳哥哥，吃蘋果。」

柳擎宇看著手中削得面目全非、深一刀淺一刀的蘋果，臉上露出了微笑。

這個丫頭從小嬌生慣養，從來沒有動手做過什麼活，啥時候削過蘋果啊，現在胖子受傷，她竟然親自給胖子削蘋果吃，十分難得。他知道小魔女對自己和劉小胖其實是很在意的，只不過總是喜歡用一副刁蠻的樣子來掩飾自己的關心罷了。

柳擎宇接過蘋果，使勁的咬了一大口，咀嚼了一下說道：「嗯，我們香怡妹妹削的蘋果就是好吃。」

聽到柳擎宇的誇獎，小魔女俏麗的臉上漾起了光澤。

劉小胖趕忙向柳擎宇訴苦道：「老大，你要為我做主啊，我可是病人，香怡妹妹非得拉著我明天陪她去爬山，老大，快點救救我吧。」

誰知柳擎宇不幫他說話，反而拍了拍他的肩膀說道：

「小胖，我看香怡妹妹對你已經非常溫柔了，要是我的話，下午就拉著你去爬山了！你看看你，身上的肥肉一年比一年多啊，以前你一個人打四五個都不成問題，這次才五六個人就把你打成這樣，我看你真得好好鍛煉鍛煉了。我非常贊同香怡的決定，從明天開始，你每天都跟著香怡爬山去，我親自監督你。」

劉小胖假裝昏倒在床上，雙手抱著頭哀號道：「老大，你不用這麼狠吧，我可是你的小弟啊！你就給小弟我一條活路吧！」

程鐵牛在一旁聽了道：「飯票老大，師父傳給我一套拳法，說這套拳法可以專門用來幫人減肥的，只要對方讓我每天狠狠揍上兩個小時就可以了。」

韓香怡瞪大了眼睛說道：「黑大個，你瞎扯的吧？世界上怎麼可能有這種拳法？」

程鐵牛斬釘截鐵地道：「我們山裡有一頭黑熊就被我這套拳法給打得瘦了好幾圈，看到我就跑呢。」

柳擎宇附和：「嗯，如果真有這種效果的話，我看倒是可以讓小胖試試。」

劉小胖一聽，立刻坐起身來說道：「別別別，老大，我錯了，明天開始，我跟著小魔女一起去爬山。」

「什麼？你又管我叫小魔女，找打！」韓香怡拿起一顆蘋果狠狠地砸在劉小胖的腦門上，劉小胖再次慘叫一聲倒下。

眾人都哈哈大笑起來。

這時，柳擎宇的手機突然響了起來，是宋曉軍打來的。

「柳書記，縣電視台停電了，我們縣委大院也接到通知，說下午五點鐘之後，電力公司要對這邊進行電路檢修。」

聽到這個電話，柳擎宇的心情變得更加糟糕了，沉聲道：「好，這件事我知道了，曉軍，你在縣委大院好好給我盯著，看電力公司是否真的敢停電，我立刻給電力公司打電話，勒令他們對縣電視台恢復供電。」

說完，柳擎宇立刻撥通了縣電力公司總經理李宏貴的電話：

「李同志，我聽說你們電力公司給縣電視台停電了？」

「是的，這是我下令的，馬上縣委大院也要進行線路檢修。」

說話間，李宏貴沒有絲毫的畏懼，在他看來，柳擎宇應該是向自己服軟來了。

「李同志，有些事我相信你我都明白到底是怎麼回事，我也不想多說什麼，我只是希望你能夠在十分鐘內恢復對縣電視台的供電，至於縣委大院的電，你認為五點停合適嗎？」柳擎宇質疑道。

李宏貴見柳擎宇竟然不向自己低頭，還用近乎於命令式的語氣來逼自己恢復供電，頓時氣得雙眼圓睜，冷聲道：「柳書記，不好意思啊，這個線路檢修是我們早就預定好的，按照電力公司的相關流程，到了時間就必須要對線路進行檢修的，否則萬一發生安全隱患，誰來負責？您來負責嗎？」

李宏貴完全是以一種上級對下級的口氣在說話。

柳擎宇冷冷說道：「據我所知，外地的電力公司也不乏線路檢修之舉，但是正常情況下，會盡量減低對人民生活的不便，而你們現在的行為已經嚴重影響到縣電視台的工作和上千名家屬的生活，這種事難道你們就沒有考慮到嗎？」

李宏貴淡淡回道：「柳書記，做任何事情都是要有代價的，要想確保電路管線的正常運行，就必須對線路進行檢修，否則一旦出現安全事件我承受不起啊！還希望柳書記能夠多多諒解，不好意思啊，我這邊有件急事需要處理，先掛了。」

李宏貴掛斷電話，嘴角露出一絲不屑的冷笑：

「柳擎宇，雖然你是縣委書記不假，但是你這個縣委書記就是沒牙的老虎啊，想要指使我，你還不夠資格！而且你也太不會做人了，官場上，**誰不是你好我好大家好的，你卻偏偏反其道而行之，你要怎麼在官場上生存下來呢？**這次我就給你一個深刻的教訓，讓你知道知道事情應該怎麼做！」

柳擎宇放下電話，臉色顯得十分難看。

劉小胖不禁問道：「老大，怎麼回事？需要幫忙嗎？」

柳擎宇擺擺手道：「沒事，只不過是個不長眼的傢伙，想要挑釁一下我這個縣委書記的權威罷了。」

柳擎宇拿出手機，撥通了縣自來水公司總經理范元高的電話：「范同志，我是柳擎宇，電力公司拖欠你們的水費繳了嗎？」

范元高一聽是柳擎宇的聲音，嚇得站起身來，神情恭敬的說道：「柳書記您好，現在為止，電力公司仍然沒有上繳拖欠的水費。」

柳擎宇點點頭：「好，既然他們沒有繳，那就按照之前我們商議好的方式辦理吧。記住，以後任何單位彼此間都要一筆一清，不能搞什麼私下交易，一旦被我發現，嚴懲不貸。」

范元高連忙說：「好的好的，柳書記，我馬上按照您的指示去辦。」便立即吩咐下屬：電力公司及其宿舍即刻進行停水措施。

隨即，柳擎宇又給縣電視台代理台長徐傳勝打了個電話，徐傳勝表示已經按照柳擎宇的指示，對電力公司和宿舍停掉了所有有線電視的信號供應。

此時，李宏貴已經得到副總經理周雲鵬的彙報，得知停水停有線電視的消息，老神在在地說：

「不用擔心，柳擎宇不過是在虛張聲勢罷了，他身為縣委書記，絕對不敢長時間對咱們採取強制措施的，你通知下去，就說這次的停水、停有線電視是縣委書記柳擎宇親自下令的，目的就是為了逼迫我們電力公司……」

李宏貴對周雲鵬面授機宜了一番，周雲鵬頓時雙眼一亮，豎起大拇指讚道：

「李總，還是你高明啊，這樣一來，柳擎宇要是不能在我們下班前恢復供水和有線電視信號，到時候他就吃不了兜著走啦！」

李宏貴得意的一笑，心想柳擎宇這個縣委書記八成是靠關係得來的，否則的話，怎麼可能不明白合作的效益要遠遠大於對抗的效益呢？

半小時後，柳擎宇接到宋曉軍的回報：

「柳書記，李宏貴那邊玩得挺大的，現在縣電力局宿舍群情激奮，大家都在傳言說你對電力局有意見，所以要收拾一下電力局，才用停水停有線信號的方式好讓他們屈服，現在老百姓正在串聯，準備五點後如果還沒有恢復正常，他們就要聚眾鬧事，圍堵縣委大院附近的交通要道了。」

柳擎宇聽了說道：「沒問題，這一點不用擔心。我早就防著他這一手呢，我已經通知自來水公司和縣電視台那邊了，到五點半的時候，準時供水供信號。」

宋曉軍一愣：「柳書記，既然我們已經停了水和信號，為什麼還要給他們恢復呢？這樣豈不是讓電力公司那邊更加肆無忌憚？」

柳擎宇說道：「不管李宏貴如何操作，電力局員工和家屬們畢竟是無辜的，他們也算是我們瑞源縣的一員，我們不能區別對待，我之所以下令暫時停水斷信號，只不過是向李宏貴發出一個警告信號而已，我在等待他下一步的動作。」

宋曉軍聽到柳擎宇這樣解釋，心中還是有些不明白，但是他曉得，柳擎宇此舉絕對大有深意，柳擎宇總是做出讓他意想不到的事，事後證明他的決策皆具有超高的前瞻性。

連絡完後，柳擎宇對劉小胖抱歉道：「胖子，你先在醫院待著吧，讓香怡和鐵牛照顧你，我得出去一趟，晚飯前回來。」

柳擎宇交代了一下之後，便離開醫院，驅車趕到縣紀委辦公處。縣紀委的工作地點沒有和縣委在一起，是一個古樸的兩層小樓，位於縣城東邊，地點很偏僻。

看門的老頭正坐在門口喝茶，看到柳擎宇過來，問道：「你找誰？先登記一下。」

柳擎宇拿起登記簿，一一寫上所有的資訊：要找的人——紀委書記沈衛華；登記人姓名——柳擎宇；職務——瑞源縣縣委書記；所為何事——工作。

登記完，柳擎宇把簿子遞給看門老頭，老頭不慌不忙的喝了口茶後，這才拿過登記簿看了一眼，立時瞪大雙眼，再一仔細打量柳擎宇後，嚇得剛喝的茶水都噴了出來，連忙站起身來，驚慌失色地說道：

「柳……柳書記……對不起，我不知道是您來了，我馬上給您開門。」

柳擎宇笑道：「別急，我只是過來瞭解一些情況的，你做得非常好，認真執行了你的工作，沒有任何錯誤。」

老頭聽柳擎宇這樣說，這才放下心來，感受到縣委書記平易近人的一面。

柳擎宇問道：「沈書記在單位嗎？」

老頭點點頭：「在呢。在二一八房間。」

「謝謝。」說完，柳擎宇邁步向裡面走去。

聽柳擎宇對他說謝謝，老頭對柳擎宇的好感直線上升。這個縣委書記不僅平易近人，還很有禮貌，這麼年輕有權卻能如此待人，這官肯定差不了。

「沈書記，剛剛柳書記進單位，說是要找你談談工作上的事。」看門老頭按照規定進行了通報。

沈衛華接到通報，心中就是一愣：「柳擎宇來幹什麼？該不會是來視察的吧？」他的心情一下子緊張起來。

他正打算去迎接柳擎宇時，辦公室房門被敲響了，打開一開，柳擎宇已經滿臉含笑站在外面。

沈衛華吸了口氣，連忙伸出手來說道：「柳書記，您來了，歡迎您到我們縣紀委檢查指導工作。」

柳擎宇和沈衛華握了手，笑著說道：「衛華同志，我這次來，主要是和你瞭解一些情況的，希望能夠獲得你的配合。」

聽柳擎宇這樣說，沈衛華心中再次一緊，一邊把柳擎宇讓到辦公室內，關好門，一邊問道：「柳書記，不知道您說的是什麼工作？」

「衛華同志，如果你手頭的工作不忙的話，我想讓你陪我一起到你們紀委的檔案室，尋找近些年來與縣電力公司有關的舉報資料，不知道你方便嗎？」

沈衛華一愣。他沒有想到柳擎宇竟然是衝著這些資料來的。

這讓沈衛華感到十分意外，因為他也聽說了柳擎宇和縣電視台之間在互相較勁，在他看來，柳擎宇這種做法是吃力不討好，畢竟縣電力公司在瑞源縣的強勢不是一天兩天了，柳擎宇剛剛到瑞源縣就要和對方叫板實為不智。

不過，沈衛華自然不會表露出來，說道：「好，沒問題，咱們這就去檔案室吧。」

沈衛華帶著柳擎宇直接來到檔案室，找到專門擺放和電力公司有關的舉報資料櫃，把最近兩年的檔案都給找了出來。

柳擎宇一邊翻閱著資料，一邊進行分類，把他認為比較有用的資料放在了左手邊。又對沈衛華交代道：「衛華同志，麻煩你幫我找一些與這些事由差不多的檔案出來，我有用。」

沈衛華發現柳擎宇找的內容，都是與電力公司總經理李宏貴有關的資料，很明顯，柳擎宇這是想要收拾李宏貴的節奏啊。

但是，電力公司根本不歸瑞源縣管，人家有單獨的一套流程，柳擎宇就算找到了這些資料又能怎麼樣呢？而且李宏貴的兄弟還是市電力公司的副總，人脈極廣，柳擎宇能夠搞得定對方嗎？

心中帶著種種疑問，沈衛華和柳擎宇一起忙碌了一個多小時，最終挑出了十多份分量比較重的舉報資料，柳擎宇把文件放進了手提包裡，對沈衛華道：「衛華同志，希望這件事你能夠為我保密。」

沈衛華苦著臉道：「柳書記，這一點你儘管放心，現場就咱們兩個人，我想不保密都不行啊！」

兩人剛離開檔案室，柳擎宇的手機便響了起來，宋曉軍報告道：「柳書記，咱們縣委大院已經被停電了。」

柳擎宇臉上露出淡淡的冷笑，讓沈衛華不禁感到一絲冷意。就聽柳擎宇說道：

「好，我知道了，既然他們給縣委大院停電，那麼你立刻通知自來水公司和縣電視台，恢復對縣電力公司的一切措施，但同時要加強對民眾的宣傳，要讓電力公司的員工和家屬們知道，天下沒有白吃的午餐，喝水看有線電視都得付費，電力公司總不能把他們的福利建立在我們瑞源縣的損失之上吧！這不公平啊！」

宋曉軍立刻點頭說道：「好的，我馬上去辦。」

一直在旁邊聽著的沈衛華更加震驚了，對方一把縣委大院斷電，柳擎宇就立刻讓人恢復供水供信號的措施，**這不是明擺著屈服於對方的壓力嗎？柳擎宇不是挺強勢的嗎？為什麼要這樣做呢？**

柳擎宇笑著看了一眼若有所思的沈衛華道：「衛華同志，今天的事情多謝你了。」說完，柳擎宇和對方告辭。

看著柳擎宇離去的背影，沈衛華陷入沉思之中。

沈衛華怎麼都覺得柳擎宇此次來自己這個紀委大院的目的沒有表面上看那麼簡單，畢竟這種小事只需要隨便派個縣委辦主任過來就可以了，就算是從保密角度考慮，也沒有必要親自過來一趟，但是柳擎宇偏偏親自來，難道柳擎宇醉翁之意不在酒，是想要借機觀察自己，看有沒有機會拉攏自己？

# 第四章

# 三國之勢

魏宏林道：「我們與孫旭陽合則兩利，分則兩害，只有合作才能遏制住柳擎宇上升的勢頭。就像是三國，我們是魏，孫旭陽是吳，柳擎宇則是蜀，魏國永遠是最強大的，最終的天下大勢最終只能由我們來擺平。」

就在沈衛華思考的同時，縣電力公司內，李宏貴也已經得到供水和有線電視信號全面恢復的消息。

他得意地說：「看到沒，柳擎宇軟了吧，想和咱們叫板，不是自取其辱嗎？我這次要是不讓柳擎宇親自登門道歉，他們縣委大院別想恢復供電！我得好好教訓教訓他。」

此刻的李宏貴囂張至極，得意至極，在他看來，柳擎宇已經徹底栽在自己手中了，自己想怎麼揉捏就怎麼揉捏。

**柳擎宇是任人揉捏的人嗎**？答案當然是否定的。

柳擎宇拿著從縣紀委那邊找到的資料後，回到自己的辦公室，隨即撥通了好友顧振潔的電話。

顧振潔是和柳擎宇從小一起長大的發小，那時，顧振潔和柳擎宇、劉小胖等人經常一起廝混，關係非常好。後來由於顧振潔老爸工作調動的關係，顧振潔就跟著一起搬走了，但是和柳擎宇他們仍然保持著聯繫。

顧振潔後來進入國企，在白雲省電力公司紀檢處做到了紀檢科長。

他這可是實權科長，專門負責檢查省電力公司系統內部存在的各種違規、違紀案件。不過平時顧振潔為人十分低調，幾乎沒有人知道他的來歷。

電話接通，一陣閒聊後，顧振潔問：「老大，有啥別的指示沒？」

他對柳老大的脾氣十分瞭解，如果不是有特別的事，是不會在工作時間打電話來的。

柳擎宇點點頭：「振潔啊，我有件事需要你幫忙。」

顧振潔笑道：「老大，有啥事你儘管說，咱們之間還客氣啥。」

「我手上有瑞源縣電力公司總經理李宏貴違法違紀的舉報資料，已經發到你的郵箱裡了，你看看這些資料有沒有什麼用處？」

顧振潔多聰明的人，柳擎宇這麼說，他立刻就明白柳老大擺明了是要收拾對方，連忙說道：「好的，我馬上看。」

顧振潔效率非常高，不到十分鐘，他便把所有的檔案大體的流覽了一遍，大怒道：「老大，這李宏貴也太囂張了吧，竟然如此明目張膽的以權謀私，私相授受，這簡直是我們電力系統的人渣啊！老大，你放心，這件事我保證辦好。」

顧振潔掛斷電話，便把這些舉報資料列印出來，然後找到了他的上級主管：省電力公司紀檢監察處主任左愛民。

顧振潔先是把手中的資料往左愛民的辦公桌上一放，隨即沉聲道：

「左主任，最近這段時間，咱們系統內下面各個地市的貪污舞弊現象十分猖獗啊，有些人竟然把以權謀私的行為弄到盡人皆知的地步，而且態度十分囂張，我認為我們很有必要樹立一個典型，狠狠的打擊一下這種現象。」

顧振潔這番話鏗鏘有力，一副義憤填膺的樣子，很不像他往日低調的作風，讓左愛民很是訝異，拿起檔案約略的翻了翻後，立刻就明白了，顧振潔這是要拿縣電力公司的總經理李宏貴來開刀啊。

他聽說過李宏貴，知道這傢伙有點背景，出於對顧振潔的維護，提醒道：「小顧，據我所知，這資料上的李宏貴好像是南華市電力公司副總經理李宏宇的親弟弟吧。」

顧振潔點點頭道：「沒錯，左主任，我看這個李宏貴之所以敢這麼囂張，就是和他的背景有關。但是我認為，不管他有什麼樣的關係，他的行為已經嚴重影響到我們白雲省電力系統的形象，瑞源縣地方政府對李宏貴已經不滿到了極點；據我所知，這個人還公然和地方領導叫板，濫用職權敢給瑞源縣縣委大院停電，這種行為很有必要予以打擊和糾正。」

左愛民沒有想到顧振潔明知道李宏貴有這麼一層關係還敢硬上，忍不住說道：

「我說小顧啊，這個李宏貴雖然不怎麼樣，但是他的哥哥李宏宇可不是一般人啊，即便是在咱們省裡，也有充足的人脈關係，要想動他的弟弟肯定會驚動他，到時候我會遇到強大的阻力的。」

顧振潔看出領導的猶豫，他也知道左愛民的難處，他的監察室主任並不好幹，必須要考慮和平衡好各方面的關係。所以顧振潔自告奮勇道：

「左主任，只要您同意，我願意當這個先鋒官，如果成功了，是領導您的大力支持；出了任何問題，責任由我一力承擔。」

顧振潔這樣說已經把自己的態度表示的非常明白了，有了政績是你的，有了責任是我的。看到顧振潔如此堅決，左愛民皺起了眉頭。**這個年輕人為什麼要如此興師動眾的動瑞源縣的一個小小的分公司經理呢？有什麼目的嗎？**

顧振潔見左愛民還在猶豫，有些不爽了，心中那股傲氣也迸發了出來，以一種十分霸氣的語氣對左愛民說道：

「左主任，我知道您擔心李宏宇的反撲，但是我可以明確的告訴您，這種後果您完全沒有必要擔心，而且我保證這件事絕不會對您有任何不好的影響。如果您實在為難的話，我可以直接讓北京的紀檢部門直接下達命令，再由我親自負責查辦此案，我一定把這件事情給辦得妥妥的。」

左愛民瞪大了眼睛，好像看著外星人一般看著面前這位下屬。**自己沒有聽錯吧？讓北京直接壓下來，這得要多麼硬的關係才能做到？這小子該不會是在吹牛皮吧？**

心中雖然有著諸多疑問，但是他也知道，**官場上，任何人都不能小視**，既然顧振潔都這麼說了，看來自己也沒有必要再去阻止顧振潔，不過，他想趁機摸一摸這個下屬的背景，便點頭說道：

「嗯，如果這件事是由總部壓下來的話，我們做起來就更加理直氣壯了。」

顧振潔立即說：「好的，我出去打個電話。」

不到十分鐘，左愛民的手機便響了起來，電話裡傳來總部領導十分嚴肅的聲音：

「左同志，你們白雲省電力公司某些地方的問題十分嚴重啊，尤其是那個瑞源縣的李宏貴，實在是太囂張了，必須要嚴肅查處，以儆效尤。」

左愛民心頭就是一陣狂跳，暗自慶幸幸虧自己做事小心，沒有得罪了顧振潔這尊大佛。

當顧振潔回來後，左愛民毫不考慮地說：「小顧啊，剛才我接到上級領導的指示，領導表示瑞源縣李宏貴的問題十分嚴重，必須要嚴肅查處，這件案子就由你親自負責吧！我在後方給予你全力支持。」

顧振潔點點頭：「好的，左主任，您放心，我一定會把這件事情辦好的。」

顧振潔立刻從科室裡挑選了兩名平時最信得過的科員，跟著他直接趕往瑞源縣。

顧振潔一行人趕到瑞源縣的時候，已經是晚上十一點左右了。

柳擎宇雖然知道顧振潔到了，不過為了大局著想，他並沒有去與顧振潔見面，只是讓宋曉軍把從紀委那邊拿到的檔案原件交給了顧振潔。

顧振潔連夜便展開調查。按照舉報資料所提供的舉報人資料，一一連夜登門核實，一直忙到第二天早上，順利得取得很多確鑿的證據。

由於顧振潔他們的行動是夜間展開，深夜敲門聲引起了一些人的注意，凌晨三點左右，正摟著情婦睡覺的李宏貴便被一陣急促的電話鈴聲給吵醒了。

接通電話後，一個急促的聲音傳了出來：「李總，現在省公司紀檢科正在對你展開調查，已經調查一個晚上了，你可得做好心理準備啊！」

聽到這個晴天霹靂一般的消息，李宏貴當時便驚呆了。

這是什麼情況？省公司紀檢科好好的沒事怎麼跑到瑞源縣來調查自己？按理說，自己平時和紀檢科的人處得還算不錯啊，而且自己的背景他們應該也很清楚，怎麼還敢調查自己？難道不怕哥哥發動關係，對他們進行打擊報復嗎？

「是誰帶頭的，知道嗎？」李宏貴問道。

「嗯，是紀檢科科長顧振潔親自帶隊。」

聽到是他，李宏貴的臉色便沉了下來。

他平時雖然懂得燒香拜佛，請紀檢科和監察處的人吃飯，唯獨這個顧振潔，李宏貴怎麼約都約不出來。不過當時他也沒在意，在他看來，自己連主管紀檢科的副主任都已經一起吃過飯了，顧振潔這個小小的科長怎麼也翻不出花樣來。

然而，他萬萬沒有想到，這次竟然是顧振潔帶隊過來。

想到這兒，李宏貴立刻給監察處主管紀檢科的副主任杜華禹打了個電話，焦急的探問道：「杜主任，顧振潔到我們瑞源縣來調查我的事，是您親自部署的嗎？」

杜華禹愣了一下：「什麼？顧振潔去瑞源縣調查你？這個我還真是不知道啊，你等一下，我問問。」

然而，他並沒有打給顧振潔，因為他敏感的意識到，顧振潔此次行動恐怕不簡單。

他對顧振潔的性格十分瞭解，知道此人做事異常謹慎，不可能會給別人留下任何把柄。既然他已經採取行動，肯定是得到了充分的授權，而自己這個主管領導不知道，那這個授權人肯定是監察處主任那邊敲定的，這個時候如果自己橫插一槓的話，絕對是吃力不討好，他犯不著為李宏貴的事得罪自己的頂頭上司。

想清楚其中關節，杜華禹直接把手機調成了靜音狀態，往客廳一丟，隨後回臥室睡覺去了。

過了一會兒，急於要瞭解情況的李宏貴再次打電話來，卻發現杜華禹的手機一直無人接聽，就知道事情恐怕有些麻煩了。

李宏貴猜得沒錯，這事情的確非常麻煩。

第二天上午上班後，柳擎宇一看縣委大院內的電力系統還沒有恢復正常，便毫不猶豫的拿出手機撥通市委書記戴佳明的電話：

「戴書記，向您反映一件事，電力公司從昨天下午到現在已經給我們縣委大院斷電十幾個小時了，整個縣委大院內，所有人員都處於無所事事的狀態……」

隨後，柳擎宇便把事情的詳細經過向戴佳明彙報了一遍。

戴佳明一聽，臉色也沉了下來，對電力公司的強勢他是知道的，而且也沒有什麼更好的辦法，畢竟南華市要想發展，就離不開電力公司的支持，所以他還得千方百計的處理好與對方的關係。但是，現在縣委大院被停電這麼長時間，可就不是一起普通的事件了。

然而柳擎宇沒有在昨天停電的第一時間向自己彙報，而是等到今天，顯然這小子存心想要把事情給做大了再處理。

想到這裡，戴佳明不由得對柳擎宇又高看了幾眼！

「嗯，這件事我知道了，我立刻找市電力公司進行協調。」戴佳明允諾道。

戴佳明立即一個電話打到市電力公司老總徐文濤的手機上：

「徐總，你們瑞源縣分公司也太不像話了，我們縣委大院已經被斷電十幾個小時了，縣委領導很是憤怒，他們說，如果你們再不解決這件事的話，他們會直接告到省裡去。徐總，你看你是不是親自出面協調一下啊。」

徐文濤自然清楚瑞源縣電力公司的總經理是副手李宏宇的親弟弟，對這個強勢的副手，他一直都很忌憚，因為他一直對自己這個總經理的位置虎視眈眈。

沒想到李宏宇的弟弟竟然幹了這麼一件事情，**這絕對是一招臭棋**。想到此處，他立刻讓辦公室通知所有副總們立刻到會議室開會。

就在徐文濤開會前，李宏宇便接到弟弟的電話，說他正被省公司的紀檢科調查，而且顧振潔已經帶著紀檢科的人進駐縣電力局的財務部開始查帳了。

李宏宇聽了，也感覺到很是頭大。他想出動關係把紀檢科的人給弄回去，然而，當他打電話後才知道，原來這件事是由北京總部直接壓下來的，這下子他可真是有些抓瞎了。

這事情怎麼想都不太對勁啊，北京距離白雲省千山萬水，高層怎麼可能會去關注一個小小的縣公司的經理呢？

他很快梳理了一下思路，詢問弟弟：「我看這件事有些詭異，你最近是不是得罪了什麼人啊？」

李宏貴百思不解：「得罪人？應該不會吧？分公司這邊我是一把手，就算得罪了下面的人，他們也沒有能力搬動省公司的人來查我啊。」

「你再好好的想想，看看有沒有得罪過其他人？」

「其他人？我想想……如果非要說得罪過什麼人的話，那就是瑞源縣縣委書記柳擎宇了。」李宏貴皺著眉道：「不過，他只是個縣委書記而已，怎麼可能會把手伸到省電力公司那邊呢？」

「到底是怎麼回事？你給我好好說說。」李宏宇命令道。

李宏貴便把事情的前因後果說了一遍。

等李宏貴說完，李宏宇立刻大罵道：

「李宏貴，你腦袋進水了嗎，你以為你是誰啊？你什麼級別，敢和縣委書記叫板，你夠格嗎？人家給你斷水斷信號只是對你的一個小小警告而已，你以為人家那是向你示弱啊，荒唐！無知！人家這是**欲擒故縱**！是**攻心之計**！你也不想一想，人家那麼年輕就能夠當上縣委書記，背後能沒有人支持嗎？你和他叫板？你以為我能罩得住你啊？」

此時此刻，李宏宇真的有些哀其不幸，怒其不爭了。

這個弟弟，自己對他太縱容了，以至於養成這種囂張狂妄的性格，**竟然敢和當地的縣委書記叫板，真是膽大包天啊！**

他也意識到，弟弟已經一步一步掉入柳擎宇所設計好的陷阱之中。從他的角度來推測，柳擎宇很有可能是想要藉由收拾弟弟，給瑞源縣的官員們一個提醒，告訴大家我柳擎宇不是那麼好惹的！弟弟這次**很有可能是成了柳擎宇與其他瑞源縣巨頭們之間政治鬥爭的犧牲品了**。

李宏宇趕忙說道：「李宏貴，你給我聽清楚了，你要想從這次漩渦中掙脫出來，只有兩個選擇，第一，趕快去找柳擎宇賠禮道歉，讓他原諒你；第二，想辦法搞定顧振潔，讓他立刻收兵，如果這兩人你都搞不定，哥哥也幫不了你了，你知道我的關係根本夠不到北京高層去。」

聽到哥哥這番話，李宏貴頓時感到心一陣涼，一向對自己疼愛有加的哥哥竟會說出這種話，不過他也徹底頓悟，**自己這回算是踢到鐵板上了**。

但是令他不能釋懷的是，連魏宏林都讓自己三分，柳擎宇這個新來的縣委書記怎麼就不能讓自己三分呢？越想他越感到心中不爽。

他心中琢磨了一下，如果自己選擇第一條向柳擎宇服軟，那他肯定會成為笑柄，自己以後在電力公司還怎麼待下去，所以這一條直接被他給否定了。那麼現在就剩下第二條了，李宏貴感覺這條還有可行性，只有自己「誠意」到位，那個顧振潔應該就不會再為難自己了。

李宏貴沉思了一下，從辦公桌下拿出一張購金卡，裡面存了足足有五十萬的現金，只要對方刮開金卡上的密碼欄，與金卡的密碼匹配後，就可以去購買自己喜歡的禮品了，這是最新流行的送禮方式。

這筆錢本來他是準備前往市裡疏通關係用的，現在用雖然有些肉疼，卻也不能不拿出來做公關了。

他把金卡裝進口袋裡，拿出手機撥通顧振潔的電話：

「顧科長您好啊，我是李宏貴，聽說您到瑞源縣來公幹，我想和您單獨聊聊，您看您有時間嗎？」

顧振潔正在忙著調查李宏貴的案件呢，沒有想到竟然接到本人的電話，聽李宏貴說話的聲音，顧振潔立刻猜到對方的意圖，眼珠轉了轉，故作興奮地說道：

「可以，這樣吧，一個半小時後，咱們在瑞源大酒店五〇五號房見面。」

聽著顧振潔猶如春風一般的聲音，而且對方又選擇在房間見面，李宏貴的心情立刻好了起來。在他想，顧振潔果然很上道，自己到時候把購物卡交給顧振潔後，肯定就沒什麼事了。

想到此處，李宏貴不由得吹起了口哨。

一個半小時後，李宏貴帶著金卡來到五〇五號房，敲響了房門。

房門打開，顧振潔滿臉含笑地說：「李同志，你來啦，快快請進。」

李宏貴在會客沙發上坐下後，顧振潔親自為李宏貴倒了杯茶，很是殷勤的樣子。

李宏貴道：「顧科長，我聽說這次您到瑞源縣來很忙碌啊。」

顧振潔苦著臉道：「沒辦法啊，我這個人天生就是個勞碌命。」

李宏貴假意責備道：「顧總，我可得批評您幾句了，您千里迢迢從省裡到我們瑞源縣來，怎麼不給我這個地頭蛇打個電話呢，讓我也好盡一盡地主之誼啊。」

顧振潔道：「都是工作上的事，怎麼好麻煩李總呢。我們自己就搞定了。」

李宏貴使勁的搖搖頭說：「那可不行，顧科長啊，你這樣讓我很難做啊，如果不讓我盡一盡地主之誼，我於心不安呢。」說著，便拿出金卡道：「顧總，這是一點小意思，算是我盡的一點地主之誼，請顧科長千萬不要拒絕。」

顧振潔沒有去接金卡，而是先問道：「李總，這卡裡有多少錢啊？」

李宏貴興奮起來，顧振潔會這樣問，說明他很在意金額，只要對方有這個意思，那就好辦了，他立刻笑道：「顧科長，裡面也沒有多少錢，就是五十萬，你先花著，以後逢年過節，我都會有一份孝敬，還請顧科長多多關照啊！」

顧振潔瞪大了眼睛，擺出震驚的表情道：「李總，該不會是這五十萬都是給我的吧？我的工資十年都不一定能賺這麼多啊。」

李宏貴笑道：「當然是給您的了，您放心，我李宏貴是懂事的人，以後逢年過節保證讓你開開心心、無憂無慮的過節。」

就在這時候，讓李宏貴意想不到的一幕發生了。

只見顧振潔輕輕拍了拍手，相鄰的房門突然打開，從裡面走出兩名臉色嚴肅的工作人員，來到李宏貴面前，宣布道：

「李宏貴同志，經過我們的調查，發現你在擔任瑞源縣電力公司總經理期間，利用職權私相授受，中飽私囊，貪污公款超過千萬，今天你在現場又被我們抓到意圖向紀檢工作人員行賄，證據確鑿，現在我們正式對你實施雙規，請你依規定交代你的問題。」

李宏貴徹底傻眼，直到現在他才明白，自己這是**自投羅網啊！人家擺明了是在釣魚，自己還傻傻的上鉤**。

李宏貴頓時變臉，怒視著顧振潔道：「顧振潔，你他媽的陰我?!」

顧振潔臉色一寒，冷冷說道：「李同志，我可以明確的告訴你，從你給我打電話到進入這個房間的整個過程，我都有全程的錄音、錄影，你說我陰你？這話從何而來？你的事我們已經調查得差不多了，現在，請你跟我們去省裡，把你的問題交代一下吧。」

李宏貴被顧振潔直接給帶走了，同時，李宏貴被雙規、就地免職的消息，也在瑞源縣廣泛的傳播開來。

瑞源縣電視台、縣委大院的電在第一時間就恢復了供應，電力公司的常務副總快馬趕到縣委，想要向柳擎宇道歉，然而，柳擎宇沒有見對方，對這件事採取冷處理。

李宏貴被雙規後，就在電力公司的副總們紛紛開始活動準備競爭總經理的時候，顧振潔突然又帶人殺了一個回馬槍，當天下午，把電力公司三名副總、一名財務科長、兩名基建經理、一名總工程師又都給帶走了。

電力公司主要領導層基本上被一掃而空，只有一名副總因為為人正派，被嚴重邊緣化，沒有什麼實權，反而被留了下來。

這一波**人事大地震，讓大家對柳擎宇不禁刮目相看**，沉痾已久的問題竟然被新上任的縣委書記不到幾天的時間就給解決了，而且解決得如此徹底。

此時，人事的調整便被提上了日程，最後結果令人跌破眼鏡，顧振潔竟然空降到瑞源縣電力公司擔任總經理，同時掛南華市電力公司副總一職。

顧振潔可謂**一鳴驚人**！

顧振潔得到正式命令後，第一時間便是給柳擎宇打電話：「柳老大，我這邊已經確定要去瑞源縣電力公司擔任總經理了，以後又可以找你蹭飯吃了。」

柳擎宇笑道：「蹭飯吃沒問題，不過瑞源縣電力供應一定要保證好啊，我得先跟你打個招呼，未來三年內，瑞源縣的電力供應量至少要增加百分之五百以上，才可能滿足需求，你現在就得著手準備了。」

顧振潔拍拍胸脯道：「老大，這一點你儘管放心，我下來前，便已經找省公司的領導特批了今年電力供應增加一倍的要求，保證供應充足，因為我對你的能力絕對信任啊！」

柳擎宇笑了，好兄弟就是好兄弟。

到了下班時間，由於劉小胖還在醫院，柳擎宇就把辦公室接待的工作交給宋曉軍，由他暫時頂替自己，負責接待前來上訪、告狀的老百姓。

到了醫院，柳擎宇直接把劉小胖從病床上給揪了起來，帶著劉小胖、韓香怡和程鐵牛三個傢伙一起去外面吃了頓大餐，同時把顧振潔要調到瑞源縣的事告訴眾人。

劉小胖一聽顧振潔要來，頓時樂了：「哈哈，哥們終於有可以欺負的對象了。」

然而，此刻，在南華市。

李宏宇怒氣衝衝的回到辦公室，把桌上的檔案都掀翻在地，氣得大罵：

「柳擎宇，顧振潔，你們給我等著，竟然敢雙規我的弟弟，還要佔據瑞源縣的地盤，我絕對不會和你們善罷甘休的。」

與此同時，從南華市趕回來的魏宏林也開始忙碌起來。

縣長辦公室內。

魏宏林、常務副縣長許建國、非常委副縣長王延翔、縣委宣傳部部長唐睿明幾個人圍坐在沙發上，氣氛顯得十分嚴峻。

魏宏林沉聲道：「真是沒有想到啊，我才離開幾天，本以為那些上訪的老百姓會給柳擎宇造成困擾，柳擎宇這傢伙竟然怪招頻出，反而因禍得福控制了縣電視台，還把縣電力公司的李宏貴給拿下。大家說說看，今後我們該如何展開工作。」

常務副縣長許建國首先發表意見：

「魏縣長，據我所知，李宏貴的哥哥李宏宇已經在市裡活動了，看樣子是想收拾柳擎宇，這一點對我們來說是有利的。至於下一階段，我認為我們應該牢牢守住現有的地盤，絕對不能讓柳擎宇把他的手伸到我們縣政府的業務中。

「如果可能的話，我們應該盡可能的與孫副書記進行合作，壓縮柳擎宇的活動空間，只要守住現有的陣地，就可以保證我們的影響力和利益不受損害。我相信，孫旭陽那邊肯定也有類似的需求。」

許建國說完，按照慣例，該是唐睿明講話了，但是唐睿明卻眉頭緊鎖，一言不發。

身為宣傳部部長，縣電視台是自己的直管部門，但是，現在電視台的台長、副台長都是柳擎宇臨時任命的，看起來很有可能扶正，如此一來，以後自己對縣電視台的影響力恐怕會大大的下降，所以他一直在思考該怎麼樣收復失地。

看到唐睿明不說話，魏宏林便猜到了他的想法，但也知道安慰是無用的，便把目光落在王延翔的身上，說道：

「延翔啊，你是我們這個圈子的智囊，談談你的看法。」

王延翔雖然只是非常委副縣長，但是他在魏宏林這個圈子裡面屬於軍師幕僚型的官員，有著特殊的地位。

聽到魏宏林點自己的名字，王延翔沉思了一下，緩緩說道：

「各位，我認為目前這個階段，我們做什麼都已經無法改變現實，比如說柳擎宇在縣電視台的影響力、比如柳擎宇通過廣告在老百姓心中樹立起的權威和民意，這些問題，都需要我們用時間去一點點的化解。

「我認為我們還真怨不得柳擎宇，很多事的確是我們做得不夠到位，如果我們能夠早點像柳擎宇那樣去拍個廣告片宣傳一下，也許我們的勢力會更加強大，民意基礎更加堅實。但是，既然已經成事實，就沒有必要再去花費心思收復失地。

「不管怎麼說，柳擎宇都是瑞源縣的一把手，暫時我們還不適合和他發生太直接的對抗。但是我們可以來個**錯位進攻**，柳擎宇不是主管人事嗎？我們可以在人事方面小小的攻擊一下，試探一下柳擎宇的反應。」

魏宏林皺著眉頭：「人事方面？如何試探？」

王延翔笑道：「魏縣長，你忘了嗎？前段時間柳擎宇不是剛把公安局的李歐華給拿下嗎？馬上就要召開常委會了，我相信柳擎宇肯定會把李歐華的繼任人選一事提到常委會上，到時候我們可以就這個問題充分發揮，不惜一切代價把這個位置給拿下，這樣一來，不僅可以狠狠地打柳擎宇的臉，讓他的權威有所損失，又可以繼續保持我們對縣公安局的絕對掌控。」

魏宏林和其他幾個人聽完都點點頭，不得不說，王延翔的這個策略具有極大的可操作性，現在唯一的困難就是如何拿下這個副局長的位置了。

就在眾人思考的時候，王延翔說道：「魏縣長，我看咱們是不是可以先和孫同志先溝通一下，表達我們拿下這個位置的決心，我們可以給他其他方面的補償。」

魏宏林毫不猶豫的拍板道：「這個沒問題，我們與孫旭陽合則兩利，分則兩害，只有合作才能遏制住柳擎宇上升的勢頭。**就像是三國，我們是魏，孫旭陽是吳，柳擎宇則是蜀，魏國永遠是最強大的，最終的天下大勢最終只能由我們來擺平。**」

聽他把三方勢力比喻為三國，大家都不禁莞爾。目前的情勢倒是和三國時期真有些相似，魏宏林相信，孫旭陽肯定也不希望柳擎宇這個一把手強大起來。

魏宏林便給孫旭陽打了個電話，開門見山地談到自己的想法，孫旭陽知道魏宏林這是打算不惜一切代價拿下這個公安局副局長的位置，以保證他對縣公安局的絕對掌控。

雖然孫旭陽也覬覦這個副局長的位置，但是考慮到魏宏林的態度，模稜兩可地說道：「魏縣長，這件事我得好好考慮考慮，具體的決定還是等到常委會上說吧。」

孫旭陽沒有回絕，也沒有接受，因為孫旭陽很清楚，**官場上，做任何事都必須給自己**

留有一定的餘地，只有如此，才能讓自己可以多一些周旋的空間，從而獲得最大的利益。

聽到電話裡傳來嘟嘟嘟的忙音，魏宏林有些不爽的說道：「孫旭陽這個老狐狸又玩這一手！」雖然心中不滿，但是他對孫旭陽這個狡猾的對手也沒有什麼辦法，只能暫時靜觀其變。

第二天上午九點半，魏宏林回來後第一次例行常委會準時開始。

如魏宏林所預料的一樣，柳擎宇在主持討論一些例行事務之後，目光掃視眾人一眼，說道：「各位同志，我相信大家應該知道，就在不久前，縣公安局副局長李歐華因為嚴重的瀆職行為被我就地免職了，大家對此不會有什麼異議吧？」

孫旭陽第一個說道：「我贊同。」

隨後，孫旭陽的盟友們紛紛發表意見，都是大表認同。

看到這種情況，魏宏林自然不會傻到要去觸柳擎宇的霉頭，也表態贊同。

柳擎宇接著道：「既然李歐華被免職了，那麼由誰來接替李歐華的位置就成了當務之急，現在我們瑞源縣治安十分糟糕，這個位置必須由一個強力人物頂上。黃俊毅同志，你是組織部部長，你來說說看，由誰來擔任李歐華同志留下的這個位置好呢？」

黃俊毅一聽柳擎宇要他推薦人選，頓時就頭大了。

身為組織部部長，黃俊毅和紀委書記沈衛華一樣，在瑞源縣都是屬於中立派系，沒有加入到瑞源縣的人事鬥爭中，一向以超然的姿態維護著自己的尊嚴。因為他們對於瑞源縣的局勢有各自不同的見解。

因而柳擎宇突然讓他推薦人選，他不知道該推薦誰才好，不過柳擎宇既然都點名了，黃俊毅知道自己不提名肯定過不了這一關，乾脆把心一橫，說道：

「我認為縣公安局刑偵科的科長唐繼峰，和愛民鎮派出所所長趙大富兩個人都很合適，如果柳書記有什麼更合適的人選，也可以說出來，畢竟時間倉促，我能想出來的人選有限。」

黃俊毅先點了孫旭陽陣營和魏宏林陣營各一人，然後再加一句讓柳擎宇自己提，等於三大陣營的人都不得罪。

柳擎宇聽了，笑道：「我剛到瑞源縣不久，就不胡亂指點了，那就以黃同志提名的這兩個人選來展開討論吧。如果誰有更好的人選也可以提出來。黃同志，你先簡單介紹一下這兩個人的資歷。」

聽到柳擎宇的話，魏宏林和孫旭陽都大吃一驚，**沒想到柳擎宇竟沒有推薦自己的人，他葫蘆裡賣的是什麼藥？難道他要為他人做嫁嗎？柳擎宇有這麼好心嗎？**

接下來，黃俊毅介紹了一下兩人的履歷。不知道是有意還是無意，在介紹兩人時，黃俊毅也暗示了兩人所屬的陣營。

柳擎宇若有深意的看了黃俊毅一眼，對黃俊毅的表現還算滿意。

等黃俊毅介紹完，柳擎宇說道：「嗯，我看趙大富同志挺不錯的，從基層一步一步的靠著過硬的成績走上來，我們瑞源縣公安局就需要這樣能夠幹實事的人。」

柳擎宇又語氣嚴肅地說道：「在這裡，我先給政法委書記朱明強同志提個醒，瑞源縣公安、政法系統的管理上存在著嚴重的問題，尤其是公安內部問題重重，瑞源縣的社會治安情況十分糟糕，破案率在整個南華市排名墊底，我準備給瑞源縣公安局最多三個月的時間進行整頓，如果三個月之內還是沒有改觀的話，我會親自操刀，對公安系統的人事問題進行大調整，能者上，庸者下。」

柳擎宇這番話引發了強烈的震撼。

第一個感覺到震撼的是孫旭陽。**柳擎宇為什麼要力挺趙大富呢？難道他不知道趙大富是自己這邊的人嗎？**

更震驚的是柳擎宇竟然有**整頓公安系統的想法，而且明白的給出了改善時間**，按照常理，柳擎宇真的想要整頓縣公安局的話，不應該提前宣布啊，怎麼著也應該做足充分的準備之後再直接介入，那樣效果豈不是更好一些？但是柳擎宇卻偏偏**反其道而行之，給對方設定了時間點，讓他們先進行整頓，柳擎宇這樣做到底意欲何為？**

一時間，饒是孫旭陽頭腦十分靈光，此時也陷入了困惑之中。

與孫旭陽相比，魏宏林和朱明強則是感到憤怒。

原來一個小小的人事調整只不過是引子，柳擎宇竟然還埋下了大力整頓縣公安局這麼重大的一個伏筆，三個月的時間說長不長，說短不短，但是問題在於，**什麼樣的整頓才是柳擎宇希望看到的整頓？如果柳擎宇對整頓不滿意，他將會採取什麼措施呢？**

如此一來，魏宏林和朱明強等人全都把注意力集中到了應該如何應對柳擎宇三個月之後要進行的縣公安局大力整頓上。

就在這個時候，柳擎宇突然說道：「各位同志，大家對於這個副局長的人選有什麼意見嗎？表一下態吧，我們要儘快把這個人選定下來，以便展開工作。」

柳擎宇這麼說，宋曉軍立刻跟進道：「我贊同柳書記的意見，由趙大富同志出任瑞源縣公安局副局長。」

宋曉軍說完，孫旭陽突然腦中靈光一閃，似乎抓住了點什麼，也說道：「我同意趙大富晉級副局長。」

孫旭陽的盟友們自然紛紛表態，這個時候，魏宏林和他的盟友們才剛剛反應過來。最後，魏宏林雖然得到了五票，但是由於柳擎宇和宋曉軍的支持，常委會上實力原本並不佔優勢的孫旭陽獲得了六票，以六票對五票的些微優勢拿下了這個副局長的位置。

柳擎宇宣布：「好，現在結果出來了，根據大家表決的結果，趙大富同志將接替李歐華擔任公安局副局長，希望趙同志上任後能夠牢記自己的使命，踏踏實實的把本職工作幹好，不要辜負了領導和人民對他的信任。我相信，三個月的時間應該足夠他充分表現了。」

說完，柳擎宇便宣布散會。

會議是散了，但是會上留下的巨大懸念卻烙印在與會的每個常委心頭。

魏宏林琢磨著會上的事，越覺得今天這常委會似乎有些不太對勁。自己明明事先跟孫旭陽溝通過了，但是孫旭陽卻臨陣變卦，自己爭起了這個副局長的位置，這孫旭陽不太上道啊！該不會是孫旭陽和柳擎宇聯手了吧？如果真是這樣的話，自己可被孫旭陽這老傢伙給耍了。

魏宏林越想越覺得這種可能性很大，因為孫旭陽的表態非常快。**這明顯是早就知道柳擎宇的打算，和柳擎宇聯手坑自己的節奏啊。**

想到此處，魏宏林咬著牙道：「孫旭陽，你這老傢伙，以後咱們走著瞧。這事我跟你沒完。」

孫旭陽回到辦公室後，常委副縣長方寶榮也跟著他一起走進了辦公室。

「我說孫書記啊，柳擎宇今天這到底唱的是哪一齣啊，怎麼突然支持起我們的人來了？還有，他提出那個整頓計畫到底是什麼意思？這事我怎麼看著有些糊塗呢？」方寶榮臉上帶著疑惑地說。

孫旭陽嘆息一聲道：「不得了啊，柳擎宇這個年輕人城府好深啊。你知道他為什麼要支持我們？」

方寶榮猜道：「應該是想要向我們示好，聯合我們對抗魏宏林。」

孫旭陽搖搖頭道：「你說的有一部分是對的，但是並不完全，柳擎宇表面上的確是在向我們示好，而且他這個人情我們還必須要領。為什麼這麼說呢？因為柳擎宇為了讓這個副局長的人選不落在魏宏林的手中，可謂煞費苦心，不僅自己放棄了這個位置，還故意在提到人選問題後，突然又提出要大力整頓公安局的概念，打了魏宏林一個措手不及，當時，他的大腦肯定一片混亂，只一心琢磨著怎麼去對付柳擎宇的大力整頓一事，恰恰中了柳擎宇這一招。

「這明顯是**聲東擊西**的一招，柳擎宇在瞬間轉移了魏宏林的注意力後，立刻提出要大家進行表態，我的反應比魏宏林快了半拍，馬上跟進，因而拿下了這個位置。從這一點來看，我們占了便宜。但是，如果你以為柳擎宇的算盤只是打到這裡，可就大錯特錯了，他這一招用意之深，恐怕我也只能揣摩出七八分啊。」

方寶榮不解地道：「難道柳擎宇還有其他的用意？」

「當然，否則，你以為柳擎宇為什麼要放棄這個副局長的位置呢？」

方寶榮努力推敲著道：「按理，說柳擎宇剛到瑞源縣，而且明知道公安局存在極大的問題，也想要整頓，卻偏偏把這個副局長位置讓給我們，這實在是有些匪夷所思啊，難道他想等到整頓好後直接翻盤，所以不在意現在這個副局長的得失？」

孫旭陽不以為然地說：「柳擎宇到底是怎麼想的，現在我還無法完全弄明白，但是有一點我很清楚，**柳擎宇把這個副局長丟給我們，絕對不是偶然之舉，是早就計畫好的**，他的暫時目標也非常簡單，那就是我們的人到了公安局後，為了穩固位置，在三個月內勢必會採取強力措施好表現自己。

「再說到我和魏宏林的關係，之前魏宏林可是親自給我打過電話，要我幫他拿下這個副局長的位置，這說明他對此事非常看重，但是，我卻臨時變卦了，魏宏林豈不是會對我恨之入骨?!如此一來，我與魏宏林豈不是多了摩擦，少了信任。如此一來，以後我和魏宏林要想合作對付柳擎宇，可就很困難了。柳擎宇這一招可謂用意深遠，**一箭雙雕啊！**」

聽完孫旭陽的解釋，方寶榮張大了嘴，隨即深吸了一口氣道：「孫書記，柳擎宇不會這麼妖孽吧？」

孫旭陽苦笑道：「誰知道呢？反正我是發現了**絕對不能輕視柳擎宇這個年輕人，甚至要把他當成一個強大的對手看待。**」

# 第五章

# 民意民心

「對他們這些當官的來說，想反制他們的只有三種方式，第一種是上級領導的打壓；第二種是利用紀律、作風問題去收拾他；第三種就是與柳擎宇這種級別的官員較量的手段。」

「什麼手段？」

吳懷仁道：「民意、民心！」

就在孫旭陽和方寶榮在討論柳擎宇的時候，魏宏林和他的手下們也在研究著以後該如何應對柳擎宇。

而此刻，柳擎宇也沒有閒著。

魏宏林雖然回來了，但是柳擎宇總覺得這次魏宏林的舉止實在有些巧合，於是讓宋曉軍去稍微瞭解了一下其他縣區的情況，得到的結果讓柳擎宇大吃一驚。因為整個南華市只有魏宏林去開會，其他縣區的領導們根本就沒有人去。

如此一來，這問題可就嚴重了。

宋曉軍道：「柳書記，我認為既然魏宏林敢去開會，還帶著縣政府大多數的副縣長，那麼他肯定是接到了市裡的通知，這種事我們是很難去直接質問市裡的，而且以魏宏林和黃市長的關係，我們也很難有所收穫。」

「沒錯，不出意外的話，我認為這很有可能是魏宏林在黃市長的默許下採取的一種手段。他帶著縣政府的主力離開，把事情交給那兩個沒有實權根本不管事的副縣長，隨後縣裡就出了那麼多的事，**這絕對是有預謀的。他的目的應該是想要坐山觀虎鬥**，看我如何被老百姓弄得焦頭爛額。」

柳擎宇眼中露出兩道寒光。

身為瑞源縣的一把手，對於政治鬥爭，柳擎宇看得很開，**有人的地方就有鬥爭**，但是，對於鬥爭，柳擎宇也有自己的原則，他認為**政治鬥爭應該遵循一定的原則，前提就是**

**凡事應以老百姓的福利為優先**！儘管彼此的觀念不同、做事方法不同，這時候，大家可以各顯神通，看看誰的辦法能夠更好的為老百姓做事。

可是，魏宏林所採取的完全是為了打擊自己的毫無底限的手段。一個不能把主要精力放在為老百姓辦事上，而是放在如何去爭權奪勢、如何去算計別人上，他怎麼可能把工作幹好呢？

就是因為魏宏林這種思維方式，瑞源縣這些年來全面落後於整個南華市的發展，經濟在南華市全面墊底！

瑞源縣的官場風氣太不正了！瑞源縣能夠發展起來才怪！**官風不正則會導致官員做事不正，處事不公；處事不公則會導致民心不順，民心不順則會問題叢生，問題叢生下，誰還有心去發展經濟**？所有的問題都是環環相扣，步步關聯。

此時此刻，從魏宏林這件事情上，柳擎宇更加堅定了要對瑞源縣官場風氣進行大力整頓的決心。

就在這時候，辦公室的房門被敲響了。

柳擎宇打開門一看，外面站著一群老鄉。柳擎宇立刻說道：「各位請進，我是柳擎宇，大家有什麼事可以直接向我反映。」

走進辦公室的老鄉們多少有些緊張，不過看到柳擎宇親切的笑容，再看到柳擎宇的年紀，眾人的心情一下子就放鬆了下來。

一名四十多歲的中年男人說道：「柳書記，我們吳東鎮七里河村的老百姓真的沒法活了。」

柳擎宇眉頭一皺：「哦，是怎麼回事呢？」

村民道：「柳書記，您知道嗎？我們七里河村到現在三十多年了，我們村的村支書從來沒有換過，以前是吳登生擔任村支書，他退下來後，就由他的兒子吳懷仁擔任村支書，這父子倆輪流坐莊，一個比一個壞，別的村，早都把村子裡的水泥路給修好了，但是我們村，集資款每家都收了，縣裡鎮裡也給了補貼，但是都多少年了，這路愣是沒有修上啊。」

旁邊一個婦女也訴苦道：「柳書記，這父子倆太不是東西了。以前計劃生育政策沒有開放兩孩政策的時候，這父子倆僅僅是利用計劃生育罰款這一項，就收了足足將近上百萬，總之，他們只要一缺錢花了就要罰款。

「我們村的村幹部也全是這父子倆從自己的親戚家找來的，村裡凡是任何重大事情，幾乎他們父子倆說啥是啥。更誇張的是，我們一個不足千人的小村子，最近兩年的財政赤字竟然高達六十萬，可是村裡根本沒有進行任何大型公有建設，您說這錢都花到哪裡去了啊?!」

老百姓們七嘴八舌的說著，還有人邊說邊抹淚，甚至有人說準備組織全村村民前往北京去上訪，說什麼都要把這對父子給告下來。

然而，另一個村民絕望地說：「我看還是算了，我們只能認命了，我們都告了二十多年，這對父子不還是好好的待在村支書的位置上嗎？我們老百姓只能任人宰割、任人魚肉啊！誰讓這對父子倆上面有人呢！縣裡鎮裡誰敢收拾他們?!」

聽著村民們的議論，柳擎宇基本上弄清了這些老百姓要上訪的目的，沉吟道：「各位鄉親，這件事我知道了，你們先不要急著去到處上訪，那樣是沒有用的，因為這事最終還得落到我們瑞源縣的頭上，還是得由我來處理。你們放心，給我三天時間，我會把這件事情調查清楚，解決完畢。」

聽柳擎宇說三天時間就能搞定，村民都露出懷疑的表情。在柳擎宇沒有上任前，僅僅是縣委縣政府的大門都被他們堵了至少五次以上，就這樣事情也沒有被解決過，柳擎宇卻說三天時間就能搞定，這是不是太過兒戲了？而且又要眾人先回去，這該不是在忽悠我們吧？

那個最先說話的村民忍不住道：「柳書記，你該不是在敷衍我們吧？」

柳擎宇誠懇地回道：「我有必要騙你們嗎？如果三天內我不能解決，那麼三天後你們肯定還是會來的啊，到時候我不還是得接待你們嗎？我會給自己找麻煩嗎？再說，我這縣委書記辦公室隨時向大家敞開，難道這次大家來受到刁難了嗎？」

眾人聽柳擎宇這麼一說，也有道理，那個中年男人便說道：「好，既然柳書記這樣說，那我們也只能等著，不過話可得說在前面，如果你三天內解決不了，我們肯定還是要上訪的，到時候我們就直接去北京市。」

柳擎宇點點頭：「好，沒問題。」

送走了村民，柳擎宇的臉便暗沉了下來。

柳擎宇雖然是第一次擔任縣委書記的位置，但是從父親的言談舉止中，他受到了充分的薰陶，知道老百姓一般情況下是不會有什麼過激之舉的。但是**老百姓不能逼，如果有誰讓老百姓沒有活路，那問題就嚴重了。**

古往今來，歷朝歷代的終結者幾乎都是平民出身，水能載舟，亦能覆舟，此刻，柳擎宇竟然聽到父子兩人輪流坐莊村支書這樣不可思議的事，這讓他在震驚之餘，也多了很多思考。

父子兩人先後擔任村支書的事並不罕見，這樣並沒有違背法律，有的村因為父子傳承的關係，把村子發展得非常好。可是七里河村這父子倆輪流坐莊卻不是要為老百姓辦事，而是魚肉鄉里，這就讓柳擎宇無法容忍了。

柳擎宇立即把宋曉軍給喊來：

「曉軍啊，你知不知道吳東鎮七里河村的事？剛才我聽老百姓說，這個村子裡父子兩人輪流坐莊村支書啊？難道縣裡從來不聞不問嗎？」

宋曉軍回道：「這事我聽說過，而且七里河村村民來圍堵縣委大院的事，我還經歷過兩次，但是每次都是不了了之。」

看來村民們並沒有說謊，柳擎宇問：「為什麼不了了之了呢？難道老百姓反映的問題不夠嚴重嗎？」

宋曉軍嘆道：「不是老百姓反映的問題不嚴重，問題在於瑞源縣無人敢管。」

「為什麼？」柳擎宇臉上露出一絲怒氣。

「因為這父子倆大有背景，別說是瑞源縣，就連南華市那邊，一般領導對這件事也都是淡而化之。」

柳擎宇眉頭皺得更緊了：「怎麼？難道他們的背景通天不成？」

宋曉軍苦笑道：「通天雖然不至於，但是父子倆人在省裡可以找到說得上話的人，就連魏縣長和黃市長每年都要抽出一些時間去村裡看望吳登生。」

「黃立海每年都去看望吳登生？這吳登生父子到底有什麼關係？」柳擎宇臉色一下子難看起來。

宋曉軍道：「白雲省省委組織部部長莊海東同志上山下鄉時期，曾經在吳登生家住過，那時候，吳登生對莊海東非常好，有什麼吃的都先給他吃，而且，也是吳登生的父親找了親戚，求爺爺告奶奶才把莊海東弄進了機關裡面，所以莊海東一直對吳家父子十分感激。」

原來是這樣！別的不說，僅僅是莊海東和吳登生的關係，就足以讓瑞源縣當地的領導不敢對這對父子有絲毫的為難了。雖然他僅僅是個村官，但是可以和莊部長說上話啊，如果在莊部長面前說你兩句壞話，還真夠你喝一壺的。

而魏宏林和黃立海八成也是基於這種心理，才每年都會去看望吳登生的。如此一來，有魏宏林和黃立海這兩位縣市兩級重要人物幫襯，誰敢去惹吳登生父子？

就連柳擎宇也不得不凝眉沉思起來。**這吳登生父子的問題到底是辦還是不辦？**辦的話，弄不好要得罪莊海東，但是不辦，老百姓又處於水深火熱之中，對不起老百姓。

不過，他相信莊海東如果知道這對父子的行徑後，也未必會支持他們。柳擎宇琢磨了一下，想到了一個主意。

當天下午，柳擎宇和魏宏林打了個招呼，就說自己要前往市裡公幹，可能要兩三天的時間才能回來，讓魏宏林這段時間暫時代理縣裡的工作。

魏宏林不禁好笑，心想：自己剛玩過這一招，柳擎宇怎麼也搞這一套啊！不過，柳擎宇在或不在，他並不在乎，所以對這件事並沒放在心上。

中午，柳擎宇先帶著程鐵牛到一個人排檔裡吃了午飯，隨後由程鐵牛開車，兩人直奔南華市。程鐵牛已經辦好入職手續，正式成為柳擎宇的專屬司機。

兩點左右，柳擎宇趕到了市委大院內，緩步走進市委辦公大樓，來到市委書記戴佳明的辦公室外面。在車上時，他已經向戴佳明打過電話，說要向戴佳明彙報工作，約好了見面時間。

戴佳明的秘書看到柳擎宇來了，招呼道：「柳書記，戴書記在裡面等著你呢，你直接進去吧。」

柳擎宇點點頭，推門走了進去。

戴佳明一見柳擎宇便說：「柳同志，聽說你最近在瑞源縣動作挺大的，接連罷免了好幾個重量級的幹部，搞得轟轟烈烈的啊。」

在戴佳明這種老狐狸面前，柳擎宇也不拐彎抹角，直言道：「戴書記，不是我想搞事，而是瑞源縣的問題實在是很多，不搞點大動作很難讓瑞源縣走上正軌。戴書記，我這次到市裡來，就是想要跟您彙報一件事。」

戴佳明心想這小子八成又想惹什麼禍了，要不然是不會到自己這來彙報工作的。不過他每次折騰，自己都能從中獲得一些好處，所以笑道：「你肯定沒好事，說吧，又準備惹什麼禍？」

柳擎宇感覺到戴佳明的聲音中對自己並不排斥，便說：「戴書記，我準備對吳東鎮七里河村吳登生父子展開調查。」

要對一個小村的父子倆進行調查，這種小事還需要向我報告嗎？戴佳明心裡不禁納悶。然而，他仔細琢磨後，驚道柳擎宇這次可真是要惹禍了。這對父子的背景，就連自己也不敢輕易去觸碰，畢竟人家的上面可是省委組織部部長啊！柳擎宇竟然想動這對父子，這不是老壽星上吊──找死嗎？

戴佳明心裡這麼想，面上卻不動聲色，問道：「柳同志，你為什麼要調查他們啊？」

柳擎宇便把老百姓到自己辦公室告狀的事說了。

「戴書記，我認為瑞源縣的官場風氣必須要大力整頓，吳登生父子的問題就是最好的切入點。」

戴佳明皺著眉道：「你知道這裡面的困難嗎？」他是在提醒柳擎宇是否清楚兩人背後的關係。

柳擎宇擺出初生之犢不畏虎的銳氣道：「戴書記，身為黨員幹部，就要勇敢的面對任何挑戰，對敢魚肉百姓的官員，都要堅決將之清除出幹部隊伍！」

戴佳明沒有想到柳擎宇的個性這麼執著，看樣子，他應該知道吳登生父子的背景身分，卻仍然堅持要動他們，這可不是一般人能夠擁有的心志了。

戴佳明猶豫著。很明顯柳擎宇是跑到自己這裡尋求支持了，自己可以支持他，但是問題在於如果自己支持他了，就算柳擎宇成功，也會因此得罪莊海東。

自己如果要再上一步，少不得需要省裡的後援，尤其是主管幹部職務的莊海東更是繞不過去的一道坎，因為柳擎宇和瑞源縣這麼點小事而失去了莊海東的好感，這筆帳根本不用算就知道是不值得的。

不過戴佳明心中還盤算著另一筆帳，那就是**瑞源縣這盤棋的長遠利益**。

戴佳明非常清楚，柳擎宇空降到瑞源縣是省委書記曾鴻濤親自點將的結果，這說明柳擎宇是獲得曾書記青睞的，如果柳擎宇能夠在瑞源縣這個地方出了成績，不僅對南華市有好處，對自己也有好處。

假如曾鴻濤知道柳擎宇是在自己大力相助下才克服困難做出成績的，一定會對自己另眼相看。有曾鴻濤這位一把手的關注，以後在自己晉升的關鍵時刻也會獲得極大的助力。

因而，戴佳明一直在盤算權衡著，**到底是得罪莊海東划算，還是獲得曾鴻濤的肯定划算**。這兩個人都會對自己的仕途前程起到重要的影響。

柳擎宇知道對方也非常為難，所以耐心地等待著。

戴佳明思索了好一會兒，突然看向柳擎宇道：「柳同志，瑞源縣老百姓的生活很糟，需要好好發展啊，你有沒有什麼辦法呢？」

柳擎宇十分有自信地回道：「戴書記，我有信心在兩年左右讓瑞源縣登上一個全新的臺階，並且讓瑞源縣成為未來五到十年內南華市經濟發展的發動機。」

聽柳擎宇誇下海口，戴佳明露出震驚的神色責備道：

「柳同志，說話可是要負責的。我看瑞源縣根本不具備長遠發展的條件啊，如何成為南華市經濟發展的發動機呢？」

柳擎宇笑道：「從表面上看，瑞源縣的地理位置的確有些偏僻，在我們省處於最犄角旮旯的地方，但是有一點不能忽視，那就是瑞源縣的地理位置十分特殊，是處於三個省接壤之地，距離另外兩個省最發達的城市，直線距離並不比南華市遠，如果能夠想辦法打通彼此間的交通，那麼就可以打破瑞源縣的發展瓶頸了。」

戴佳明不禁一愣，被柳擎宇這超級大膽的思路給震驚了。

在地理位置上看，瑞源縣地處赤江省、吉祥省、白雲省三省交界之地，但是交通上卻十分不便，東有赤江攔路，江寬浪急，船渡艱辛；南有鐵錸山阻隔，雖然離吉祥省只隔了一座山，但是要想到達山那邊，至少要繞過三四百公里的路程。這樣的地方要想發展起來，實在是太難了，但是柳擎宇卻說要打通交通條件，這個設想實在有些大膽。

南華市不是沒有想過這樣做，但是如果要想打通這些交通要道，花費都是幾十億甚至上百億來計算的，更何況這些交通要道牽扯到三個省之間的協調。所以經過多次討論後，最終還是放棄了。

現在，柳擎宇卻提出這麼一個建議，怎能不讓戴佳明震驚呢。

戴佳明忍不住提醒柳擎宇道：「市委市政府也曾經就你所說的，想打通與其他兩省的交通要道，但是最後都放棄了。」

柳擎宇點點頭：「我看過相關的資料，如果按照那份資料上的方案去實施的話，的確有些得不償失，我相信任何一位領導都不會同意的。但是，戴書記，我相信世上無難事，只怕有心人。我認為我們可以請真正的專家重新對這件事進行調研，拿出更合理的解決方案。

「同時，我也打算進行調整瑞源縣的經濟發展結構，改變目前單一的農業發展模式，把瑞源縣打造成一個真正的活力之縣。我相信，如果瑞源縣能夠達到年產值十幾億甚至更多的狀況時，那麼上面的領導對於資金投入的阻力會小很多。」

「柳擎宇，你不是在開玩笑吧？」

說實在的，對於柳擎宇所說的，戴佳明根本就不相信，柳擎宇剛到瑞源縣才多長時間啊，竟然說要把瑞源縣的年產值推到十幾億，這根本不可能。

柳擎宇淡淡一笑：「戴書記，我知道您有疑慮，這很正常，但是我要說的是，任何地方，有其缺點必然會有其優點，關鍵在於**主政領導的頭腦是否靈活，是否真心去為老百姓辦事**。我仔細研究過瑞源縣的問題，也設想了一些經濟發展方案，我有信心在兩年內把瑞源縣的經濟總量推到七八億。

「我打算花至少一個月的時間，對瑞源縣進行實地調研，實地走訪各個鄉鎮，制定出一個長遠發展計畫，我相信兩年內總量推進到十幾億應該不是問題。我相信戴書記您應該知道關山鎮，那是我第一個主政的地方，現在那個小鎮每年僅僅是旅遊收入就高達幾億，瑞源縣的環境怎麼也比關山鎮好吧，發展潛力是非常大的。」

聽柳擎宇這樣說，戴佳明眼前一亮，心中有股熱血湧動起來。

身為市委一把手，戴佳明很清楚，自己不一定要有多強大的能力，**關鍵是要用對人，只要用對人，比自己親力親為要強**。所以，戴佳明道：「如果你能夠說到做到，你們瑞源縣的事，我會全力支持！」

柳擎宇淡淡一笑：「戴書記，如果是這樣的話，您可要吃虧了，因為按照流程，是您先支持我，我這邊才能做出成績的。」

戴佳明回道：「問題是，有些人我即便是全力支持他，他也沒有這個信心啊！柳擎宇，瑞源縣的發展真的要靠你了，其他人我都不敢相信啊！」

對戴佳明把重擔都加諸在他身上，柳擎宇只能報之以苦笑。不過柳擎宇也聽出來，戴佳明表面上是和自己提條件，其實是在拉攏自己，柳擎宇不禁道：「戴書記，我可得提前聲明啊，我這個人很愛惹事。」

戴佳明不在意地說：「只要你能幹事，我就不怕你惹事！別把天給我捅漏了就行；只要你有理，天大的事我都給你頂起來！」

戴佳明難得露出一股霸氣。他已經很久沒有這樣氣魄了，**在官海中打磨，低調是十分重要的，霸氣解決不了問題，但是今天，戴佳明決定豪賭一把**。因為他相信一個能被省委一把手看重的人，絕不可能是廢物，更不用說能把小小的關山鎮給發展起來的鎮長，也絕非等閒之輩。

至於招商引資的事，戴佳明根本就沒有提到，因為他知道柳擎宇是一個十分有主見的人，他只需要給他規劃出一定的方向就好，其餘的就讓柳擎宇自己看著辦就行了。

柳擎宇從戴佳明的辦公室出來，算是鬆了口氣。這次南華市之行可謂收穫頗豐，有了戴佳明的支持，以後他就可以放開手腳大幹一場了。

上了車，柳擎宇吩咐程鐵牛：「鐵牛啊，去吳東鎮。」

程鐵牛撓了撓光禿禿的腦袋，憨聲憨氣的問：「飯票老大，吳東鎮在哪裡？」

柳擎宇笑著打開導航，當著鐵牛的面演示了導航設定的過程，然後問道：「現在看明白怎麼設定了嗎？」

程鐵牛點點頭：「這個簡單，就是設定好目的地、再選擇路徑就可以了，比起練武來簡單多了。」

柳擎宇這下子可真的有些震驚了，鐵牛雖然看起來憨憨的，反應卻很快。

接下來鐵牛的表現更讓柳擎宇震驚了，在導航的引導下，鐵牛以最快的速度趕到了吳東鎮。當時是下午六點多，天已經擦黑了。

他們先找了家旅店安頓下來，隨即走到街上去找吃飯的地方。

鐵牛肚子餓得非常快，而且非常準時，每到中午十二點、晚上六點，肚子一定咕咕叫。

吳東鎮在瑞源縣還算是發展不錯的小鎮，飯店不少，至少有五六家的樣子。柳擎宇他們一路溜達，最後來到一家名為「盛世帝豪」的飯店門口。

飯店是兩層樓，燈火通明，窗明几淨。裡面人頭攢動，看來吃飯的人挺多的。

柳擎宇看了說道：「咱們晚上就吃這家吧，生意這麼好，表示這裡飯菜味道應該不差。」

程鐵牛像是回應他的話般，使勁吸了吸鼻子，嘴饞地道：「嗯，這裡的肉很香。」

柳擎宇笑了。他也有些餓了，這個飯店的名字取得雖然有些浮誇，但是飯菜香味的確誘人，老遠便可以聞到空氣中飄散出來的濃濃肉香。

兩人邁步走進飯店，便被服務員領上了二樓，沒想到竟然遇到劉小胖和韓香怡兩個。

劉小胖本來在醫院裡躺著，小魔女硬要劉小胖陪著她爬山去。經過一番研究後，決定到吳東鎮來玩。

吳東鎮有座吳東山，山雖然不高，但是山勢陡峭，景色優美，加上劉小胖也想趁機過來視察一番，於是開著租來的車子在鎮上繞了一圈，看中了這家飯店。

「盛世帝豪」是沒有包間的，不過每張桌子都有一米二左右的屏風，客人吃飯的時候看不到其他桌的客人，外面來的人因為是站著，可以看到桌上坐著的人，好方便找人。這種設計在瑞源縣，尤其是吳東鎮相當流行。

劉小胖和韓香怡乍見柳擎宇和程鐵牛，也很是高興，四人便湊成一桌，劉小胖喊來服務員再給添了兩套碗筷，要了七八個菜，尤其是燉排骨更是直接點了三份，以滿足程鐵牛那超大的飯量。

劉小胖訝異地問道：「老大，你怎麼跑這裡來了？」

「我是忙工作來的。」柳擎宇苦笑著說。

劉小胖一聽，便知道柳擎宇又是微服私訪來了，沒有多問什麼，四人隨意地閒聊著。

這時候，在柳擎宇他們鄰桌傳來一個粗狂的聲音：「小美啊，還是老樣子，八個熱菜八個涼菜，一瓶五糧液和一打啤酒！」

服務員立刻含笑說道：「哎呦，吳支書、吳村長，你們來了啊，幾位放心，我馬上去張羅，給您幾位上菜。」

聽服務員喊對方支書、村長，柳擎宇留意起來。

他個頭高，稍微伸一下脖子，就可以看到隔壁桌坐著四個人，坐在裡面主位的兩個人，年紀在三四十歲左右，穿著西裝，沒打領帶，嘴上叼著菸，看起來有些不倫不類的樣子，神情卻顯得十分高傲；旁邊則坐著兩個二十七八歲的年輕人，都拿著公事包，穿西服打領帶，一看就是職場中人。

四個人閒聊一會兒之後，其中一個傢伙便壓低聲音說道：

「吳支書，我們剛剛得到消息，據說縣委書記柳擎宇接見了你們七里河村上訪的村民，那些村民告了你的黑狀，柳擎宇聽了十分憤怒，揚言說要在三天內把這件事情查清楚，給老百姓一個交代，您最近一定要小心點啊！」

坐在主位上微微有些發胖、留著小平頭的吳支書聽了，呵呵大笑起來：

「柳擎宇？那不過是個毛頭小子罷了，他也就是在瑞源縣縣委那一畝三分地上得瑟得瑟，出了縣委大院，誰會買他的帳啊？我們村的事是他說查就能查的嗎？查我？他要敢來，看我怎麼對付他！」

這位老兄那叫一個霸氣！那叫一個囂張！那叫一個狂傲！根本就沒有把柳擎宇放在眼中。

柳擎宇、劉小胖都瞪大了眼睛，露出一副不可思議的表情。

柳擎宇也沒想到會在吃飯的時候遇到自己這次想要查訪的主要人物之一，更巧的是，還坐在對方的隔壁，而對方又沒有認出自己來。這就有點意思了。

劉小胖聽到對方說話如此狂妄，便要起身過去收拾對方，被柳擎宇手疾眼快給按了下來，做出一副側耳傾聽的手勢，劉小胖這才冷靜下來。

七里河村村長吳懷水臉上露出謹慎之色說道：「大哥，我認為咱還是小心一點，雖然我們可以蔑視柳擎宇，但是柳擎宇這個人不簡單啊，到了瑞源縣這才多長時間啊，就搞掉了那麼多幹部，他要是到我們鎮來，也許會走微服出巡的路線，悄悄的摸查情況，等查明問題之後再收拾我們。」

吳懷仁聽了說頭：「嗯，你說得不錯，柳擎宇和以前那些幹部還真的有些不一樣，聽說有人去他那裡送禮，他根本就不收。像他這樣的幹部極其少見，要麼是有理想有上進心，想向著高層攀爬；要麼就是善於偽裝，嫌送禮的人不懂得禮數，或是認為對方送的禮太少，但是不管是哪種可能，說明此人都不是一個好搞定的人。」

柳擎宇聽到對方竟然在分析自己，不禁傻眼。

這時，一個穿著套裝的高個男人說道：「二位領導，我得到的最新消息，柳擎宇現在就在南華市，我們的人看到他進入市委大院，和市委書記戴佳明談了一段時間，隨後離開市委大院不知所蹤。」

吳懷仁不屑地說道：「如果不出意外的話，柳擎宇恐怕是到我們吳東鎮來了，他這一招是聲東擊西之計，糊弄糊弄魏宏林還可以，想糊弄我吳懷仁，可就有點幼稚了。」

柳擎宇和劉小胖、韓香怡對視一眼，眼神中皆露出震驚之色，這個吳東鎮竟然能摸準柳擎宇的習慣，這怎麼能不令人震驚呢。

接著說話的是吳懷水。

吳懷水道：「大哥，你說得很有道理，柳擎宇還真有可能這麼幹，那我們怎麼辦？他身為縣委書記，到這兒調查，我們也攔不住他啊。」

吳懷仁一陣冷笑：「弟弟，這你可說錯了，如果是魏宏林處於柳擎宇那個位置這麼做的話，我還真拿他沒轍，畢竟他在咱瑞源縣根基很深，我不敢輕易動他，但是柳擎宇可不同，他不過是個外來戶而已，在瑞源縣沒有什麼根基，至於民意就更沒有了。

「對他們這些當官的來說，想反制他們的只有三種方式，第一種是上級領導的打壓，這一點我們雖然有底牌，但是用在他的身上有些不值得；第二種是利用紀律、作風問題去收拾他，這是最經濟實惠的辦法，但是我們和他沒有什麼深仇大恨，沒必要用這種手段；第三種就是與柳擎宇這種級別的官員較量的手段。」

「什麼手段？」吳懷水好奇地問道。

吳懷仁道：「**民意、民心！**」

吳懷水一愣：「民意？民心？這怎麼用？」

吳懷仁道：「**越是級別高的官員，越是在乎民心和民意，在乎官聲**，如果柳擎宇是公開的來，我們拿他也沒轍，但如果柳擎宇是微服私訪的話，我們可就容易對付他了，僅僅是一個民心民意，就夠他喝一壺的了。」

聽了半天，吳懷水仍是似懂非懂，撓了撓後腦勺說道：「大哥，我還是不明白你到底有啥辦法。」

吳懷仁笑道：「沒事，你按照我說的去做就是了。柳擎宇不來則已，他真要敢過來，就算不讓他有來無回，也要讓他來一次之後再也不敢來了！這人啊，誰不心疼自己這條命啊。」

吳懷仁言語中充滿了得意和囂張，頗有一種彈指間，檣櫓灰飛煙滅的霸氣。

旁邊那個矮個的職場人連忙拍馬屁道：「吳支書，還是您霸氣，柳擎宇要是看到您這種氣勢，嚇也嚇尿了！」

他說完，另外那個高個立刻也附和：「是啊是啊，我估計在這吳東鎮一畝三分地上，誰也不敢和吳支書您叫板啊，那根本是找死！」

說完，四個人都呵呵的笑了起來。

這兩個人的馬屁，對吳懷仁相當受用，在他看來，別說是在吳東鎮，就算是整個瑞源縣，敢得罪自己的人也不多，至於本村的那些村民，他根本就沒有放在眼中，他們愛鬧就讓他們鬧去吧，就算鬧出花來，最終事情都得回到瑞源縣來處理，只要到了瑞源縣，就沒有他們兄弟擺不平的事。

劉小胖用手碰了碰柳擎宇，開玩笑道：「老大，有人要把你嚇得尿褲子啊，你做好心理準備了嗎？要不要兄弟我給你準備些尿布啊。」

柳擎宇還沒有說話呢，韓香怡便罵道：「死胖子，你噁不噁心！我敢打賭，被得嚇尿褲子的人絕對不是柳哥哥。」

柳擎宇只是笑笑，說道：「來，咱們喝酒吃菜。」

這時，隔壁的聲音再次響了起來。

這次說話的是那個高個的職場人：

「吳支書、吳村長，今年我們怡海集團又推出了新的玉米品種，品質超好，賣相也好，重點是價格低，市場大，這對七里河村這樣的種子生產大村來說，絕對是非常好的選擇啊。」

吳懷仁沒有說話，這種小事情，他這個支書自然不會管的。

吳懷水說道：「小高啊，你們這最新的品種都有什麼好處啊？」

「吳村長，我們最新的玉米品種名字叫黃金一百，是我們公司最新研發的黃金玉米，具有營養高、抗風、抗蟲害等諸多優點，而且玉米長出來後，不僅個頭大、籽粒也非常飽滿，口感香醇，一旦投向市場，必然會引起農民的搶購。

「由於現在是市場開拓期，對主要經銷商，我們會給出極其優厚的價格，但是你們往外賣的價格卻可以比普通的玉米高出百分之十以上。」

吳懷水聽到這番話後，心中已經有些小爽了，但是臉上卻緊皺著說：「價格便宜？能夠便宜多少？」

「吳村長，假設普通的玉米種子，我們算五塊錢一斤，黃金一百給你們的價格則是四塊錢一斤，但你往外賣至少可以賣到十二塊一斤；而且這是最新品種，老百姓還不太瞭解，你們的漲價空間非常大。」

「那如果農民自己留了種子，自己賣，把我們甩開怎麼辦？」吳懷水提出疑問。

小高嘿嘿說道：「吳村長，這個您不用擔心，我們公司的技術有著嚴格的掌控，這種種子最多可以用三次，也就是說，我們給你們用一次，你們賣給生長種子的農民一次，他們再賣給普通農民一次，三次之後，如果農民想要自己留種子的話，那就是自尋死路了，因為三次之後，種子的產量和品質會大打折扣，只有前三次種子的產量和品質比較高，一旦過了三次，種子基本上就沒法再用了。這樣做就可以充分保證咱們彼此的利益。」

吳懷水心中的擔心基本上解除了，不過，他是個很有心計的人，雖然對小高給出的價格十分滿意，但嘴上還是質疑道：

「小高啊，我怎麼聽著你們這種子好像是轉基因的啊，你應該知道，國家現在嚴格明令禁止轉基因種子在市場裡流動，一旦被上級領導知道，這責任我們可承擔不起啊。」

小高聽吳懷水這樣說，不由得一陣陣膩味，心中暗罵道：你以為你以前經銷的那些種子不是轉基因的啊，你心中明白得很，只不過故意假裝不知道罷了，現在又拿轉基因來說事，明顯就是想要我再給你降價啊，真他媽的不是個東西。

心裡罵歸罵，小高的臉上卻是笑容燦爛：

「吳村長，我可以向您保證，我們這產品絕對不屬於轉基因產品，而是正宗的玉米品種，在美國已經獲得了大面積的種植，遠銷世界各地。至於價格嘛，我們公司領導也說了，絕對會給您最合適的價格。您看這樣行不行，以先前我們給出的優惠價格作為基礎價，之後你們的銷量越大，價格越優惠，最高優惠可達百分之三十五，這已經是我們的底限了。」

吳懷水一聽優惠高達三十五趴，臉上立刻露出淡淡的笑容：「好，這事就這樣定了，你們儘快給我做出一份價格方案出來，我們研究研究之後再給你們答覆。」

小高連忙說道：「好的，您放心，我們明天就把報價方案給您送去。來，兩位領導，我們敬你們一杯。」

隨後，眾人觥籌交錯開始喝了起來。

隔壁的柳擎宇他們這邊。

劉小胖簡直不敢相信自己耳朵聽到的。身為資深農業領域的老總，劉小胖對種子的問題自然非常清楚，一聽便可以斷定這絕對是轉基因品種。而且命名為黃金一百，還說什麼可以抗蟲害，這都是轉基因種子的特徵。

而柳擎宇從幾人的談話中基本上可以斷定，這四個人絕對是熟人，而且彼此間的利益關係非常緊密。更令柳擎宇感到震驚的，是怡海集團竟然派人一直跟蹤著自己，這肯定是范金華搞出來的，看來，范金華不僅對自己念念不忘，還不忘四處幫他樹立敵人，想要借刀殺人，這傢伙真是夠陰險的。

就在這時候，讓柳擎宇他們意想不到的一幕發生了。

七八個身上有著紋身的男子大搖大擺地走進了飯店，看了一圈，發現沒有地方坐了，十分不爽。

其中領頭的那個彪形大漢一眼看到了俏麗的韓香怡，便邁步向著柳擎宇他們這桌走了過來。

看到老大的意圖，一個小弟快步來到柳擎宇他們桌前，用力拍了下桌子大喝道：「讓讓讓，吃得差不多就趕緊走，別耽誤了我們哥們吃飯。」說話間，充滿了狂傲。

劉小胖坐在最外面，看到有人挑釁，臉色便陰沉下來，說道：「讓？你以為你是誰啊！一邊待著去！」

「呦，敢跟我們哥們叫板，你們幾個外地老是不是不想活啦！」說話間，有兩個人上來就要去揪劉小胖。

這時候，一直默不作聲的黑大個程鐵牛坐不住了。

自從坐下來後，程鐵牛一直在埋頭苦吃，但吃歸吃，他仍是耳聽六路，眼觀八方，見對方想要向劉小胖動手，程鐵牛可就怒了。

程鐵牛站起身來，抓住那兩個想要揪劉小胖的傢伙的脖子，把他們給拎了起來，然後往外面的空地上一丟，這兩個傢伙站立不穩，噗通一聲跌倒在地。

其他人一看程鐵牛這種威猛勁，全都呆住了。

這還是人嗎？用手就可以拎起兩人同時丟出三米多遠，這得多大的力氣啊！而且這黑大個的個頭也太高了點，又長得黑乎乎的。

看到程鐵牛的長相，為首那個傢伙噗嗤一聲笑出來道：

「你是誰啊？敢惹我們，是不是不想活啦？我告訴你，長得黑長得醜不是你的錯，但是跑出來嚇人可就是你的錯了。」

劉小胖聽到這傢伙竟然敢罵程鐵牛，立刻反擊道：「這誰家的孫子啊，會不會說人話啊，不會說，趕快回去跟你娘再學幾年，別出來丟人現眼。」

程鐵牛嘿嘿地傻笑起來，他聽出來劉小胖是在幫著自己罵人呢。程鐵牛往那裡一站，猶如半截黑塔一般，虎目冷冷的看著那個傢伙。

就在那個傢伙準備出口反擊劉小胖的時候，程鐵牛突然伸出蒲扇一般的大手，朝那個小子搧了過去。

啪啪啪！這一下子就是三個大嘴巴！

那小子只感覺到眼前金星亂冒，身體搖搖晃晃的往後倒退了幾步，差點摔倒，幸好被身邊的小弟給扶住，才免得摔倒。

他站住身體，噗嗤吐了一口，滿嘴的血水連帶著三顆槽牙掉了出來。

這時，大廳內可是坐滿了人，當這傢伙帶著人走進來的時候，就已經有很多人注意他們了。大家都知道這幾個傢伙，尤其是為首的幾個全是吳東鎮為害一方的主，平時沒事的時候就喜歡欺負欺負外地人，敲詐點錢花。

而且這幾個人很聰明，和地方的主要領導關係搞得很好，領導們有什麼事情解決不了，需要他們幫忙的時候，他們絕對不會猶豫；而且這些人還算有眼色，不會去招惹本地有實力的人，通常也就是欺負欺負老百姓和外地人，所以一般人對他們也沒轍。

這小子看到自己在眾目睽睽下被人給打了，瞬間暴怒，他狗頭孫好歹也是在這吳東鎮橫著走的主，哪怕是鎮長都要給自己三分面子，這幾個外地佬竟敢對自己動手，還打掉自己好幾顆槽牙，這絕對是找事的節奏啊，他狗頭孫啥時候丟過這人?!

想到這兒，狗頭孫拿出手機：「孫老六，立刻給我喊十幾個小弟過來，帶上傢伙，到

『盛世帝豪』二樓來，有人找事。」

打完電話，狗頭孫從腰後抽出一把明晃晃的砍刀，指向程鐵牛他們幾個說道：「媽的，今天老子要讓你們站著進來，橫著出去，誰也別想走。」

柳擎宇瞄了狗頭孫一眼，連正眼都沒有看他，只是靜靜地坐在那裡喝酒，吃菜。看到老大鳥都沒有鳥他，劉小胖和韓香怡兩人就更不在乎了，劉小胖拿起酒杯和柳擎宇碰了杯，一飲而盡。對一旁虎視眈眈的狗頭孫，就好像被遺忘了似的。

狗頭孫見狀，更是氣得七竅生煙。

不過這傢伙也是個很能忍的主，他知道，眼前的形勢很難收拾對方，他要忍到其他的兄弟們都過來，到時候一起算帳。

哪知坐在隔壁的吳懷仁卻出聲道：「狗頭孫，你可以啊，竟然敢在我開的飯店鬧事，是不是不想混了啊。」

看到吳懷仁突然現身，狗頭孫頓時身體就是一顫，連忙把刀收好，彎下腰滿臉陪笑著說道：「原來是吳支書啊，您好您好，您不要生氣，我今天遇到一些不長眼的外地人和我較勁，所以想討個公道，您放心，我絕對不敢在您的地盤鬧事的。」

「公道？公道個屁！你那點花花腸子我還不知道！今天我這邊有客人，你們都給我滾！想要找事可以，出了『盛世帝豪』，你就是殺人放火我也不管。」吳懷仁臉色陰沉著說道。

狗頭孫點頭哈腰的說道：「是的是的，吳支書，我們馬上離開。」狗頭孫又用手一指柳擎宇他們發狠道：「哼，你們給我等著，有種你們就別邁出飯店的門，否則，只要你們一出門，我就砍斷你們的五肢。」

說完，便帶著手下的小弟們狠狽離開。

吳懷仁看著柳擎宇一行人，直接下了逐客令：

「我說幾位，我看你們最好也高升一步，去其他的飯店吃吧，我們飯店只接待規規矩矩的客人。」

柳擎宇反問：「怎麼，這店是你開的？」

吳懷水立刻幫腔道：「當然是我大哥開的，不然我大哥管這些做什麼！你們惹誰不好，非得惹狗頭孫，我看你們還是快點離開吧，別給我們找麻煩。」

柳擎宇輕哼一聲：「我們在這裡花錢吃飯，天經地義，你們憑什麼趕我們走？難道怕我們不付錢嗎？」

吳懷仁眉頭一皺，臉色也陰沉下來：「讓你們走就走，廢什麼話?!」

開玩笑，在吳東鎮，他吳懷仁的話可是相當有分量的，不管是黑白兩道都要賣他幾分面了，尤其是在這間「盛世帝豪」飯店裡，他的話更是一言九鼎，誰不知道這是他的產業？就連鎮長、鎮委書記等領導都會經常過來捧場，現在一個外地佬竟跟自己槓上了，真是不知道天高地厚啊。

劉小胖聽他要趕人，反而二郎腿一翹，大咧咧地說道：

「走？可以！不過我們的飯還沒有吃完呢，如果你們現在趕我們走的話，那今天的飯錢我們可就不給了，這很公道吧？」

吳懷仁聽有人竟然要無賴，不禁哈哈大笑起來：「吃飯不給錢，你們也敢走？真當這吳東鎮是無法無天的地方嗎？你們給我立刻走人，但是飯錢卻一分不能少。」

柳擎宇怒道：「天底下哪裡有這麼霸道的規矩？趕顧客走還讓顧客付帳的？你們這簡直是霸王條款啊！」

吳懷仁不屑一笑：「規矩？我的話在這裡就是規矩。」

柳擎宇雖然從村民的告狀中聽說過吳懷仁比他老子吳登生還要囂張，卻沒想到對方囂張到這種地步，今天一看，這傢伙簡直跟**土皇帝**一般啊，不僅和怡海集團相互勾結，將轉基因種子引入瑞源縣，大肆種植，價格上還層層剝削，這傢伙簡直是貪得無厭啊。

更令人傻眼的是，這家豪華、高檔的飯店竟然是這位村支書的兒子開的！想不到一個村支書在這裡竟然如此霸氣，這讓柳擎宇不得不懷疑**這個吳懷仁到底是一個什麼樣的官？他到底懂不懂得什麼叫做法律?!**

柳擎宇不屑地說：「那如果我們不走呢？」

吳懷仁冷冷回道：「不走？不走就讓警察帶你們走！我們吳東鎮可是有法律的地方。」

竟然動用警方來為他們家的飯店維護秩序，這簡直是公器私用啊。此刻，柳擎宇倒想要看看他一個小小的村支書是否真能調動得了警方了。

柳擎宇坐了下去，端起酒杯說道：「來，兄弟們，我們接著喝，我還不信了，我們好好的花錢消費，誰敢把我給攆出去。」

吳懷仁的臉色說多難看便有多難看，已經有很多年沒有遇到如此囂張的人了，他決定要拿這些外地佬樹立個模範，讓吳東鎮的人都知道，他們吳家的權威是不容挑釁的。

吳懷仁撥通了鎮派出所所長劉海生的電話：「老劉啊，我是吳懷仁，找你幫個忙，你那邊方便嗎？」

聽是吳懷仁的聲音，電話那頭，劉海生所長頓時滿臉陪笑著說道：「哎呦，是吳支書啊，有什麼事你儘管說，憑咱們兄弟的交情，準給您辦妥。」

吳懷仁對劉海生的回應很是滿意，這個劉海生是靠著他們吳家的影響力，疏通了縣裡的康局長那邊，才被提拔到了這個位置。

吳懷仁立即說道：「老劉，是這樣的，有人在我們家『盛世帝豪』鬧事，想吃霸王餐不給錢，還打傷了好幾個人，你們派出所派人過來看看吧，這些人是擺明了尋釁滋事啊。」

劉海生聞聽有這種事，拍桌子怒道：「什麼？有人敢在『盛世帝豪』鬧事，真是反了，吳支書你放心，我馬上帶人過去平息此事。」

開玩笑，這家鎮上最大的飯店他劉海生也是有股份的，雖然只是乾股，但是每年的分紅也有好七八萬呢，比他的工資可多多了。光吃飯不幹活的事，他劉海生可幹不出來，也不敢幹啊，吳家父子是什麼人啊，他們家的錢可不是那麼好拿的。

所以，劉海生召集了六名得力的手下，一路鳴笛直奔「盛世帝豪」。

# 第六章

# 水淹七軍

柳擎宇三人被銬了一會兒之後，立刻有三個人走進來，手中拿著三個水桶，水桶裡面放滿了水，然後放在他們面前。這是他們常用的刑法之一——水淹七軍。何為七軍？兩個耳朵、兩個鼻孔、兩隻眼睛，外加一張嘴。

鎮派出所距離「盛世帝豪」只有不到一公里的路程，警笛聲一路鳴響，不到五分鐘便趕到了飯店門口，劉海生帶著六名手下浩浩蕩蕩、氣勢洶洶的向著二樓進發。

剛走上二樓，還沒有看到人呢，劉海生便大聲喊道：「是誰啊？敢在盛世帝豪鬧事！是不是不想混了。」

柳擎宇雖然坐在隔間內，但是聽到劉海生的聲音，大腦中立刻反射動作一般浮現出一個人——吳東鎮派出所所長。

柳擎宇沒有見過劉海生的面，但是上一次在電視直播時，為了證明康建雄的謊言，柳擎宇曾經給劉海生打過電話，在電話裡和劉海生聊了幾句。柳擎宇的記憶力非常好，所以此刻聽到劉海生的聲音，立時便想起了他的名字。

柳擎宇的嘴角不由得浮出一絲冷笑。從劉海生為康建雄圓謊開始，柳擎宇就對劉海生這個派出所所長的操守頗有意見，此刻又見到劉海生因為吳懷仁一通電話就興師動眾的帶著員警趕來，在心中立馬給劉海生打了個不合格的評語。

身為人民保母的警察，應該為老百姓主持正義，而不是成為某些人的利用工具，來對付老百姓。柳擎宇瞥了劉海生那些人一眼，便低下頭去，繼續喝酒吃飯了。

吳懷仁得瑟起來，他走去和劉海生握了握手，然後用手一指柳擎宇幾人，告狀道：「劉所長，就是這些人，他們不僅要在飯店裡吃霸王餐，還把好幾個人給打傷了，希望你能夠主持公道。」

劉海生配合地說道：「吳支書，你放心，我們一定會主持公道的。」說完，大手一揮：「來人啊，將這幾個尋釁滋事分子帶回所裡，好好的審問審問。」

隨著劉海生一聲令下，六名手下紛紛拿出手銬，向柳擎宇他們走來。

劉小胖臉色一寒就想發作，卻看到柳擎宇主動的伸出手讓對方把手給銬住，劉小胖對柳擎宇的作風十分瞭解，所以也把手向外一伸，任由對方把自己給銬上了。小魔女韓香怡見有熱鬧可以看，自然也毫不猶豫的伸出了白嫩滑膩的秀腕，任憑對方銬上手銬。

黑大個程鐵牛看到飯票老大主動伸手，他自然也不會有任何猶豫，不過他的心裡卻有幾絲狐疑，飯票老大這是要做什麼呢？幹嘛要讓自己處於被動呢？

看到柳擎宇幾個這麼快就束手就縛，吳懷仁頓時臉上露出了鄙視的表情，原來不過是色厲內荏的慫貨嘛，見到警察還不是像耗子見到貓，乖得不能再乖！

吳懷仁不忘提醒道：「我說老劉，這些人可不是什麼善類，你帶回所裡之後一定要好好審問審問，讓他們把問題交代清楚，千萬不能放過一個壞人啊。」

吳懷仁話雖然說得輕描淡寫，劉海生卻敏感的把握到了吳懷仁所傳遞過來的訊息，這明顯是吳懷仁對這幾個人不爽，想要讓自己收拾他們的節奏啊。

這對他來說不過是小菜一碟而已，劉海生也帶著暗示地道：「吳支書，您放心，我們警方從來不會冤枉一個好人，但是也絕不會放過任何一個壞人，任何敢在我們吳東鎮地面上作奸犯科的人，都會受到法律的制裁。」

說完，兩人很有默契地相視一笑。

「來人，把這四個人給我帶回所裡好好的審訊審訊。」劉海生指揮道。說話時，眼睛不禁向韓香怡多看了兩眼。

他活到現在，還從來沒有看到過像韓香怡這麼漂亮，清純中帶著幾許靈動的姑娘，即便是南華市最高檔的娛樂場所也沒有。就在剛才那幾眼的瞬間，一個邪惡的念頭在他的內心深處滋生起來。

很快，柳擎宇四個人便被劉海生的人銬著，帶出了「盛世帝豪」。

「盛世帝豪」外面，狗頭孫帶著他的小弟，手中握著砍刀早已等候多時，當他看到柳擎宇四個人竟然手上戴著手銬，先是一愣，隨即便輕蔑的笑了出來，原來這四個人是怕警察啊。

他突然有了個好主意，把砍刀遞給手下的小弟，朝向柳擎宇的方向走去。

狗頭孫邊走邊發著手中的頂級鑽石「九五至尊」香菸，大家本來是不想搭理他的，畢竟彼此身分不同，一個是警察，一個是流氓地痞，即便關係再好，在公眾場合還是會掩蓋一二。

但是，當看到是「九五至尊」以後，這些人也就不管那麼多了，這一根菸可是值五塊錢呢，這種頂級香菸平時很難有機會能夠抽到的。

狗頭孫走到劉海生面前，點頭哈腰的遞上菸：「劉所長，您可一定要給我做主啊，就是這幾個傢伙打了我和我的朋友，請你們警方一定要給我們做主啊。」

劉海生怎麼可能不知道狗頭孫的性情，這小子無事獻殷勤，非奸即盜，這一路發菸，分明是有目的的。

平時，狗頭孫這小子還算懂事，逢年過節該有的孝敬一點都不少，所以他也就睜一隻眼閉一隻眼閉一隻眼道：「嗯，這是肯定的，警察本就是為人民服務的嘛。」

說著，劉海生便轉過頭去，假裝和一個手下聊天起來，其他的警察也轉過身去，把柳擎宇他們留給了狗頭孫。

狗頭孫立刻到黑大個程鐵牛的面前，不滿的說道：「孫子，你不是很能打嗎？我早就告訴過你們了，在這瑞源縣一畝三分地上，跟我狗頭孫作對，沒有你們好下場的。」

說著，抬腳便向著程鐵牛的大腿膝蓋處狠狠地踹了過去。

在他想來，此時他們被手銬靠著，程鐵牛只能老老實實的忍著。然而，出乎他意料的事發生了。

他這腳剛剛踢出去，便感覺眼前一黑，隨即整個人便猶如騰雲駕霧一般向後倒著飛出去五米多遠，才噗通一聲掉在地上，摔得他差點沒有背過氣去。

其他幾個學狗頭孫收拾柳擎宇他們的傢伙們，也全都被柳擎宇、劉小胖紛紛抬腳給踹飛出去，跌落在地上。

劉海生頓時臉色一寒，這些嫌犯不僅不知收斂，還敢在戴著手銬的情況下打人，簡直是無法無天了，他怒視著柳擎宇等人說道：「我告訴你們幾個，你們太囂張，太過分了，回去我一定要好好的審問審問你們。」便氣呼呼地把柳擎宇他們帶上警車離開了。

狗頭孫眼看著疾馳離去的警車，罵罵咧咧的從地上爬了起來，嘴裡漏風的說道：「吶吶（奶奶）滴，竟然敢陰藕（我），老子絕對不會放過你們的。」

柳擎宇他們被帶回了吳東鎮派出所。

下車後，劉海生便下令道：「把那三個給我帶到審訊一室去，至於這個女孩，帶到我的辦公室，我要親自審問。」

柳擎宇聽劉海生這樣吩咐，再觀察劉海生說話時的眼神，便猜到劉海生心存不軌，立即警告道：「劉海生，我奉勸你最好不要玩火，想審訊可以，把我們幾個放在一起審訊，如果你敢起什麼壞心思，我告訴你，到時候可不要吃不了兜著走。」

劉海生絲毫不理會柳擎宇的威脅，派出所可是自己的地盤，他有什麼好怕的！冷笑一聲道：「在這吳東鎮派出所，我想幹什麼就幹什麼，沒有人可以阻止得了我。」

「照你這麼說，在這兒你就是土霸王，完全沒有國法了？」

劉海生得意地道：「沒錯，我的地盤就是我做主！年輕人，我奉勸你一句，要想不受皮肉之苦，最好老實一點，讓你說什麼就說什麼，否則的話，你會非常後悔的。」

「後悔？我從來不會後悔。反倒是你，我真的有些替你擔心啊，人啊，做任何事都要付出代價的，就怕你是偷雞不成蝕把米，更嚴重的是賠了夫人又折兵啊。」柳擎宇故作擔憂之色。

「呸呸呸，柳哥哥，你能不能說句好話，看你把我形容的，你以為我看不出來這個老傢伙對我動了歪心思啊。」

韓香怡嬌聲抗議著，臉上笑顏如花，燦爛豔麗，不可方物，劉海生都看得有些呆住了，越是這樣嗆辣的女孩，越讓他從內心深處升起一抹強烈的征服欲望。

劉海生急急地催促著手下：「囉嗦什麼，趕快帶走！」

很快的，柳擎宇、劉小胖他們便被帶到了審訊一室，而韓香怡卻被帶往劉海生的辦公室內。

劉小胖低聲對柳擎宇說：「老大，小魔女被這老色鬼帶回辦公室，會不會出事啊？咱們要不要現在就把這件事情搞定？」

柳擎宇搖搖頭：「不用急，就小魔女那機靈勁，別說是一個劉海生了，就算是十個也未必能夠占到她的便宜。你想想，咱們和小魔女鬥心眼有幾次贏的？這小丫頭哪次不把咱們弄得灰頭土臉？要不怎麼給她起了個外號叫小魔女呢?!」

聽柳擎宇這樣說，劉小胖不由得一顫，回憶起往事，的確像老大所說的，小魔女從小就心眼多，手段老是讓人意想不到，就算是以他和柳擎宇老大的智商，也不時會被小魔女給耍了，如此一想，便放下心來。

進了審訊室，那六名員警立刻兩兩一組，把他們三個給分別銬在三個不同位置的暖氣片上，隨即坐在三人面前。

其中一名員警用手點指著三人說道：「你們三個聽著，現在給你們五分鐘的時間，好好的想想你們該說些什麼，比如說你們為什麼要去吃霸王餐？為什麼要尋釁滋事？如果你們誠心反省，就可以少受些皮肉之苦，如果你們什麼都不說，或者是心存僥倖，想蒙混過關，那我告訴你們，你們是找錯地方了。看到你們身後的暖氣片嗎？那將會成為你們的噩夢。」

說著，那個員警陰險的笑了起來。

柳擎宇掃視了暖氣一眼，看到暖氣後面放了一個鐵夾子，心中猜到了七八分，臉上露出厭惡和痛恨之色。

柳擎宇沒有說話，他想要看看這些人到底能夠囂張到什麼程度。

和柳擎宇他們相比，韓香怡這邊氣氛可就要旖旎多了。

韓香怡被帶到劉海生的辦公室後，就被關在劉海生平時休息的臥房內，雙手被銬在床頭，身體躺在床上，如此更顯出韓香怡那窈窕的身段，尤其是此時露出雪白、滑膩的小腳，簡直讓劉海生感覺渾身的熱血都要沸騰起來，恨不得立刻把她壓在身下。

他兩眼放光，流著口水，一眨不眨地盯著韓香怡那高高隆起的酥胸，正想下手時，就聽韓香怡紅唇微張，挺了挺酥胸膩聲道：

「死人，你銬著人家幹嘛？這樣多沒有情調啊！有沒有女警的制服，給我拿一套來，我看看我穿起來的感覺怎麼樣！」

劉海生聽到韓香怡嬌柔的聲音，骨頭都快要酥了，立即播了內線電話，給檔案室的一個女警趙雪芬，吩咐道：「你拿一套新的女警制服過來，就按照你的身材拿就成。」

趙雪芬聽到所長的吩咐，立時心頭火熱，以為所長是在暗示她，準備和她親熱了，滿心興奮的拿了制服來到所長辦公室外面，敲響了房門。

房門很快打開一條縫，趙雪芬正想進去，卻被劉海生一把給攔住：「把制服給我，一會兒有事我再叫你。」

趙雪芬頓時兩眼一瞪，滿臉的不悅。

劉海生解釋道：「我還有點公務，等我忙完後再找你。」

趙雪芬恨恨地看了劉海生一眼，莫可奈何地離去。

看著趙雪芬那扭動的肥臀，劉海生不由得想起昔日兩人共赴巫山時的快樂，這讓他更加興奮起來，如果是床上那個小蘿莉穿上了這身制服，那將會是多美妙的享受啊。

劉海生拿著制服走進了臥室，就聽韓香怡撒嬌說：「死人，你就是這樣對待人家的嗎？銬著手你讓我怎麼穿衣服嘛。」又催促道：「快把手銬給我放開，把衣服留下，我穿好衣服之後喊你，到時候你再進來，人家就任你欺負，不過，你可要對我負責啊。」

原本劉海生還有些猶豫要不要把韓香怡的手銬打開，聽了韓香怡最後一句要他負責，就像吃了迷藥一般連連點頭：「好的，好的，我保證對你負責。」一邊給韓香怡打開了手銬。

韓香怡擺脫束縛，活動了一下手腕後，便拿起警服比劃著，看看大小差不多，便開始作勢脫起衣服，一邊嬌嗔道：「你看什麼看？先出去，等我穿好了再進來。」

劉海生放心的走了出來。心想：這女孩倒是很懂時務，知道既然無法反抗就只能享受的道理。再看看自己的辦公室在三樓，她就算是想出去也出不去，而且她要想出去必須經過外面的辦公室，自己只要在辦公室一守，就可以為所欲為了。

不過他十分精明，站住門口，耳朵貼在門上靜靜的聽著，以防生變。只聽裡面傳來窸窸的脫衣聲，還有韓香怡的嘟噥聲：「這衣服怎麼有些大啊，穿起來肯定不好看。」

劉海生完全放下心來，坐在沙發上，翹起二郎腿開始優哉遊哉的喝起茶來，他得先降降火，否則一會兒鼻血該流出來了。

過了十多分鐘的時間，就在劉海生等得有些不耐煩的時候，終於房裡傳來令人渾身發酥的聲音：「你……你可以進來了。」

劉海生立時興奮地推門而入，露出一副大野狼的模樣，張牙舞爪的說道：「小乖乖，你終於好了，我來啦。」

誰知門打開後，裡面並沒有出現劉海生想像中的穿著警察制服的美女畫面，韓香怡依然穿著自己的那身衣服，手中還拎著一把粉紅色的棍子，上面幾個鮮明豔的大字赫然醒目——悶棍女！

就在劉海生微微愣神的瞬間，韓香怡手中的棍子突然伸長，隨即棍子的尖端頂在劉海生的身上，緊接著，一陣麻酥的感覺瞬間傳遍劉海生全身。

可惜這不是他想像中的那種酥麻感，而是高壓電流通人身上的感覺！以前他可沒少用這種方法去對付那些不聽話的嫌犯們，今天，換他自己嘗到了那種難受的滋味。

讓劉海生百思不解的是，這根棍子是哪來的呢？

就在劉海生納悶的同時，韓香怡又舉起棍子朝劉海生的屁股狠狠的抽了下來，劉海生感到屁股傳來一陣陣火辣辣的疼痛。

他抗聲道：「你不能打我，我是派出所所長。」

韓香怡嗤之以鼻地說：「所長又怎麼了？所長就可以強逼人上床？就可以誘姦未成年少女嗎？你這個垃圾所長腦子怎麼那麼骯髒呢？還所長呢？簡直就是流氓加色狼加惡棍！」

韓香怡越說越來氣，狠狠的抽了劉海生十幾下才停止。

劉海生鬱悶的躺在地上，只要動一下，韓香怡便拿悶棍電他，他學老實了，就軟軟地躺在地上。

韓香怡又用腳尖踩著劉海生的臉說道：「孫子，還記得之前我柳哥哥對你所說的那番話嗎？敢動我們，你會吃不了兜著走的。」

此刻，劉海生只感到無窮無盡的屈辱感油然而生，他從來沒有想過自己有朝一日會被一個小女孩如此肆無忌憚的踩在腳下，還踩著自己的臉。自己可是堂堂吳東鎮派出所的所長啊！

他咬著牙道：「我是派出所所長，立刻放開我，不然你會後悔的。」

韓香怡咯咯一笑：「所長？所長是多大的官啊？所長大人，咱們打個賭如何？」

「什麼賭？」

「就賭你的下場會如何。」

「哼！我會讓你們吃不了兜著走的。如果沒有我的幫忙，你們在得罪了狗頭孫的情況下，別想安全地走出吳東鎮。」劉海生恐嚇道。

他知道狗頭孫一向好面子，如今他被這群人當著那麼多人的面接連收拾了兩次，要是不把這場子找回來，他以後也別想在吳東鎮混下去了，所以他料定狗頭孫一定會對這些人採取報復行動。

韓香怡卻是呵呵一笑：「好，既然這樣，咱們就賭一把吧，我賭你今天肯定會丟官罷職的，弄不好還得進監獄。」

「不可能的。」劉海生不屑地回道。

韓香怡直接拿起臥室床頭的電話，撥通了劉小胖老爸劉臃的電話：「劉叔叔，我是香怡啊。」

電話那頭很快傳來劉臃爽朗的聲音：「呵呵，是香怡啊，叔叔正準備開會呢，找叔叔有什麼事嗎？」

韓香怡憤怒的說道：「劉叔叔，您還開什麼會啊，你知道嗎？小胖和柳哥哥都被你們公安系統的人給抓起來，馬上就要刑訊逼供了，我剛才也差點被這邊的一個所長給強姦了。劉叔叔，你們系統裡面還是有不少害群之馬啊，這些人不除，對你們公安的形象會起到嚴重抹黑的作用，希望您給我們這些小老百姓做主啊。」

劉臃聽了，頓時瞪大了眼，**什麼？擎宇和小胖被抓，還要刑訊逼供？香怡差點慘遭所長毒手？這簡直是逆天的節奏啊！**別的不說，柳擎宇那是啥身分啊，那小子將來絕對是國家的棟梁之才，就連老首長都對柳擎宇這小子欣賞有加，現在竟然有人敢刑訊逼供柳擎宇？更不用說還捎帶著自己的兒子，真是荒唐到了極點。

劉臃趕忙問道：「你們現在在哪裡？」

韓香怡道：「我們被關在瑞源縣吳東鎮派出所裡，這裡的所長叫劉海生，這老頭可壞了，又色，竟然想跟我玩制服秀，劉叔叔，我還沒有成年呢！」

這傢伙根本是警界的敗類！太給警方丟人了，都多大的人，竟然欺負一個小女孩，真是禽獸不如。劉臃火冒三丈地道：「好，香怡，我知道了，我馬上查問這件事。」

掛上電話後，劉臃隨即把自己的秘書喊了過來，交代道：「王辰，你通知一下局裡的同志們，就說會議正常開始，讓陳副書記暫時主持會議，我一會兒再過去。」

接著，劉臃拿出手機撥通了白雲省省委書記曾鴻濤的電話。

他和曾鴻濤是黨校同學，事情是出在白雲省，自己要是直接插手的話，怕會引起曾鴻濤的反感，所以先給曾鴻濤打聲招呼。

他簡單的把柳擎宇幾人的事說了，然後拜託道：「老曾，這件事你可得上心一下，我兒子可是在裡面呢，弄不好此刻他已經被吳東鎮派出所的同志們刑訊逼供了。」

曾鴻濤臉色沉了下來。身為老同學，曾鴻濤非常清楚劉臃的背景實力，難得的是，這個胖子是靠著超強的破案能力一步一步爬到權力的巔峰，人品更是正派，正義感十足，他的兒子劉小胖也很懂得分寸，不會像一般的衙內那樣，憑藉著老爸的權勢去做事業。

何況此事還關係到他的愛將柳擎宇！便一口允諾道：「好，老同學，我馬上查明真相，搞定後再給你電話。」

掛斷電話，曾鴻濤怒了！這件事竟然捅到了劉臃那裡，白雲省的面子算是丟到天上去了。

不過，曾鴻濤做事並不莽撞，他靜下心來仔細盤算了一番。劉臃雖然給自己打電話，但是話語中卻並沒有追究的意思，只是點出了派出所所長劉海生。

以劉臃的職位，想收拾劉海生不過是一通電話的事，但是他打給了自己，就說明他對自己的信任，所以，這件事自己需要做的就是給劉臃一個結果。既然如此，事情處理起來就簡單多了。

曾鴻濤把秘書秦浩給喊了進來。

「我聽說瑞源縣吳東鎮派出所所長劉海生此人做事很不靠譜啊，無辜抓捕百姓，甚至還做出欺負未成年少女的事，你去過問一下這件事。」

秦浩點點頭道：「好，我馬上處理。」

秦浩離開曾鴻濤的辦公室後，立即打給南華市公安局局長，把劉海生的事說了大概，然後道：「石局長，劉海生這樣人的存在，對你們南華市公安局的顏面是一個十分大的抹黑啊，上面的領導可是看得清清楚楚的啊。」說完就掛斷了電話。

電話那頭，南華市公安局局長石金生萬萬沒有想到，省委書記的秘書會親自給自己打電話過問一個小小派出所所長的事，身為局級幹部，石金生的政治敏感性非常高，立即意識到這個劉海生肯定是做了什麼惹到天威的事了。

所以，**不管劉海生的身後到底有什麼背景，在省委書記大秘的電話面前，一切都是紙老虎**。更何況自己是公安局局長，想收拾一個鄉鎮派出所所長輕輕鬆鬆，如果這件小事都辦不好，以後可就麻煩了。

想到此處，石金生立刻一個電話打給了吳東鎮鎮委書記羅天磊：

「老羅啊，你們吳東鎮派出所所長劉海生到底是怎麼回事？現在他的事就連省委領導都知道了，這個人我看你最好還是儘快處理了！他好像還抓了幾個人，也趕快放了。」

羅天磊訝異地說：「石局長，劉海生是做了什麼啊？又是哪位領導知道了？」

石金生自然不會告訴羅天磊是哪位領導知道了此事，對他這個位置的人來說，對下屬要保持一定的神秘和威嚴，自然不能有求必應。於是淡淡地說道：

「羅同志，不該問的事就不要問，不該知道的事就不要去打聽，那樣對你並沒有什麼好處，把你該做的事情做好就成了。」

聽石金生這樣說，羅天磊心知這個領導的層級一定不低，也就不敢再問了，連忙點點頭道：「好，石局長，我知道該怎麼做了。」

掛斷電話，羅天磊立刻一個電話打給了劉海生。雖然劉海生是他的得力助手，但是此時此刻，當他知道省委領導對劉海生已經明確指示要拿下他的時候，他也不敢包庇他了。

劉海生的手機響了。

此時，劉海生正鬱悶的躺在地上不敢起來。不遠處，小魔女韓香怡坐在椅子上，手中的悶棍不時地在他眼前晃悠著，嚇得他一動都不敢動。聽到手機響，他卻不敢去接。

小魔女踢了劉海生一腳，命令道：「接電話。」

劉海生如釋重負般掏出手機，希望聽到一個能夠讓自己解脫的聲音，趕來解救自己。

羅天磊的聲音傳了出來：

「劉海生同志，現在給你兩個指示，第一，立刻把你今天抓捕的四個人全部放出來。這個指示馬上執行。」

劉海生一聽頓時便驚呆了，畏懼地看了韓香怡一眼，這次恐怕自己真的踢到鐵板上了，看來這個女孩很有背景啊，一個電話就能讓羅書記親自出面。

不過，自己是受了吳家父子的指示才抓人的，他感覺自己的底氣又足了些，辯稱道：「羅書記，這幾個人是吳懷仁點名要辦的，您看這件事是不是等調查清楚再說。」

羅天磊聽劉海生不火速執行他的命令，還把吳懷仁給推了出來，沉聲道：

「羅同志，本來我想要給你一個將功補過的機會的，沒有想到你不領情，既然如此，那我就提前宣布對你的處理吧。鎮裡和市局領導在商量後決定，暫時停止你派出所所長的職務，同時，後續可能還會有一連串針對你的調查，你自己好自為之吧。」

劉海生傻了：**自己被停職了？還是市局和鎮裡做出的決定？事情怎麼會變成這個樣子呢？**我不過是幫吳懷仁父子收拾了幾個外地佬罷了，用不著讓自己付出這麼大的代價吧？

劉海生急眼道：「羅書記，我劉海生對您可是忠心耿耿啊，這到底是怎麼回事啊？怎麼突然就停職了呢？」

羅天磊嘆息一聲道：「海生啊，我早就提醒過你，儘量不要和吳家父子扯到一起去，他們父子所做的事已經到人神共憤的地步了，早晚會出事的，你卻偏偏不聽，總說吳家父子有關係，你怎麼就想不明白，他們的關係再硬，能為你所用嗎？不可能的。這次，他們父子包括你，恐怕惹了不該惹的人，收拾你的指令是直接從上面來的，我也無能為力了。」

劉海生頹然地倒在地上，日光落在小魔女韓香怡的身上，噗通一聲跪倒在她的面前，哭喪著臉道：「小姑奶奶，求求你高抬貴手放過我吧，我可是上有老下有小啊，一家人都等著我的工資過活呢，求求你千萬不要跟我一般見識……」

此刻的劉海生徹底拋棄了那個不可一世、高高在上的神情，取而代之的是可憐蟲一般的表現，就像一隻流浪的土狗一般，向韓香怡搖尾乞憐著。

他的目的非常簡單，就是不惜一切代價也要保住自己的官位。只要官位保住了，他就依然可以在別人面前耀武揚威、不可一世。

韓香怡不屑的看了劉海牛一眼，悲憫地道：「還記得我之前說跟你打賭嗎？現在知道結果了吧？想要保住官位？」

劉海生點頭如搗蒜般地說：「姑奶奶，求求你了，只要你能夠放過我，我保證給您做牛做馬。」

韓香怡淡淡說道：「劉海生，我明確的告訴你，這回你是真的惹上了不該惹也惹不起的人，但是這個人並不是我，而是被你們關在那個審訊室的人。如果你不想後果更為嚴重的話，最好趕快去看看，一旦你的手下對他們刑訊逼供，就算是神仙都救不了你了。」

劉海生跳了起來，立刻起身向外跑去，直奔審訊一室。

此刻，審訊一室內。

柳擎宇三人被銬了一會兒之後，立刻有三個人走進來，手中拿著三個水桶，水桶裡面放滿了水，然後放在他們面前。這是他們常用的刑法之一——水淹七軍。何為七軍？兩個耳朵、兩個鼻孔、兩隻眼睛，外加一張嘴。

柳擎宇發現這幾個臉上帶著獰笑看著自己三人，眼神中還有幾絲興奮之色，顯然這些人對這種工作樂此不疲，而且恐怕不是一次兩次了。

柳擎宇的眉頭緊皺起來。從這個細節上可以看出來，這個吳東鎮派出所平時文明執法的可能性非常之低啊！

就在這時候，領頭的那個員警說道：「好了，現在時間差不多了，我們可以開始了，大家今天好好的快樂一下！動手！」

隨著那位哥們一聲令下，三名手下立刻走到柳擎宇、劉小胖和程鐵牛面前，伸手就要去抓柳擎宇他們的頭髮。

只聽柳擎宇道：「動手。」緊接著，柳擎宇三個同時猛的出腿，狠狠地踢在這三人的胸部，把他們踹飛出去，手中的水桶也全都翻覆在地上，水流得到處都是。

看到這種情況，這些人怒了。尤其是被柳擎宇踢的那個哥們最為鬱悶，柳擎宇踢他的時候，還用腳面搧了他的臉一下，這哥們落地的同時噗嗤一口吐出了三顆槽牙。

這些人也太囂張了，竟然敢公然襲警，這是絕對不能饒恕的！

這哥們爬起來後，二話不說，立刻拿出自己的電擊棍怒氣衝衝的向柳擎宇衝了過去，嘴裡罵著：「龜孫子，竟然敢襲警，看老子不電死你。」

其他幾個也如法炮製，拎起警棍就要往上衝。

此時，審訊室的門被人一腳踢開，劉海生滿頭大汗的衝了進來，大聲喊道：「住手，都給我住手，你們要文明執法、文明執法懂不懂，我們是員警，不是土匪，我們必須要堅決執行黨的政策，執行各項規章制度，文明執法。我平時不都是這樣教導你們的嗎？怎麼全都給我忘了？」

劉海生這一嗓子，讓現場的員警都呆住了，目光充滿疑惑的望著劉海生，心中暗道：不會吧，你啥時說過要文明執法了，你也太會演了吧？

不過這些手下也很聰明，聽出了一絲端倪，便放下手中的警棍說道：「頭，你說得對啊，我們一直都是文明執法的，我們只不過是和這些朋友們開開玩笑罷了。」

劉海生聽到手下的應和之聲，心情稍安，還好這些兔崽子們懂得見風使舵。

他雖然不知道小魔女說的那個厲害人物到底是哪一個，但是劉海生卻很有辦法，大手一揮說道：「把這些朋友們的手銬都給我解開，今天的事是我們不對，我們抓錯人了，我們得向他們道歉啊。」

他走到劉小胖面前，滿臉陪笑著說道：「這位朋友，真是對不起啊，今天是我們搞錯了，抓錯了人，我向你們表示誠摯的道歉，還希望各位大人不記小人過，就不要和我們計較，回頭我請大家好好的喝酒給大家賠罪，你們看怎麼樣？」

在劉海生看來，劉小胖穿得西裝革履，渾身全都是名牌，又大腹便便的，一看就是富貴相，所以很可能他是這些人的頭頭，所以他第一個跑到劉小胖面前道歉。

然而，劉小胖卻連看都不看他一眼，看向柳擎宇道：「老大，你決定吧？」

這下子，劉海生老臉通紅，這才發現自己是看錯人了，眼前這個穿得很普通的人竟然是他們的老大！看來以後真是不能以貌取人啊。

手銬很快被打開了，柳擎宇冷冷地看了劉海生一眼道：「我們走吧。」帶著兄弟們，接上小魔女一起離開。

望著柳擎宇離去的背影，劉海生不由得眉頭一皺，心中暗道：「奇怪，這個人的聲音怎麼感覺這麼耳熟呢？」

劉海生使勁回想著，總感覺柳擎宇臨走時看他的眼神是那樣犀利，讓他不由得升起一絲敬畏和心悸。突然，劉海生心頭一顫，想起了柳擎宇的聲音，雙腿立時一軟癱坐在地上，臉色顯得異常蒼白。

幾名手下見狀，趕緊把劉海生攙扶起來，問道：「頭，你這是怎麼了？」

劉海生嘆息一聲道：「哎，這次我們攤上大事了。」

「怎麼了？」

「怎麼了？你知道被我們銬起來的那個瘦高個兒是誰嗎？」

「是誰？」

「是咱們的縣委書記柳擎宇！我剛才聽到他的聲音才想起來。」

這一下，所有人都傻眼了，也紛紛癱軟在地上。自己竟然把縣委書記給銬了起來，這還能混得下去嘛！

柳擎宇一行人離開派出所後，當天晚上在鎮裡安頓下來。

第二天，他們兵分兩路，一路是柳擎宇和程鐵牛一組，前往七里河村進行調研；劉小胖和韓香怡則為一組，對吳東鎮的市場進行調研。

四個人沒有走在一起，是因為那樣目標太明顯了。

柳擎宇他們早上六點多便出門了，到七里河村的時候，天色正好亮了。

他們一路行來，走的是縣道，都是柏油馬路或者水泥路面，路況還不錯。然而，當汽車駛入七里河村之後，車子便顛簸起來。路面凹凸不平不說，更是一點水泥地的影子都沒有。

而真正讓柳擎宇感到不滿的，是七里河村的整體情況。

其他村子大部分都已經是青磚瓦房，然而，七里河村卻是另外一種情況，青磚瓦房是有的，不過也就是三分之一左右，有二分之一竟然全都是低矮的石頭房子，或者是三四十年前蓋的青磚與土坯結合起來的房子，大部分土坯早已斑駁掉落，基本上可以用危樓來形容了。

然而，在村子裡最顯赫的位置處，卻矗立著八棟相鄰的兩層小樓，這些小樓全都是瓷磚鑲嵌，在陽光下閃爍著熠熠光輝。每家小樓的院子明顯比其他的民居要大上三倍，這些小樓外面，還有筆直的水泥路直接與村子外面穿過的一段縣道相連。

柳擎宇讓程鐵牛把車停了下來，找到一位路過的老鄉打聽：「老鄉，這些小樓都是誰家的啊？」

老鄉看了柳擎宇和他的汽車一眼，說道：「你們是外地人吧？」

柳擎宇點點頭：「是啊，從這裡路過，感覺這個村子還不算太窮嘛，有人都能住得上兩層的樓房啊，這可得不少錢啊。」

那個老鄉苦笑著道：「我跟你說吧，這些樓房都是吳家的房子，左邊這四棟分別是吳登生和他的大兒子、三兒子和村支書吳懷仁的，右邊這四棟，是村長吳懷水和吳懷水的兄弟的，最邊上的一棟是村委會的，平時接待下來的領導都是用那棟房子。」

柳擎宇故意說道：「你們村挺有錢的啊？」

那個老鄉反駁道：「有錢？有錢個鬼！除了他們吳家父子、兄弟之外，其他人沒有幾個有錢的。」

聽老鄉這麼說，柳擎宇基本上可以斷定，老百姓去找自己告狀這吳家父子並不是鬧事了，看路上隨隨便便一個老百姓都對吳家人充滿了不滿。

柳擎宇又問：「這吳懷仁和吳懷水兩人是親兄弟嗎？」

老鄉搖搖頭道：「不是親的也差不多，兩人是堂兄弟。當年吳登生、吳登科兩個親兄弟，一個是村支書、一個是村長，現在是他們兩個人的兒子一個是村支書，一個是村長，人家吳家就是牛啊，一門四領導，主宰著我們七里河村。」

「他們的能力應該挺強的吧？」柳擎宇故意說道。

「強個屁！除了知道貪錢撈錢以外，啥事都幹不成，看看人家別的村都奔小康致富了，我們村還窮得叮噹響呢，這吳家人一點好事都不幹啊！」老鄉憤慨地說。

突然，一陣喊殺聲從四面八方響起。

柳擎宇一看，頓時目瞪口呆，他的四周湧出了好幾十名百姓，手中拿著鐵鍬、鐵棍、木棍、鋤頭等東西，把柳擎宇他們團團圍了起來，眼神中充滿了兇悍和殺氣。

在人群外圍，一個人手中拿著電話，正在與人通話：

「吳書記，已經把人給圍住了，下一步怎麼辦？」

電話那頭，吳登生發號施令道：「哼，大堂有路你不走，地獄無門自來投，給我狠狠地打！」

吳登生一聲令下，現場圍住柳擎宇的這些人立刻揮舞著手中的工具就要往前攻擊。

這時候，程鐵牛一看情況不對，立刻從車內走了出來，往柳擎宇身邊一站，怒聲呵斥道：「誰敢亂動？我捏爆他的蛋蛋！」

一個村民不信邪，拿著鐵桿便往程鐵牛的腦門上砸去，程鐵牛一伸手擋下鐵棍，兩相碰撞發出一陣沉悶的聲響，隨即奪過鐵棍，飛起一腳踹在那村民的小腹上，把他踹飛出去。眾目睽睽之下，程鐵牛抓住鐵棍的兩端用力一折，立時便把鐵棍給折彎成一個圓圈。

村民們看得目瞪口呆，沒想到這個黑大個兒力氣這麼大，骨頭這麼硬，那麼粗的鐵棍打在身上竟然沒事。

這一下，眾人的目光都落在那個手上拿著手機的男人身上，他是這次行動的組織者。此刻，這個男人也看到了剛才那一幕，被嚇了一跳，不過對他來說，個把人的傷亡無所謂，反正自己不受傷就成，這次吳支書親自給自己打電話，自己就必須要把這件事給辦好，只要辦好了這件事，吳支書已經答應自己承包的那五十畝地租金減半，那可是上萬塊錢啊。

想到這兒，他便大聲喊道：

「各位鄉親們，看到沒有，這個外地人竟然敢在我們村子裡打人，這簡直是沒有把我們放在眼中啊，這是對我們七里河村村民的強烈挑釁，大家一起衝，好好收拾這些人。」

此時，一直冷眼旁觀的柳擎宇意識到事情的詭異了。這些村民明顯是早就在附近埋伏好的，否則不可能呼啦一下子全都跑出來，而且手中還拿著各式各樣的武器。

那麼他們為什麼要伏擊自己呢？自己從來沒有和這些人產生過任何恩怨啊，看這個情形，下令的人根本不在乎傷亡，只想把自己收拾了，這又是多大的死仇啊。

想到此處，柳擎宇猜想自己的身分恐怕暴露了。順著這個思路想下去，柳擎宇立即知道八成是吳東鎮派出所洩露出來的。

照此推理，吳懷水、吳懷仁兄弟肯定也意識到在飯店時他們的對話很可能被自己給聽到了，在這種情況下，**他們唯一能夠做的就是絕地反擊，先給自己來個下馬威**，把自己打殘或者嚇住，讓自己不敢對這七里河村輕舉妄動。

柳擎宇心中暗暗警惕起來，沒想到吳懷仁和吳懷水竟然在**明知自己微服出訪的情況下，還玩這麼一手，當真是膽大包天啊。**

想到此處，柳擎宇向前邁出一步，朗聲道：

「各位村民，我是瑞源縣縣委書記柳擎宇，我這次來你們七里河村是來進行調研的，希望大家能夠認清楚眼前的形勢，不管找到底是何身分，在雙方無冤無仇的情況下，你們拿著武器隨便打人，這樣對嗎？你們難道不曉得這是違法的行為嗎？」

柳擎宇眼中露出一股濃濃的官威，掃視著四周的眾人。

聽柳擎宇說他是縣委書記，村民們嚇了一跳。不管何時，老百姓對於官，總是有一種天然的畏懼之意。

就在這時候，那個為首的村民又鼓動起來：

「各位鄉親，不要聽這個傢伙胡說八道，你們想想看，天底下有這麼年輕的縣委書記嗎？他看起來毛都還沒有長齊呢，怎麼可能是我們瑞源縣縣委書記呢！我看他就是其他村派到我們村子偵查水源的探子，給我打！狠狠的打！」

隨著這傢伙的鼓動，村民們再次揮起了手中的武器開始動了起來。

柳擎宇拿起手機，撥通了縣公安局局長康建雄的電話：

「康局長，我是柳擎宇，我現在在吳東鎮七里河村，被這裡的村民給圍住了，看樣子他們是想要把我往死裡打，你看著辦吧。」說完，便咯嚓一聲掛斷了電話。

電話那頭，康建雄呆住了。柳擎宇在七里河村被圍住，這明顯是危機的節奏啊！

**是誰的危機？柳擎宇的危機！沒錯！**

但是如果柳擎宇真的在七里河村被老百姓給打了，尤其是打傷了，自己這個縣公安局局長位置還能坐下去嗎？上一次高速公路攔截記者事件中，自己就差一點被柳擎宇給搞下馬，如果柳擎宇真被打傷了，這責任絕對得自己承擔，到時候可不只是就地免職那麼簡單了。

這一下，康建雄緊張了。

他立刻撥通吳東鎮鎮委書記羅天磊的電話，斥責道：

「老羅，你們鎮七里河村到底是怎麼回事？為什麼會有一大幫村民把縣委柳書記給圍了起來，你們是不是要翻天啦？我告訴你，我現在馬上就派大批的員警趕過去，但是在此之前，我希望你們能夠保證好柳書記的安全，萬一柳書記有個三長兩短的，到時候這責任可不只是我一個人承擔。」

康建雄掛斷了電話後，羅天磊可就鬱悶了。柳擎宇竟然悄悄的跑到七里河村去，還被人給圍住，他不用想就知道這事肯定和吳家父子脫離不了關係。

這吳家父子簡直就是一家子**定時炸彈**啊，不知道啥時候會爆炸，他早就煩透了這父子倆，卻又不敢得罪他們，畢竟人家背景深厚，自己惹不起。

不過，羅天磊知道，**只要柳擎宇在自己的地盤上出事，自己這個鎮委書記就難辭其咎**，弄不好就是就地免職啊，就算上級領導不找你麻煩，**難道柳擎宇會放過自己嗎？**

想到後果嚴重，羅天磊趕緊撥通吳懷仁的電話，劈頭就大罵道：

「×你媽的吳懷仁，你找死也別拉上我啊，立刻讓你的人放開柳擎宇，不然可別怪我不客氣了。」

聽到羅天磊一陣罵，吳懷仁眉頭一皺，這還是他認識羅天磊這麼久以來，羅天磊第一次對自己爆粗口，而且張口就要自己放人，他立刻知道柳擎宇被圍的事被捅了出去。

不過他早就想好了，無論如何都不會承認是自己幹的，所以等羅天磊罵完後，吳懷仁立刻冷聲說道：「羅書記，我不知道你說的是什麼事，還有，你要怎麼對我不客氣啊？你好大口氣啊！」

羅天磊聽吳懷仁不但不承認是自己所為，還陰陽怪氣的，怒氣更濃了：

「吳懷仁，你別跟我裝瘋賣傻，我告訴你，我已經忍你很久了，我可以明確告訴你，如果你不立刻放開柳擎宇，到時候我弄不好就要被丟官罷職，這樣的話，我馬上召開鎮委常委會，立刻提議免去你這個村支書的職務，你不要認為你有背景就了不起，逼急了老子，老子照樣免了你的職務！」

這下子，吳懷仁還真被羅天磊給鎮住了，他沒料到羅天磊竟然敢這麼跟自己說話，還威脅自己，看來羅天磊這次是真的急了。

吳懷仁雖然平時很囂張，但並不是傻子，他也知道縣官不如現管的道理，如果羅天磊真的把自己這個支書給免了，到時候就算求助自己的背景靠山，想要恢復職務也會非常麻煩，而且人家未必肯在這麼一點小事上出手。

**靠山，尤其是大靠山，這種東西絕對不能隨便用，這就好像是核子武器一樣，只能起個威懾作用，一旦動用的話，就會傷及自己的根本；**而且用過一次之後，以後再想用的話就很費勁了。

畢竟自己的靠山都是靠著以前老爹積累的那點人情換來的，**而人情這種東西是消費品，用一點就少一點，總有用完的那一天。**

吳懷仁知道自己必須要向羅天磊妥協，卻又不想放過柳擎宇，想給柳擎宇一個教訓，讓他以後不敢再到七里河村找事。該怎麼辦呢？

吳懷仁的大腦飛快的轉動起來。

吳懷仁略微思考一下，便想出了一個好主意。他對羅天磊道：「羅書記，您說的事我的確不太清楚，不過您放心，我馬上派人去瞭解一下情況，如果確有其事，我會立刻出面解決的。」

羅天磊這才語氣和緩下來，語重心長的提醒道：「這件事你一定要上心啊，不要忘了，那可是堂堂的縣委書記，咱們瑞源縣的一把手，他要想收拾咱們不過是一句話的事。有些時候，就算是你有人也未必有用啊。如果他出了三長兩短，會有一大批人受到牽連的。」

吳懷仁回頭：「好的，羅書記，您放心，我明白的。」

羅天磊點點頭：「希望你真的明白，我馬上派人過去，隨後我也會過去。」

然而，掛斷電話的吳懷仁卻玩了招陽奉陰違，給吳懷水打電話道：「給你一個任務，柳擎宇被咱們的人給圍住，已經打電話求助了，你立刻趕到現場，想辦法把這件事給堅持下去，一定要狠狠的收拾柳擎宇一頓，讓他再也不敢到咱們七里河村來，但是千萬要注意，不能出人命。」

吳懷水也不是傻瓜啊，他之所以一開始沒出面，就是怕萬一這件事操作不善，或者是柳擎宇事後追究起來找自己的麻煩，現在吳懷仁卻讓自己親自去現場督陣，他有些不爽，便說道：「大哥，這件事隨便派個人督陣一下得了，我們親自上陣完全沒有必要吧？」

吳懷仁道：「我知道你的想法，我也不願意讓你出面，但是這件事必須儘快完成，否則過一會兒羅天磊和縣公安局的人就要過來了，到那個時候，我們就不好收場了。」

聽吳懷仁這樣說，吳懷水只好無奈地點點頭說：「好吧，那我馬上過去。」

# 第七章

# 最終武器

這些人向後一撤，吳懷仁的位置就凸顯了出來。吳懷仁立刻意識到自己的處境危險，毫不考慮的拿出手機，撥通了自己的最終武器——白雲省省委組織部部長莊海東。

「莊叔叔，我遇上麻煩了，有人要抓我，您可一定要救救我啊。」

此時，在事件現場。雙方的對峙還在繼續著。

就在剛才，又有兩名村民想要衝過來，卻被程鐵牛毫不猶豫的給放倒在地，雖然沒有流血，但是明顯失去了行動能力，傷勢情況不明。

這一下，再次把那些蠢蠢欲動的村民給鎮住了。

其實，這些人裝作村民打扮，拿著各式的農具充當武器，根本是來自各個村子的地痞們，都是由狗頭孫召集到一起的。

狗頭孫自從那天在「盛世帝豪」被柳擎宇狠狠的收拾了一頓後，一直想要出口惡氣，但是柳擎宇他們被帶進警局後一直沒有機會。

後來得知柳擎宇身分的吳懷仁斷定柳擎宇這次過來，肯定是到七里河村微服私訪，就想要埋下伏兵，立時想到了狗頭孫，雙方立刻一拍即合，制定了詳細的計畫，由吳懷仁派人負責居中聯絡，在吳家附近埋伏下伏兵。

狗頭孫在不遠處一戶村民家裡，透過窗戶看著現場的情況，看到手下竟然被鎮住了，真是氣到不行。

就在這時，吳懷水趕到了現場。目光落在主持事情的村民身上：

「趙老三，這是怎麼回事？外村前來偵查咱們村水源的人怎麼還沒有搞定啊？」吳懷水一來便把一頂大帽子扣在柳擎宇他們的頭上，這樣做起事來就可以毫無顧忌了。

趙老三苦笑道：「吳村長，這兩個人很厲害，尤其是那個黑大個，我們的人一上去就被打趴了。而且這黑大個下手十分狠，倒在地上的那兩個還沒有醒過來。」

吳懷水聽了眉頭一皺，陰沉著臉說道：「好啊，這兩個外地人竟然敢到我們村來殺人放火，這還得了！大家聽我的，大夥兒一起上，絕對能夠把這兩人給搞定，誰要是能夠打他們一拳，我給十塊錢，踢他們一腳，我給十五塊錢，用武器砸他們一下，我給二十塊，能賺多少，就看你們的了。」

說著，吳懷水從懷中掏出一疊百元大鈔直接丟給趙老三說道：「這錢拿著，一會兒給大家發獎金。」

有錢能使鬼推磨，這話很有道理。平時這些痞子們遊手好閒慣了，手中沒有多少錢，吃喝都是能坑就坑，能賴就賴，在吳東鎮這個地方消費也不高，趙老三給的這個價錢看起來雖然並不高，但是柳擎宇他們一旦被打倒後，那時候可就容易多了，絕對是賺錢的好機會啊。

尤其是看到吳懷水拿出來的錢有三千多塊，足夠大家好好的吃喝一陣了。所以，眾人立刻激動起來，拿著鐵棍、鐵鍬慢慢的向柳擎宇和程鐵牛他們靠近。

就在此時，一陣腳步聲從遠處傳來，眾人一看，見又是幾十號人手中拎著各式各樣的農具當做武器往這裡衝。

程鐵牛看了，眉頭一皺，臉色顯得嚴峻起來。光是眼前的這些人就已經很難對付了，要是再來幾十號人，恐怕他和飯票老大都要交代在這裡啊。

吳懷水看到這些人，以為是大哥吳懷仁派來的援兵呢，心想有了這些人的支援，搞定柳擎宇這兩個人絕對十拿九穩了。

隨著這些人走近，柳擎宇的表情逐漸舒展開來，嘴角露出淡淡的笑意。

他們站在柳擎宇和程鐵牛的身邊，把兩人給保護起來，為首的正是之前去柳擎宇辦公室告狀的那個村民。

看向柳擎宇道：「柳書記，真沒有想到您真的到我們村來進行調研了，您放心吧，我們絕對不會讓任何人傷害您的。」又轉頭對吳懷水說：

「吳懷水，你這個王八犢子，也太陰險了吧，找了這麼多的流氓地痞來伏擊縣委柳書記，你和吳懷仁是不是害怕柳書記調查你們兄弟的事啊。」

吳懷水怒聲反駁道：「王大柱，你不要信口開河啊，這個人可不是什麼縣委柳書記，是別的村過來咱們村偵查水源的，你難道不想保住咱們村的水源嗎？難道你想要幫助外人嗎？如果真是那樣的話，你可是咱們村的罪人。」

王大柱氣憤地說：「你簡直是胡說八道，我鄭重地告訴你，這位就是咱們瑞源縣的縣委書記，我和幾個老鄉才剛到他的辦公室去見過他，柳書記說了，三天內就會讓這件事有個結果，你和吳懷仁是不是害怕了啊，所以才故意找了這些地痞流氓來鬧事的？」

說到這裡，王大柱看向身邊的村民們說道：「各位鄉親們，你們認認看，吳懷水那邊的人當中，有沒有咱們村的村民？」

「沒有！沒有！」很多人開始大聲喊了起來。

聽到王大柱的話，柳擎宇的臉色暗沉下來，吳懷水的人原來不是村子的村民！如此，他更加堅定自己的判斷，自己被圍是吳家兄弟蓄意策劃針對自己的事件。

柳擎宇看向吳懷水道：「你是村長吧？你不認識我沒有關係，但是我的工作證你應該認識吧？」

說著，柳擎宇把自己的工作證拿出來遞向吳懷水。

吳懷水當然不敢看，如果真的看了的話，他可不敢讓人圍住柳擎宇了，他昂著頭強辯道：「工作證？這年頭連文憑都可以造假，更何況是工作證呢，找個蘿蔔，刻個公章就可以搞定了。」

王大柱冷哼道：「吳懷水，不要在這裡演戲了，沒有用的，今天柳書記我們保護定了。誰敢上來，我們就和誰拼命。」

說著，王大柱等人全都把手中的農具對準了吳懷水那邊的人。

此時，吳懷仁站在自家的樓頂上，注視著眼前這一幕，眉頭緊緊皺了起來，王大柱會帶人前來攪局，這事情發展成這樣，可是有些麻煩了。

吳懷仁尋思著破解眼前困局之道，他曉得時間不能拖得太長，要是縣公安局的人來了，自己精心策劃的這個局面就要失控了，那對自己來說絕對不是好事。

隨著時間一分一秒的過去，吳懷仁的臉色也越來越難看。

這次狗頭孫為了出口氣，將他的小弟全都給派了出來，已經無力再增加人手了，而自己又不願意動用本家的力量，因為一旦動用，就意味著與柳擎宇徹底撕破臉，到時候柳擎宇追究責任的話，自己連跑都沒處跑。

吳懷仁雖然為人囂張，但是做事時卻知道要為自己留一條後路，所以苦思不出破解之道。

就在這時候，一陣急促的警笛聲響起，打破了村子的寧靜，隨後三輛警車一前一後駛入現場停了下來。

車門一開，吳東鎮派出所副所長阮洪波帶著十名工作人員趕到了。

阮洪波手中拎著喇叭，走向被圍在人群中央的柳擎宇他們，恭敬地行了個禮道：「柳書記您好，吳東鎮派出所副所長阮洪波帶領所內九名工作人員向您報到。」

柳擎宇不禁打量起阮洪波。阮洪波四十歲左右，一米七五的個頭，留著小平頭，滿臉的正氣，往那裡一站，猶如一根標槍一般，充滿了幹勁。

阮洪波稍微詢問了幾句之後，立刻便看明白眼前的形勢，隨即把目光落在吳懷水的臉上，沉聲道：「吳村長，這位是咱們瑞源縣的縣委書記，你帶著這麼多人想要做什麼？」

吳懷水感覺到情況有些不妙，但是他知道，如果撤退服軟的話，柳擎宇肯定要秋後算帳的，既然如此，乾脆心一橫，決定抗爭到底。

「阮副局長，我想你弄錯了吧，這個人這麼年輕，根本不可能是縣委書記，而且我剛才得到消息，有村民說這個人到我們村子的七里河上游去專門看了一圈，現在我們嚴重懷疑此人是下游八里河村的人，所以我們要好好的教訓他，我希望阮副局長你最好不要牽扯進來，萬一我們誤傷的話，對誰都不太好。」

聽到對方提到七里河水源的事，阮洪波不禁眉頭緊鎖。

對七里河與八里河這兩個村爭奪水源的事，整個吳東鎮的人都知道，就連鎮長鎮委書記對此事也十分頭疼。幾十年來，爭鬥就一直沒有停止過。

而七里河村吳家之所以能夠地位如此穩固，和他們對水源地的保護得力有很大的關係。雖然隨著現代科技的發展，水源地已經不是那麼重要了，但是兩個村子對此卻依然十分看重，甚至多次出現械鬥的情況。

由於兩個村子的兩大家族都有在省裡和市裡的靠山，所以鎮裡誰也不敢得罪，也不敢偏向，村圍繞水源地的爭鬥也一直持續到現在。

此刻，吳懷水把這頂大帽子扣在柳擎宇的頭上，明顯是想要將事情進行到底了。

阮洪波的臉色有些為難了，這件事如果不制止，柳擎宇和他的司機今天恐怕很難走出這七里河村，但是自己要是管的話，勢必又會得罪吳家，怎麼辦呢？

柳擎宇一言不發，冷眼旁觀著。突然，他心有所感，抬頭向對著自己的一棟二層小樓看去，雖然隔著二三百米的距離，但是柳擎宇依然可以看到在小樓的陽臺上，一個人正站在那裡看著這邊，而且看了有一段時間了。

看這小樓的位置，這個人應該是村支書吳懷仁。柳擎宇嘴角的冷笑更加濃烈了，不出意外，這個吳懷仁便是策劃人之一。

阮洪波還在猶豫著，柳擎宇把目光落在他的臉上，說道：「阮同志，我看你們的警力有些嚴重不足啊，要不你們先回去吧，這裡的事情我自己來解決。」

阮洪波心中一顫，聽得出來柳擎宇說話時的那種冷漠和不信任。

阮洪波剎時間突然想通了，如果自己這次再不抓住機會，在柳擎宇面前表現一下，那麼不僅在柳擎宇面前失去了好感，在吳家父子那兒也不可能有任何的收穫。

既然如此，自己就賭一把吧。

想到此處，阮洪波把心一橫，目光堅定的說道：「柳書記，您放心，我們身為人民警察，保護人民生命財產安全是我們義不容辭的責任，我們絕對不能容忍任何人在我們警方的面前蓄意傷人。」

阮洪波便把手銬給拿了出來，嘩啦啦在面前一甩，對吳懷水道：「吳村長，現在我給你十分鐘的時間，希望你能夠帶人撤離現場，放柳書記離開，否則的話，我們可要抓人了。」

吳懷水聽阮洪波說完，臉上的表情顯得很是難看，在自己出言暗示和威脅的情況下，這個一向夾著尾巴的副所長竟然站在柳擎宇那一邊。

這時，吳懷水的手機簡訊聲響了起來，是大哥吳懷仁發來的，簡訊上寫著：「別廢話，衝上去打！」

看到簡訊，吳懷水不再考慮，立刻一聲令下：「各位鄉親，大家給我上，狠狠的教訓這兩個八里河村的奸細！水源地是我們的。」

地痞們聽到指示，立刻揮舞著手中的武器向柳擎宇衝了過來，向柳擎宇的腦袋、身上招呼著。

「砰砰砰！」三聲強有力的槍響突然震動全場。

三名靠柳擎宇很近的流氓大腿紛紛中槍，同時慘叫一聲，身體一歪倒在地上，鮮血瞬間流淌出來。所有人都震驚不已，沒想到阮洪波竟會開槍。

槍聲一響，這些流氓地痞可害怕了，誰也不想成為下一個，就算打柳擎宇就有錢拿，但是如果被阮洪波的手槍給打中，到時候可是有命拿錢，沒命花錢啊。

這時，阮洪波再次衝著天空開了兩槍，隨即大聲喊道：

「誰要是再敢向前一步，我下一槍打的就不是大腿，而是心臟和腦袋了。你們聚眾鬧事，意圖圍攻縣委書記，這已經涉嫌犯罪了，身為人民警察，我們有權阻止你們的犯罪行為，誰要是再敢上前意圖不軌，別怪我阮洪波的手槍不長眼。」

阮洪波整個霸氣外露，氣勢逼人，震得那些流氓地痞都縮了縮脖子。

要知道，阮洪波這三槍可全都打在大腿上，沒有打中骨頭，也沒有打中動脈，而是直接打進了肉裡，這樣一來，就不會對這些人造成致命性傷害。也顯示了阮洪波的槍法極準，他想打腦門的話，是絕對不會打偏的。

流氓地痞最為勢力，遇強他們就弱，遇弱他們就強，見到形勢不對，這些人紛紛向後退去，誰也不敢輕舉妄動了。即使吳懷水在旁邊大聲的鼓動，也沒有人敢再向前邁進半步。

柳擎宇也注意到阮洪波開槍的動作和準度，從他的姿勢和射擊精準度來看，阮洪波是個經過專業訓練的人，槍法相當不錯。

而剛才阮洪波當機立斷，直接開槍，避免了事態向著不可預知的矛盾激化方向發展，這說明阮洪波還算是做事果決之人，這讓柳擎宇對阮洪波多了幾分好感。

然而此時場面又陷入了僵局。流氓地痞們不往前走，吳懷水不想撤，柳擎宇這邊有阮洪波帶著的員警和村民們的保護，雙方勢力暫時呈五五波，誰也奈何不了誰。

二層小樓上，吳懷仁一時間也沒有了主意，他一直認為自己有靠山就可以在這裡呼風喚雨，但是阮洪波的表現讓他意識到，自己的想法有些過於一廂情願了。

現在既然無法收拾柳擎宇，如果再讓這些流氓地痞們被抓住，那絕對是大麻煩，所以，他立刻撥通吳懷水的電話，急促的說道：「老二，快點讓那些人離開現場，跑得越遠越好。」

吳懷水還沒來得及下令閃人呢，四面八方的警笛聲突然大作。吳懷水和那些流氓地痞們頓時嚇了一跳。

只見道路兩旁被十幾輛警車給堵住，聲勢十分浩大，隨著警笛鳴響，車上的員警們紛紛下車，手中拔槍快速跑了過來。

其中一輛警車上，縣公安局局長康建雄手持擴音器大聲的喊道：

「大家都注意了，立刻全下武器，雙手舉在頭上，誰敢反抗，出了事，後果自負。」

那些流氓地痞們一看這麼多荷槍實彈的員警，現場這條小路這麼狹窄，想要逃跑比登天還難，這些人都是混江湖的，知道什麼時候該做什麼事，見勢不妙，立即把手中的工具往地上一丟，十分麻利的雙手抱頭蹲在地上。

這時，柳擎宇吩咐身後的村民道：「大家也把工具暫時放在地上吧，其餘的動作不用做。」

村民們此刻對柳擎宇充滿了欽佩。

就在剛才那段時間裡，現場**風雲變幻**，**危機四伏**，然而，**這位年輕的縣委書記猶如一棵蒼松翠柏一般傲然屹立在那裡**，**紋絲不動**，哪怕是一把鐵鍬差點都快要拍在他的頭上了，他都沒有眨一下眼，要不是那個黑大個，這鐵鍬肯定是打上了。

現在，他顯然在形勢上處於上風，卻讓大家不必向對面那些人那樣，屈辱的蹲在地上，僅僅是這點細節，老百姓們就能感受到柳擎宇的為人。

看到大批的警力把那些流氓地痞們都給控制住了，這時康建雄也下了車，快步走向柳擎宇，一臉尷尬和愧疚的說：「柳書記，對不起，讓您受驚了，七里河村出現這樣的事，是我的工作沒有做好。」

他此刻對柳擎宇可是忌憚得不行，深怕再讓柳擎宇抓住任何把柄，看到柳擎宇安然無恙，才終於放下心來。

「嗯，康同志，你這次的行動效率很高，如果在任何事情上都能夠做到這一點，那麼政法委書記的位置你未必不可以坐一坐啊！」柳擎宇和康建雄握了握手道。

聽到柳擎宇這樣說，康建雄心頭不禁一震，身為公安局局長，他又何嘗沒有想過坐在政法委書記的位置上啊。

雖然局長的實權要大一些，但是政法委書記可是縣委常委，上升空間絕對比這個局長要大得多，只不過他沒有什麼門路罷了。所以，他內心深處潛藏的欲望一直沒敢表現出來，此刻柳擎宇輕描淡寫的一句話，將他渴望晉升的欲望再次喚醒了。

這時，吳懷水見勢不妙，趁機就想要溜走。柳擎宇見狀，用手一指吳懷水道：「那位同志，你得留一下啊，今天你可是現場的總指揮啊，你走了，這事可就不好辦了。」

柳擎宇這樣一說，康建雄本來打算睜一隻眼閉一隻眼的，現在也只能派手下把吳懷水給攔了下來。

吳懷水硬著頭皮走到柳擎宇面前，訕訕地道：

「原來您真是柳書記啊，真是對不起啊，我沒有見過您，我以為縣委書記不可能這麼年輕，我聽下面的人報告，還以為您是八里河村過來打探水源的奸細呢，柳書記，您大人有大量，千萬不要和我這個小老百姓計較啊！」

吳懷水三言兩語間把自己身上的責任推得乾乾淨淨。

柳擎宇淡淡一笑：「這件事到底是怎麼回事，你先不用急著解釋，我肯定要調查追究的。」

康建雄立刻說道：「柳書記，您放心，這件事我們縣公安局一定會調查清楚的。」

柳擎宇卻搖搖頭說：「康同志，你們縣局的同志們遠道而來很辛苦了，調查的工作就不用你們來負責了，剛才來的這位吳東鎮派出所的副所長阮洪波同志，我看很有擔當，來的也很及時，而且他是吳東鎮的人，就由他來全權負責吧。不過我看鎮派出所警力有限，你留下五六個人協助他一下，直到把這件事調查清楚之後再離開。你看怎麼樣？」

康建雄驚訝的看了阮洪波一眼，沒想到柳擎宇會把這麼重要的一件事交給這個副所長去辦，不過他的臉上立即露出一絲笑容道：「好的，沒問題，我立刻按照柳書記的意見辦。」

他吩咐了一番，留下六個人，然後對阮洪波說道：「阮同志，柳書記被圍毆之事就交給你來調查了，希望你一定要公平公正的調查此事。」

阮洪波此刻也有些呆住了，意外得到被重用的機會，就像是天下掉下來的禮物一般，他毫不猶豫的說道：「好的，我會盡百分之百的力氣來查好這個案子。」

吳懷仁眼見事態發生劇變，心想絕對不能讓弟弟被帶走，不然自己也會有麻煩，便立刻下樓向柳擎宇他們這邊走了過去。

吳懷水剛被銬上手銬，正準備被帶進警車裡時，吳懷仁適時來到眾人面前，同時還有四名村裡的幹部陪著他，隨著吳懷仁的出現，圍觀的群眾也越來越多，大部分都是吳家的族人。

吳懷仁故意大聲問道：「懷水，這是怎麼回事啊？你犯了什麼法嗎？怎麼員警同志要逮捕你啊？」

吳懷水看到大哥出面，還帶著那麼多的族人，心知大哥是來營救自己的，當即滿臉委屈的哭訴道：「吳支書，我真是太冤枉了，我不過是把縣委書記誤認為是八里河村來探查水源的奸細，鎮派出所和縣公安局的人就把我和鄉親們給抓了起來。」

吳懷仁立即看向柳擎宇說道：「您就是柳書記吧，我看這件事情可能存在著一些誤會啊，吳懷水是我們七里河村的村長，深受村民的愛戴，您看是不是這件事網開一面，放過吳村長吧，您大人有大量，不要和我們這些村幹部一般見識。」

說話間，吳懷仁用言辭一步一步的給柳擎宇設下了陷阱，同時字裡行間還充滿了濃濃的威脅意味。

柳擎宇看了看吳懷仁和他身後越聚越多的村民們，臉上不由得露出一絲玩味的笑容。這個吳懷仁倒是挺有幾把刷子的，絕非等閒之輩。而且從聚集的村民數量來看，他在本地很有號召力，但正因如此，這樣的人一旦為禍一方，其危害性也就越大。柳擎宇心中越發堅定了一定要拿下吳懷仁的決定。

柳擎宇說道：「如果我沒有認錯的話，你就是七里河村的村支書吳懷仁同志吧？」

吳懷仁點點頭：「是的，沒錯。我就是吳懷仁。」

柳擎宇笑道：「既然你是吳懷仁，那就簡單了。今天這件事有些複雜，如果只是單單吳懷水一個人前往公安局進行調查的話，事情未必說得清楚，我看你也跟著一起去吧，如果事情的真相果真如你和吳懷水同志所說的那樣，是一場誤會的話，那事情很快就可以了結。只是人現在肯定是不能放的，必須經過調查才能還原瞭解事情的真相。我相信這一點你應該沒有什麼異議吧？」

吳懷仁眉頭緊鎖，目光中多了一絲警惕。

柳擎宇這番話暗藏著殺機，如果跟著一起去派出所，出了自己這一畝三分地，自己是否能夠掌控事態就不可預知了。

所以，吳懷仁眼珠轉了轉，道：「柳書記，你看這樣行不行，我看就把辦案地點放在我們村支部吧，這裡辦公環境也是不錯的，我們可以做好充分的後勤工作，確保各位的工作環境不受到任何影響。」

柳擎宇看向派出所副所長阮洪波：「阮副所長，這事情你怎麼看？」

阮洪波毫不猶豫的說道：「柳書記，我看吳同志的安排雖然不錯，但是並不符合我們的辦案流程；再說了，派出所離七里河村也就是三公里左右而已，開車頂多是五分鐘的車程，並不會花費多長時間，而且今天控制的人比較多，我們攜帶的設備也不夠用，還是帶回派出所去吧，這樣比較穩妥一些。」

柳擎宇滿意地點點頭，對吳懷仁道：「吳同志，既然阮副所長都這樣說了，我看我們還是尊重專家的意見吧，要不你也跟著走一趟吧？」

吳懷仁見此情形，知道很難讓柳擎宇改變決定，他不甘心就此放棄，把手背到身後，衝著身後的四名村幹部做了個手勢。

四個人看到手勢後立刻會意，其中一個站出來說道：

「柳書記，你不能帶走我們的吳村長，他為了村子的水源問題，可謂是鞠躬盡瘁死而後已，這樣好的人絕對不應該被帶走調查，他都是為了我們村子啊，如果派出所執意要帶人的話，把我帶走吧，這事情我非常清楚。」

隨著這個人站出來，那些吳家子弟也呼啦一下子站了出來，附和道：「要帶就帶走我們吧，絕對不能把我們村長給帶走。」

說話間，這些吳家子弟一下子全部攔在員警前面，擋住了警車前進的道路，甚至還有人情緒十分激動，推搡起員警來。

「柳書記，您也看到了，吳同志在我們村民中的地位是非常高的，如果你執意帶走他的話，怕會引起公憤啊！我相信您身為縣委書記，對於民心民意肯定是非常看重的。我看要不這樣吧，我派一名村幹部跟著員警同志一起過去，把事情說清楚就行了，我相信你身為這麼大的領導，總不會因為一場小小的誤會就把吳懷水同志往死裡整吧？」

不得不說，這吳懷仁還真是一個十分懂得利用話題，營造有利於自己形勢的高手，一般人遇到他，只能拿他沒轍。

就在這時，又是一輛汽車疾馳而來，一個胖乎乎的傢伙從汽車上跳了一下，一路小跑氣喘吁吁的趕了過來，看到康建雄便大聲嚷嚷道：

「對不起啊老康，我的車壞了，來得有些晚了，柳書記呢，柳書記沒事吧？」

說話時，還拿出手帕擦了擦額頭上根本就沒有的汗水。

康建雄一看胖子這種作態，便知道他在演戲，心想這傢伙實在奸猾得狠，故意來遲，目的非常明確，是要等現場控制得差不多了再現身，這樣一來，如果事情解決了，他也能分點功勞；萬一擦槍走火，場面失控的話，他就不會出面了，因為那樣的話會承擔責任。這死胖子肯定是看到現場沒什麼事了，這才跑出來的。

不過康建雄和羅天磊是老熟人了，也就沒有揭穿他，配合著道：「嗯，沒事，這邊暫時已經控制住了，這位就是柳書記。」說著，康建雄一指柳擎宇，然後介紹道：「柳書記，這位是吳東鎮鎮委書記羅天磊同志。」

羅天磊連忙走過來和柳擎宇握了握手，說道：「柳書記，真是不好意思啊，我來得慢了。主要是我那輛汽車年頭太久，一直捨不得換，所以路上拋錨了。」

柳擎宇淡淡一笑，沒有追究羅天磊的話是否屬實，說道：「羅同志，現在交給你一個任務，現在鎮派出所想把吳懷水同志帶到派出所去調查情況，但是七里河村這邊似乎不願意放人，你身為吳東鎮最高的一把手，這件事由你來協調，應該沒有問題吧？」

羅天磊心中慘叫不已，他本以為大局已定，這才冒頭，沒想到柳擎宇竟然把這麼棘手的事交給自己，這簡直是要自己老命啊。

直到這時，他才注意到吳家人攔在員警面前，曉得這吳懷仁明顯是想要鬧事了，羅天磊立即打圓場道：「吳同志，我看這件事……」

羅天磊的話才剛開頭，便被吳懷仁給打斷了：

「羅鎮長，不是我們不給您面子，你看看，吳同志在我們村的地位非常之高，深得人民愛戴，老百姓不忍看到他被冤枉，甚至被屈打成招，這就是民心、民意啊，要不您和柳書記和派出所協商一下，看能不能另外找個人替代一下吳同志？」

羅天磊見吳懷仁的臉色不善，心知他這是打定主意槓到底了，只好看向柳擎宇道：

「柳書記，您看吳支書的意見您能不能考慮一下？」

柳擎宇冷冷地道：「羅同志，你認為法律可以開玩笑嗎？」

羅天磊立時一愣。法律當然不可以開玩笑，但是法律不外乎人情啊，但問題是這話他無法對柳擎宇說，見這條路走不通，便改口道：「柳書記，要不這樣，能不能咱們先調查清楚了再帶人？」

柳擎宇淡淡的回道：「羅同志，你來得比較晚，可能不知道具體的情況，我之所以建議吳懷仁同志也一起去派出所，就是為了配合這次事件的調查，畢竟吳同志是村支書，對村子的情況很瞭解，有他在的話，事情調查起來更高效一些。怎麼，難道你認為派出所不應該讓吳懷仁和吳懷水同志配合調查嗎？」

「不是不是，柳書記，您誤解我的意思了……」聽到柳擎宇質疑的問道，羅天磊連忙否認。

開玩笑，這吳家兄弟明顯是要折戟沉沙的態勢，**和他們同一條船上實在是有些危險啊，身為鎮委書記，他永遠都要把自己的利益放在第一位。**

這時，柳擎宇又沉聲道：「羅同志，既然你來了，那協調吳懷仁和吳懷水同志前往鎮派出所配合調查的事就交給你來做了，這是對你工作能力的一種考驗，希望你不要辜負組織對你的信任，能夠經受住考驗。不要忘了，今天這事可是發生在你們吳東鎮。」

柳擎宇狠狠地點了點羅天磊。

羅天磊是聰明人，柳擎宇這麼說，他就明白柳擎宇的意思了。今天這事如果辦好了，那麼柳擎宇可能不會追究自己的責任，但是辦不好的話，自己也得跟著倒楣啊！

羅天磊心中這個鬱悶，早知如此，還不如不來呢。可惜世上沒有後悔藥，既然來了，就得辦事啊。他只能再次面向吳懷仁道：「吳懷仁，我看你就跟著阮同志一起去鎮裡一趟吧，這只是前去配合調查而已。」

吳懷仁沒想到羅天磊變臉變得這麼快，簡直就是一頭變色龍啊，什麼玩意啊！他對羅天磊充滿了鄙夷，臉上也直接表現出來，傲然地說道：「不行，我村子裡的工作很忙，尤其是需要應付八里河村的挑釁，根本就抽不開身，所以我不能去。」

他身後的吳家子弟們又都紛紛喊道：「沒錯，吳支書不能走，我們村子的事都得吳支書來主持呢！」

「就是，吳支書就是我們村子的定海神針，誰也別想誣賴和欺負我們吳支書！」

有幾個囂張的傢伙更是大喊道：「柳擎宇滾出七里河村，這裡不歡迎你。」

自始至終，柳擎宇都是冷眼的看著，他現在要做的，就是看看羅天磊能不能處理好此事，如果處理不好的話，他不介意回去就把他給炒了，一個連這麼件小事都協調不好的鎮委書記，能力也強不到哪裡去。

聽到吳懷仁和吳家弟子的起鬨，羅天磊的臉色很是難看，顯然這一次吳懷仁不打算賣給自己這個面子，這讓他十分不爽。

以往，在不涉及到他的切身利益的情況下，他並不願意和吳懷仁進行正面衝突，對他在七里河村的一舉一動也睜一隻眼閉一隻眼，但是吳懷仁竟然當著柳擎宇的面不給自己面子，這簡直是把自己往絕路上逼啊。

既然如此，他也下定決心要狠狠反擊一下了。

羅大磊便嚴肅地說道：「吳同志，我看你還是跟著阮同志走一趟吧，不然這事恐怕很難調查清楚。」

吳懷仁卻是輕蔑地一笑，絲毫沒有回應。

看到這裡，羅天磊的眼中射出兩道寒光，鎮委書記的強勢作風立刻表現了出來，看向阮洪波，用命令式的口吻道：

「阮副所長，既然吳懷仁同志不願意配合，那你們就採取強制措施吧！吳懷仁身為七里河村的村支書，有義務配合調查，而且今天這件事不是件小事，可是聚眾圍毆縣委書記啊，是一起性質十分惡劣的事，必須要調查清楚！吳懷水身為這次行動的指揮者，被帶走是必須的，至於吳懷仁，身為村支書，村子裡發生這麼嚴重的事，也負有領導責任，一起先帶到鎮裡好好的瞭解瞭解，到時候還可以讓紀委介入，看看還有沒有其他的問題。」

見羅天磊發飆，吳懷仁和吳懷水兄弟都給震懾住了。一向在人前就差沒卑躬屈膝的鎮委書記這回竟然如此霸氣，直接要採取強制措施，還要請紀委介入，**難道他就不怕自己身後的靠山收拾他嗎？**

阮洪波聽鎮委書記都發話了，大手一揮：「來人啊，把這兩個人帶走。」

警員走了過去，就要把吳懷仁給帶走。那些吳家子弟立刻呼啦一下子衝了上來，把吳懷仁給護在中間，不讓人靠近。

看到這種情形，羅天磊再次發飆了，對康建雄道：「康局長，眼前的局勢你也看到了，竟然有人公然對抗國家法律機關進行正常公務執法，阻礙國家工作人員的工作，這事情我們絕對不能縱容。」

康建雄看出羅天磊是急了，此時他也很著急啊，他已經被柳擎宇抓過一次把柄，如果再給抓住一次，他就死定了。於是，他趕緊幫腔道：

「嗯，羅天磊同志說得沒錯，對這種妨礙國家法律機關執法的行為，絕對不能容忍和縱容。我這就給縣武警支隊打電話，讓他們全副武裝來支援，我倒要看看誰敢鬧事。」

說完，康建雄撥通電話，讓縣武警支隊立刻出動，趕往七里河村。

等他掛斷電話後，羅天磊立即交代阮洪波道：

「阮同志，你讓你手下的幹警們用手機把現場這些阻礙執法的人全都給我拍攝下來，記住他們的長相和名字，留著秋後算帳，誰今天敢阻礙執法，今天不抓走的話，以後也要好好的算一算總帳！我還就不信了，在我們吳東鎮還有沒有法律約束不到的地方?!村支書怎麼了，村支書也得配合公安機關的工作！如果犯錯的話，該抓還是要抓！」

看到羅天磊和康建雄一搭一唱的，吳懷仁的心開始顫抖起來。這個新來的縣委書記果真厲害，聊聊幾句話就把康建雄和羅天磊給抓了壯丁。他本以為柳擎宇是個不諳世事的毛頭小子，收拾一頓就老實了，沒想到這小子這麼難對付，如此頑強。

此時圍在吳懷仁身邊的那些吳家子弟們，也紛紛打了退堂鼓。如果是一般的熱鬧他們還可以湊湊，現在都要和鎮委書記對峙了，他們可惹不起，鎮裡要是想要秋後算帳，那麻煩可不是一點點。

村裡人要想辦個戶口、領取各種國家補助，都得經過鎮裡，鎮委書記一句話就可以讓人喜，也可以讓人悲，吳支書有背景，敢跟對方硬抗，他們可沒有啊！

一聽康建雄和羅天磊的話，全都有些傻眼了，尤其是當他們看到阮洪波已經指揮人用手機對著他們拍照的時候，這些人開始向後閃避。

這些人向後一撤，吳懷仁的位置一下子就凸顯了出來。吳懷仁立刻意識到自己的處境危險，毫不考慮的拿出手機，撥通了自己的最終武器——白雲省省委組織部部長莊海東。

「莊叔叔，我遇上麻煩了，有人要抓我，您可一定要救救我啊，這些人實在是太可惡了，根本就不把您放在眼中啊。」

電話那頭，莊海東聽到吳懷仁的話後，不由得眉頭一皺。當地人都知道他和吳家人的關係，這種情況下還有人要抓他，這擺明了是不給自己面子。

不過對莊海東而言，這種小事他是不可能輕易出面的，畢竟沒有人會無緣無故的抓人，他必須瞭解清楚之後，再決定要怎麼做。

莊海東沉聲道：「嗯，我知道了，我會瞭解一下的。」他把秘書王連奇給喊了來：「小王，你瞭解一下瑞源縣七里河村那邊發生了什麼事，看看到底是誰想抓吳懷仁，這其中是不是有什麼誤會。」

王連奇來到自己的辦公室，立刻撥通了瑞源縣縣長魏宏林的電話。

魏宏林沒有想到王連奇竟然會給他打電話，聲音都有些顫抖了，激動地說：「王……王大秘，您好啊。」

王連奇笑著說道：「魏縣長，我給你打電話，主要是有件事想要麻煩你一下。」

魏宏林連忙說道：「有啥麻煩的，能夠給您辦事，那是我的福氣，有啥事您儘管說，只要我能夠辦到的，絕不二話。」

王連奇道：「是這樣的，我們領導得知有人想要抓吳懷仁，對此十分關注，你看看是怎麼回事？」

魏宏林聽了一愣，他還不知道這件事，但是他清楚一點，那就是吳懷仁父子和莊海東之間關係密切，因此聽到王連奇的話後，立刻說道：「好的，我馬上瞭解一下此事，儘快給您回覆。」

魏宏林掛斷電話後，立即給縣公安局局長康建雄打了個電話，直接問道：「老康，你有沒有聽說有人要抓吳懷仁的事？」

康建雄看了眼旁邊的柳擎宇，見柳擎宇正在盯著自己，只能低聲道：「魏縣長，我人正在現場，吳懷仁拒絕配合我們的執法行動。柳書記也在。」

康建雄說完，魏宏林氣得鼻子都歪了，暗罵道：柳擎宇，怎麼哪裡有壞事哪裡就有你的影子啊，你到我們瑞源縣到底是來做什麼來了？這不是淨搗亂嘛?!心中這樣想，嘴裡卻道：「老康，這到底是怎麼回事？你給我簡單的說一下。」

康建雄便簡單的把事情的經過說了，當魏宏林聽到七里河村竟然有人圍攻柳擎宇時，腦門不禁直冒冷汗。他非常清楚，萬一柳擎宇有個什麼三長兩短的，他這個縣長也負有連帶責任的。

魏宏林稍微冷靜了一下，說道：「老康，柳書記是什麼意思？」

康建雄道：「柳書記的意思是讓吳懷仁跟著我們回派出所，倒也不是抓他，只是配合調查而已，調查完，如果沒什麼事就可以回來了。」

魏宏林臉上露出凝重之色。以他對柳擎宇的瞭解，只要吳懷仁跟著派出所的人一走，要想回來恐怕就難了。這件事他很不想過問，但是莊海東的大秘親自給自己打電話，這個面子怎麼樣還是要給的，而且一旦做好了這件事，可比平時給王連奇送禮物的效果好多了。

魏宏林沉吟了一下，說：「老康啊，你把電話給柳書記，我和柳書記聊兩句。」

康建雄立刻把手機遞給柳擎宇道：「柳書記，魏縣長的電話，他說要和您聊兩句。」

柳擎宇點點頭，接過電話：「魏縣長啊，有什麼事嗎？」

魏宏林硬著頭皮說道：「柳書記，聽說您在七里河村那邊，想要把吳懷仁帶到派出所去配合調查？」

柳擎宇笑道：「是啊，看來這件事的傳播速度很快嘛，怎麼，魏同志，對這件事你有什麼異議嗎？還是想要召集常委會討論一下？」

柳擎宇言語間有濃濃的揶揄之意。

魏宏林連忙解釋道：「柳書記，你誤會了，我可沒有這個意思，我主要是想要和你談一談這個吳懷仁的八卦。柳書記，不知道你知道不知道，這個吳家和咱們省委組織部的莊部長關係十分不錯，莊部長每隔兩三年都要去一趟吳家的……」

魏宏林並沒有提及要柳擎宇放人，只簡單的說了兩家的關係，這個暗示已經很十分明白了。

柳擎宇淡淡說道：「哦，這樣啊，如此說來，莊部長還真的是個很念舊情的人，如果我們這些當官的都能像莊部長這樣該多好啊，如果大家能夠記得我們當官的都是因為國家和人民的信任才能坐在這個位置上的，只有努力為人民做事，才能算是有些良知啊。」

柳擎宇話也只講了一半，卻把魏宏林後面的話給堵住了，他的態度很明確，他可以佩服莊部長的有情有義，但這和這件事本身沒有任何關係。在吳懷仁的問題上，他不會有絲毫的讓步和鬆動。

魏宏林自然會意，苦笑著道：「好吧，柳書記，再見。」

魏宏林思索了一下說辭，再次撥通王運奇的電話：

「王大秘，吳懷仁這件事我搞清楚了，這是我們瑞源縣的縣委書記柳擎宇同志親自主持的，我剛才給他打了電話溝通了一下，他還是很堅持自己的觀點，他還說莊部長是個有情有義的人，值得欽佩。」

魏宏林直接把柳擎宇給點了出來，尤其是最後一句話，更是用意頗深。

王連奇聽到回覆，臉色便陰沉下來，他聽明白了，柳擎宇雖然誇獎莊海東，但並不打算讓步，也就是說，明知莊海東關注這件事的情況下，柳擎宇依然不打算賣給莊海東這個面子。

王連奇感到自己的面子有些掛不住，如果這件小事自己都辦不好的話，領導會怎麼看自己？想到此處，王連奇向魏宏林要了柳擎宇的電話，一個電話撥了過去。

電話很快便接通了，「你好，我是柳擎宇。」

王連奇不客氣地質問道：「柳同志你好，我是省委組織部部長莊海東同志的秘書，想要向你瞭解一下七里河村村支書吳懷仁被抓的事。我想要知道，為什麼你要讓人抓走吳同志？根據我得到的消息，吳同志在七里河村一向奉公守法，你為什麼要派人抓他呢？這裡面是不是有什麼誤會？」

王連奇的打算是一上來便以氣場震懾住對方，然後後面再給柳擎宇留一條退路，這樣雙方都有緩和的餘地。

柳擎宇接到魏宏林的質問電話，心中便有些不快。很多人常常不問青紅皂白，上來就以一種高壓的姿態想讓自己屈服，這怎麼可能呢！他是什麼人啊，只要自己有理，誰來他都不怕！因此王連奇說話時表現出來的那種高高在上、頤指氣使的架勢，讓柳擎宇相當反感。

你是莊海東的秘書就了不起了嗎？還跟自己玩這一套，你以為我是被嚇大的啊！

柳擎宇不動聲色地說：「哦，是王秘書啊，你的意思是想瞭解一下吳懷仁這件事，是吧？」

「沒錯，我們領導對此事很是關心啊。」王連奇回道。

柳擎宇笑道：「王秘書，有件事你可能搞錯了，據我所知，莊部長可是省委組織部部長，管的是人事工作，而且主要是廳級幹部的人事工作，吳懷仁不過是個小小的村官，莊部長會對這樣一個小小的村官感興趣？這似乎有些誇張吧。王秘書啊，要不你讓莊部長親自給我打電話，我看看莊部長是不是真的對這件事情感興趣。」

王連奇聽柳擎宇嘻皮笑臉地回道，氣得鼻子都歪了。

開玩笑，領導把這件事情交給自己去辦，自己怎麼可能再去讓領導給你打電話！這個柳擎宇，還是真夠狡猾和陰險的啊！

事態發展到這個地步，王連奇知道柳擎宇看來是不會賣給自己這個面子了，但是這事他又不能放下不管，只好冷聲道：「柳同志，看來你的態度非常堅決啊，看來我只能讓其他人和你溝通了。」

柳擎宇不為所動地說：「王大秘你太客氣了，我只是做了我應該做的事情而已。」

掛斷電話，王連奇撥通南華市市長黃立海的電話，在電話中，他十分不滿的告了柳擎宇一狀，說柳擎宇為人張揚，不懂得官場上的規矩，然後又把吳懷仁的事說了一遍，還強調莊海東對此事十分關注，希望黃立海能夠關注一下這件事。

黃立海一聽，心想這是個不錯的機會，如果能夠因此和莊海東搭上關係也不錯，不過他也知道柳擎宇對自己並不感冒，所以只是說道：「王大秘，我立刻給柳擎宇打電話，問一下此事，看看他到底打算做什麼。」

黃立海沒有把話說滿。掛斷電話後，給柳擎宇打了電話。

電話響了五六聲才接通，柳擎宇皺著眉頭說道：「黃市長您好，我是柳擎宇。」

黃立海調侃道：「柳同志，你現在很忙嘛？」

柳擎宇點點頭說：「是啊，的確挺忙的，剛才更是差一點沒命了啊，黃市長，我剛才差點被幾十個人圍攻，幸好吳東鎮派出所的同志們及時趕到，否則現在您都不一定能夠聽到我的聲音了。」

柳擎宇這麼說，黃立海立刻聽出來柳擎宇是鐵了心要辦這個吳懷仁了，他再說什麼都沒有用，如果剛才柳擎宇所說的是真的，那麼就算是莊海東也壓不下此事。所以，他假裝關切的說道：

「柳同志啊，你工作起來一定要注意工作方法，千萬不要總是以身犯險，否則的話，一旦你出事了，這對我們南華市來說可是一個損失啊。」

柳擎宇笑道：「黃市長，這一點請您放心，我的命很硬，謝謝您的關心。」

掛斷電話之後，柳擎宇雙眼中的寒光越來越濃了。

同時，他對這個吳懷仁的不滿也越來越深了。他沒有想到吳懷仁的關係這麼深，竟然能夠搬得動黃立海來給他說情。如果七里河村村民所反映的那些情況屬實的話，那麼以吳懷仁的背景，恐怕他所幹的很多壞事都會被掩蓋起來，很難有人敢追究他的責任啊。這樣的人一旦為禍一方，其危害性將會非常的大。

想到這點，柳擎宇更加堅定了要把這件事調查清楚的想法。

電話那頭，黃立海臉色亦是異常陰沉，這個柳擎宇一點面子都不打算給自己，既然如此，他也就沒有什麼好顧忌的了，自己可以利用這件事幫柳擎宇再樹立一個強敵。

他撥通王連奇的電話，抱歉地說：「王大秘，真是不好意思啊，剛才我跟柳擎宇通了電話，柳同志已經下定決心要辦吳懷仁了，他說，這次的事，誰的面子也不給，不管對方是什麼級別，他認準了的事，就會堅決的推進下去，絕對不會收手。哎！我的面子他也不賣啊！真是非常不好意思啊！」

接連兩個不好意思，充分表現了黃立海的歉疚之意，但也把柳擎宇往王連奇的對立面狠狠的推了一把。

王連奇聽到黃立海的話後，心中柳擎宇的不滿越發膨脹起來。在他看來，這個柳擎宇是一個囂張跋扈、不懂得做人的幹部。

王連奇也知道這件事憑自己是無法解決了，只能來到老闆莊海東辦公室內，把整個經過添油加醋的說了一遍，還特別渲染了柳擎宇的囂張跋扈和不給面子。

莊海東聽了之後，對柳擎宇不禁感到好奇起來，王連奇的工作能力相當不錯，很少有自己交代的事他辦得不妥當的，但是這一次，一個小小的縣委書記他竟然擺不平，看來柳擎宇是個很有想法的人。他會這麼堅持，也許裡面有什麼自己不瞭解的事。

莊海東沉吟了一下，道：「小王，你不用再插手此事了，只要保持關注就行，看看後面柳擎宇打算怎麼處理？有了結果再告訴我。」

王連奇立刻點頭。

# 第八章

# 土霸王

此時，吳登生三人站在自家樓頂上，望著村裡閃爍的燈光、慘叫聲，同時哈哈大笑起來，他們吳家就是這十里河村的土霸王，就算是天王老子來了都不管用！在七里河村，得罪了他們吳家父子，誰也別想有好日子過！

此刻，事件現場。

吳懷仁被鎮派出所副所長阮洪波派人給圍了起來，不過暫時並沒有對他採取任何行動。這是柳擎宇給他的暗示。

大家都在等待。

柳擎宇也在等待。

看到黃立海電話打完後，自己的手機再也沒有響起來，柳擎宇的嘴角露出一絲冷笑，他已經摸清了吳懷仁人脈的實際情況。

看到這裡，柳擎宇再也沒有任何顧忌，大手一揮：

「阮同志，把吳懷仁同志和一干嫌犯全部帶到鎮派出所去吧，希望你能夠儘快把這件事調查清楚，尤其是那些所謂的村民的身分也要搞清楚，不能冤枉一個好人，但是也絕不能放過一個壞人。」

阮洪波表示明白，隨即帶著一干人等上了警車，前往鎮派出所。

阮洪波等人走後，康建雄和羅天磊還沒有走，看向柳擎宇，看他還有沒有什麼指示。

康建雄更是說道：「柳書記，要不我親自帶人護送您回縣裡吧？」

柳擎宇擺擺手道：「護送就不必了，你留下五六個人幫我維持一下現場的秩序吧，我要在七里河村展開一個民意調查，瞭解一下七里河村老百姓的真實心聲，同時看看村民們有沒有什麼需要辦的事情。」

康建雄聽了一愣，也只能按照柳擎宇的意思去辦，留下了六個人後，立刻帶著人前往鎮派出所，督導阮洪波辦案。

柳擎宇在村民的指引下，到了村支部的小樓。他用喇叭廣播道：「各位鄉親，我是瑞源縣縣委書記柳擎宇，現在我在七里河村村支部，大家有什麼難事、苦事，需要縣裡進行協調解決的，都可以到村支部來找我，我現場為大家辦理。」

此時，坐在柳擎宇旁邊的鎮委書記羅天磊聽了，頓時如坐針氈。是不是有村民會狀告自己呢？看柳擎宇處理吳家兄弟的果斷狠辣，自己真的有些危險啊。

好在自己今天在場，即便是有村民想要告自己的狀，也要考慮一下自己在場所帶來的壓力。想到此處，羅天磊心中暗暗慶幸起來。

村民聽到廣播之後，村支部這邊很快便熱鬧起來，來向柳擎宇告狀、投訴的村民一撥接著一撥。

這些投訴中，幾乎大部分都是針對吳家父子、兄弟提出嚴重的質疑，並且指出他們很多貪污、魚肉百姓的事例，柳擎宇讓人一一記錄在案，並且盡可能收集證據，以備後來調查。

看到老百姓們幾乎每個都來投訴吳家，羅天磊心中暗道：「這次吳家父子恐怕難逃法網了，真沒想到柳擎宇竟能想出這麼一個怪招來搞定此事。」

羅天磊想到這裡，心中再次一凜。

**柳擎宇這個是歪招嗎？未必！柳擎宇為什麼要來七里河村視察，為什麼不去別的村子？很顯然，柳擎宇是專程來調查吳家父子的問題的。**

至於吳家父子為什麼要派人圍攻柳擎宇，裡面的內情他不得而知，但是有一點他卻可以肯定，那就是吳家父子不管做什麼，都只會成為把自己往監獄裡推進的一個助力而已，所有的狀況怕是都被柳擎宇算計在內了。

尤其是讓羅天磊感到震驚的，還是柳擎宇充分展現了解決村民問題的決心，這在很大程度上給了村民一個暗示，那就是縣裡對此事十分重視，縣委書記親臨七里河村，對村民具有極大的刺激和鼓勵作用。

這一點恐怕也是柳擎宇事先設定好的，如此一來，柳擎宇連黃立海和莊海東秘書的面子都不賣，也就沒什麼好奇怪的了。現在只要等到柳擎宇收集到足夠的證據，就算是莊海東親自出面也是枉然。

**這一招太狠了！布局也太長遠了。**

不過羅天磊在心悸之餘總算有些欣慰，那就是柳擎宇並沒有對他提出什麼批評，反而讓他協調村民提出的種種難題，如果能夠解決的，柳擎宇便要求他當場解決。

這時候，羅天磊可不敢在柳擎宇面前偷奸耍滑，解決起事情來那叫一個乾脆，很多事情他立馬直接拍板，有拖欠老百姓補助款的、有辦戶口費勁的，等等雞毛蒜皮的瑣事，老百姓卻感覺到十分無助的，到了羅天磊這裡基本上都得到了解決。

如此一來，羅天磊反而陰錯陽差的得到了老百姓的感激和敬重，因此，即便是原本有些村民想要投訴羅天磊的，看到這種情況，在猶豫了一下之後也暫時隱忍了，畢竟如果真要是把羅天磊給告倒了，可就沒有人再這麼乾淨俐落的給他們辦事了。

柳擎宇之所以把羅天磊留下來，也是存了考察羅天磊的心思。他想看看羅天磊是否能夠辦事、願意辦事。如果羅天磊不能現場解決老百姓們的問題，那麼他會毫不猶豫的在常委會上提出罷免羅天磊的提議。

現在羅天磊的表現讓他還算滿意，只要他好好替百姓做事，即便是有些缺點，也是可以重用的。

到了中午十二點左右，村支部的人流量慢慢稀疏起來，當場得到解決的村民都十分滿意地回去了；即便是不能馬上解決的事，柳擎宇和羅天磊也承諾三天內必定解決完畢。

柳擎宇這邊也是收穫頗豐，老百姓提供了很多吳家人貪贓枉法的證據，柳擎宇相信，光是手頭所掌握的這些證據，就足夠將吳家這些人送進監獄去了。

羅天磊看到柳擎宇面前堆積如山的證據，心中亦是充滿了震撼。此時此刻，他百分之百地確定吳家父子要徹底垮臺了。

接下來讓羅天磊意外的事發生了，柳擎宇把羅天磊喊了過來，拍了拍這些證據說道：

「羅同志，吳家父子貪贓枉法，已經毋庸置疑了，該對他們採取什麼措施，現在就由你這個鎮委一把手來做出決斷吧，這些證據我就全都交給你了，希望你能夠妥善保管，千萬不要發生什麼火災、水災之類的事把證據給毀了，那樣的話，我可是會認為是人為故意的哦。」

羅天磊瞪大了眼睛，心中頻頻叫苦！柳擎宇竟然把得罪人的事交給了自己，這簡直是把自己往莊海東那位大人物的對立面推啊。

羅天磊顫抖著說：「柳書記，這件事這麼重要，我們鎮是不能單獨做主的吧？」

柳擎宇看出羅天磊的猶豫和恐懼，淡淡說道：

「羅同志，這並不是什麼大事，只需要你們鎮委領導出面就可以搞定了，反而是我在你們吳東鎮被圍攻的事，需要縣委來過問一下；至於是否要追究相關的責任嘛，還得看你們這邊的處理情況。對於這一點，羅同志你有沒有異議？」

柳擎宇這話一說完，羅天磊徹底鬱悶了。

他算是明白了，饒是自己足智多謀，在柳擎宇這個年輕的縣委書記面前，基本上找不到發揮的餘地。人家說得非常明白，處理吳家父子是你們吳東鎮的事，必須由你們來完成，如果你們搞不定，那麼我可就要追究我在吳東鎮被圍毆的事了。

羅天磊太清楚官場上某些事情的操作手段了；像柳擎宇被圍這件事可大可小，如果往大裡操作，自己這個鎮委書記就算不被免職，來個記大過處分也是可能的，那樣，自己的晉升之路也就斷絕了。

相反，如果柳擎宇這個當事人不想追究，這件事也就那麼過去了，頂多被柳擎宇偶而拿出來作為案例，警示一下其他人。

羅天磊心中權衡了一下，便做出決定，自己處理吳家父子，這也是他們罪有應得，雖然莊海東肯定會對自己不滿，但證據確鑿，相信莊海東也說不出什麼花來。他要怨的話，就得去怨柳擎宇去。

但是相對的，如果自己駁了柳擎宇的面子，不接下這個差事，柳擎宇到時候真的拿被圍毆的事來做文章，自己可就危險了。所以，他毫不猶豫的說道：

「好的，柳書記，您放心，我會認真把這件案子辦好的。」

柳擎宇問：「你需要多長時間？」

羅天磊道：「一天的時間。」

柳擎宇接著問：「如果有人求情怎麼辦？」

羅天磊斬釘截鐵地說：「證據確鑿，無法抵賴。法網恢恢，疏而不漏。」

柳擎宇點點頭，拍了拍羅天磊的肩膀，鼓勵道：「羅同志，加油吧，瑞源縣今後需要更多有能力、有魄力敢為老百姓辦事的幹部，我身為縣委書記，用人的觀念很簡單，不管對方是何方陣營，不管對方有無缺點，我要用的是那些真正為老百姓幹事的幹部！有缺點不可怕，改掉就行，怕的就是沒有為老百姓辦事之心。」

聽到柳擎宇這樣說，羅天磊心中一動。柳擎宇這樣算不算是在拉攏自己？

不管怎麼說，柳擎宇剛才那句話似乎是向自己透露了一些訊息，那就是未來縣裡的幹部缺口會打開，這也就意味著柳擎宇很有可能還會動一些縣裡的幹部，這對自己來說，絕對是更進一步的難得機會啊。

而且自己要想進步，絕對少不了柳擎宇的支持。想到此處，羅天磊的心一下子火熱了起來。

就在羅天磊剛剛有所領悟的時候，柳擎宇卻笑著說道：「羅同志，現在證據已經十分充分了，我看處理吳家父子的事是宜早不宜遲啊，否則遲則生變，這件事就交給你啦，我先回縣裡去了。」說完，柳擎宇便轉身離開了。

**真正聰明的領導者，在用人的時候，能夠帶給下屬希望，又能夠很好的控制與下屬之間的距離，讓對方心生敬畏之意。**

柳擎宇看到七里河村的事基本上告一段落，便毫不猶豫的離開了。他相信，羅天磊會做出正確的選擇。

柳擎宇猜得沒錯。

就在柳擎宇離開一個半小時後，羅天磊便打電話向柳擎宇彙報道：

「柳書記，吳登生、吳懷仁、吳懷水等一干村幹部，已經被吳東鎮派出所的同志們給控制了起來，現在鎮紀委正介入進行調查，雖然他們拼死抵賴，但是證據確鑿，我估計最多不超過兩個小時，這些人的心理防線就會被攻破的。」

柳擎宇滿意地道：「嗯，羅同志不錯啊，效率很高，再接再厲。」

柳擎宇對這次的吳東鎮之行，自己打了個不錯的分數，不僅幫村民解決諸多困難，還拿下了吳家父子，雖然可能因此得罪莊海東，但是柳擎宇並不是太在意。

當柳擎宇剛剛回到縣委辦公室坐下，茶水還沒有來得及喝呢，羅天磊便再次打電話來報告進度：「柳書記，吳家父子在我們強大攻勢下，全部招認了自己所犯下的種種罪行，鎮紀委已經對他們正式實施雙規，並移交司法機關進一步處理。雖然在過程中我接到了不少關心電話，幸好我的手機當時由鎮委辦孫主任拿著，所以我們的辦案過程並沒有受到任何干擾，現在這已經是鐵案一件，容不得任何人進行翻案。」

柳擎宇嘉許道：「很好，好好幹。」

柳擎宇並沒有說多餘的話，就是簡簡單單的五個字，聽在羅天磊的耳中卻猶如天籟一般。

此時羅天磊的內心劇場十分複雜。在政治立場上來說，他是偏向魏宏林的，但是從情感上來說，他反而更倒向柳擎宇，因為他當初進入官場也是一個有理想有抱負的人，而且能力也很強，希望自己能夠一飛沖天，只不過造化弄人，成了如今高不成低不就的窘狀。

因為他是正科級的幹部，再要晉升就要升到副處級，而縣裡的那些副處級位置，幾乎都是一個蘿蔔一個坑，很多人終其一生也無法邁過這道坎，而他雖然算是魏宏林陣營中的人，但是在這個陣營中，他是屬於比較特殊的一類，因為他只是站隊在這個陣營，但是實際上，他的很多做法和這個陣營裡的人還是有些格格不入。

比如說他不會像其他鎮委領導那樣，為了謀取晉升，每次都給魏宏林送重禮，少則七八萬，多則一二十萬，因為他沒有那麼多錢，雖然他平時也會收一些下屬或者企業送給他的禮品，但在他看來，那是一種禮儀和人情往來。但是在真正涉及到國家利益的時候，他是絕對不會出賣自己的人格的。

但是身在這個位置，很多時候他卻又不得不做一些違心之事，比如對吳家父子的情況，他早就知道，卻必須睜一隻眼閉一隻眼，否則他自己位置就有可能不保。

**身在官場，身不由己**。在內心的掙扎、矛盾中，羅天磊乾脆直接關機。因為只要一接電話，任何一個領導的話都能讓他無法拒絕。

羅天磊的做法很明智，因為此時此刻，隨著吳家父子被正式雙規處理後，這個消息第一時間便飛到了莊海東的耳朵裡。

莊海東訝異之餘，臉色也很不好看。

莊海東秘書王連奇說道：「老闆，據我所知，最終的決定是羅天磊下達的，但是真正的幕後操控者還是柳擎宇，如果不是柳擎宇強勢施壓，羅天磊是絕對不敢處理吳登生父子的。而且柳擎宇沒來以前，羅天磊也沒有採取過任何措施，這說明羅天磊還是知道給您面子。但是柳擎宇這個人卻很囂張，不僅在電話裡直接駁斥我，更是鐵面無情。而且我打聽清楚了，吳家父子可謂鐵證如山，這件事情我們恐怕真的無能無力啊。」

莊海東聽了，臉色更差了。

莊海東自然明白王連奇這番話的用意，不外乎是激起自己對柳擎宇的惡感而已。其實不用王連奇刺激，他的確對柳擎宇沒有一點好感。

不管怎麼說，畢竟整個瑞源縣都知道自己和吳家父子之間關係密切，就算是吳家父子的確有違紀違法行為，難道柳擎宇就不能和自己通報一聲嗎？現在柳擎宇這樣搞，豈不是讓自己很難堪?!

對吳家父子的問題，莊海東也不是沒有耳聞，但總認為他們應該不會做得太過分。然而，莊海東有所不知的是，**人總是會變的**，以前的吳懷仁、吳登生父子的確沒有那麼貪婪，那麼張揚，但是隨著莊海東位置逐漸高升，鎮裡、縣裡甚至是市裡的領導都到他們家前來拜訪，這讓吳家父子心中升起了強烈的優越感，再加上他們所做的違法事情一次又一次的被放過，也沒有人追究，他們的膽子就越來越大起來，此刻莊海東才感到自己對他們可能太過袒護了。

但是無論如何，柳擎宇採取的果斷措施都是對自己的渺視和不尊重，這才是莊海東對柳擎宇沒有好感的真正原因。

莊海東拿出一根菸來，王連奇連忙給莊海東點燃，莊海東狠狠的抽了一大口，開始思考起來。王連奇輕輕帶上門離開，他知道老闆肯定是在想要如何對付柳擎宇了。

莊海東沉思了一會，接著撥通黃立海的電話：

「黃同志，我準備明天去你們七里河村走一趟，溜達溜達，你陪著我一起下去吧。」

黃立海聽了，立即說道：「好的，莊部長，我立刻安排。」

掛斷電話後，黃立海著急起來。他已經聽說吳家父子被柳擎宇給處理了，正在焦急著不知道下一步該怎麼辦呢，沒想到莊部長就來電話點名要去七里河村轉轉，還要自己陪同。

雖然莊海東啥都沒說，但是其用意卻很明顯的，那就是他對此事十分不滿。他要去七里河村視察，如果看不到吳家父子的話，豈不是很失望！

想到這裡，黃立海便知道自己該怎麼做了，自己必須想辦法儘快把吳家父子給撈出來，不能讓明天莊部長下來視察的時候看不到吳家父子。

黃立海思索了一下，立刻撥通魏宏林的電話：

「魏宏林，你聽著，明天莊部長要前往七里河村調研，我不管你用什麼辦法，明天我必須要看到吳家父子出現在七里河村。」

魏宏林聽到黃立海的命令，立時呆愣住了。柳擎宇那邊剛剛把吳家父子給抓了起來，現在老領導卻要自己想辦法把他們給放了，**這不是要他公然和柳擎宇作對嘛？**

魏宏林為難地道：「老領導，這件事恐怕不好辦啊，柳擎宇把這件事交給了吳東鎮派出所去辦，縣局那邊，康建雄不敢輕易插手，否則極容易被柳擎宇抓住把柄，要想放人，恐怕十分困難啊。」

黃立海冷冷的說道：「這才多大點事情，魏宏林，我記得你以前可不是這種瞻前顧後的人，在官場上，瞻前顧後可是要不得的，你可不能三心二意啊，公安局那邊的事你不用擔心，我會讓市局介入，先將人從鎮派出所那裡給提出來，然後再轉交給縣局，到時候你看著辦吧。」

說完，便掛斷了電話。

魏宏林一聽頓時無語，他聽出來自己的猶豫讓老領導十分不滿，那句三心二意明顯是在拿話點自己呢，此時，他不敢再有絲毫的猶豫，對黃立海這個老領導他太瞭解了，一旦他對你產生意見了，是絕對不會放過你的，尤其是他要是認定你背叛他的情況下，絕對會把人往死裡整。

尤其是想到莊海東明天要到七里河村去調研，這說明莊部長十分重視這件事，如果自己能夠把這件事給辦好的話，也許能給莊部長留下一個好的印象，對自己的仕途之路來說也十分有利。

想到此處，魏宏林把心一橫，決定參與此事。

翌日，凌晨兩點半左右。一輛汽車帶著吳登生、吳懷仁、吳懷水三人回到了七里河村。

三人聚在吳懷仁的家中。

吳懷水憤怒的說道：「大伯，大哥，我聽說我們被帶到鎮派出所後，咱們村很多村民在柳擎宇的號召下，對我們瘋狂舉報，這才有了要處理我們的決定，我認為，那些上訪戶是我們這次劫難最大的推手，我們有必要給他們一個教訓。」

吳懷仁沒有說話，看向了老爸吳登生。

吳登生臉色陰沉地點點頭說：「嗯，懷水的話很有道理，這幫傢伙明顯是落井下石啊，現在既然我們出來了，說明老莊已經出手了，他一出手，南華市誰能抵擋得住?!既然如此，我們真的很有必要好好的教訓教訓這些不知天高地厚的草民，讓他們知道，我們吳家人是他們惹不起的。」

說完，三人便開始密謀起來。

凌晨三點半左右，七里河村的大喇叭突然響了起來，幾乎把全村的人都給驚醒了：

「七里河村的老老少少們，我吳懷仁又回來了，誰吃了我的，給我吐出來，拿了我的，給我送回來，誰要是誣陷了我們吳家父子，你們很快就會知道什麼叫痛苦！」

隨著廣播聲音結束，有不少村民家的大門被人踹開，一群黑衣蒙面的人衝進去就是毒打一頓；還有的人家，玻璃被砸壞，家具也被搗爛，一時間，整個七里河村慘叫、驚叫聲不絕於耳，響成一片。

此時，吳登生三人站在自家樓頂上，望著村裡閃爍的燈光、慘叫聲，同時哈哈大笑起來，他們吳家就是這七里河村的土霸王，就算是天王老子來了都不管用！在七里河村，得罪了他們吳家父子，誰也別想有好日子過！

上訪？有用嗎？沒有用！就算是縣委書記親自過來又如何？他們不是照樣被放出來了嘛！縣委書記在省委常委面前，屁也不是！柳擎宇這次絕對要丟人現眼了。

三人越談越是開心，乾脆就在樓頂上架起了燒烤攤，一邊烤著肉，一邊喝著啤酒，那叫一個舒心愜意，得意忘形。

此時，柳擎宇已經睡下了。

他是凌晨一點才睡的。雖然出來只有一天多的時間，但是公務還是堆積了一些，柳擎宇回來之後，第一時間就先把這些公務給處理了。處理好後，這才帶著倦意上床睡覺。

到了凌晨四點左右，柳擎宇突然被一陣急促的電話鈴聲給吵醒。

「柳書記，我被吳家父子派人給打傷了！柳書記，你怎麼把吳登生這些人給放了出來啊，你這不是出爾反爾，說話不算數嗎？」

隨著這個電話的打入，接下來的整整一個多小時內，柳擎宇的手機就再也沒有停過，一通接著一通的電話響個不停。

柳擎宇聽完村民的回報後，終於弄明白是怎麼回事了。

他第一個反應，就是問題是不是出在阮洪波那邊，按理說，這個時候，吳家父子的鐵案根本不可能翻案，阮洪波也已經表達這個意思了，但是現在吳家父子竟然被放出來，那麼問題出在阮洪波那邊的可能性比較大一些，不排除阮洪波是在忽悠自己。

他撥打阮洪波的電話，電話裡傳來關機的提示語，柳擎宇徹底鬱悶了，**這個阮洪波到底是怎麼回事？為什麼要在這個時候關機？難道他在這件事情裡，的確扮演了什麼角色嗎？**

可是柳擎宇很快就否定了自己的這些想法。**他相信自己看人的眼光不會錯**，阮洪波的表現充分證明了他有意向自己靠攏。既然如此，他不可能會做出讓自己難堪的事情來的。而且，他也不可能會推翻自己辦的案子。

順著這個邏輯推斷下去，很有可能是有外力插入進來了，而且這種外力強大到阮洪波無法抵抗的程度。但是問題又來了，阮洪波現在到底在哪裡呢？他的手機為什麼顯示關機呢？

柳擎宇又把電話打到阮洪波的辦公室，一樣沒有人接。柳擎宇又打到阮洪波家裡，阮洪波的老婆接到電話後，帶著哭腔說道：「柳書記，我們家洪波到現在還沒有回來呢，我也正在找他呢，卻一直找不到。」

柳擎宇聽到這裡，心裡一沉，他可以肯定絕對是有外力介入此事了，立刻問道：「阮同志是什麼時候離開家的？」

阮洪波的老婆孫玉梅說：「他是昨天晚上十點多接到一個電話後才離家的，我問他是誰的電話，他說是上級領導的電話，讓他到派出所去一趟。這一走就再也沒有回來，我去派出所找了兩趟了，他根本就沒有在派出所裡。也不知道去了哪裡。」

柳擎宇安慰了孫玉梅幾句後，這才掛斷電話。

他的眉頭緊皺起來，看樣子阮洪波的突然失蹤不是偶發現象。肯定是有人故意為之的，針對的目標毫無疑問就是自己，當然，還包括吳家父子的案件。

想到此處，柳擎宇撥通了鎮委書記羅天磊的電話：「羅同志，昨天晚上是不是你讓阮同志到鎮派出所去的？」

羅天磊一愣，隨即道：「沒有，柳書記，我絕對沒有通知他做這件事，阮同志到派出所做什麼？」

柳擎宇從羅天磊的話中可以聽出來，羅天磊沒有撒謊，那麼到底這通電話是誰打的呢？

柳擎宇沉思了一會，很快就摸到了頭緒。不管阮洪波現在到底在哪裡，所有事情的走向都是以吳家父子為線索展開的，那麼自己只要抓住吳家父子這根主線，其他的事都可以順藤摸瓜找到。

吳家父子之前一直是在吳東鎮派出所那邊關著的，那麼他們被放走，吳東鎮派出所不可能不知情，根據柳擎宇的推斷，吳東鎮派出所絕對沒有這麼大的膽子去放人，尤其是在派出所所長阮洪波不知所蹤的情況下，更沒有人敢做出這種決定，這是要承擔責任的。

既然吳東鎮派出所不敢做出決定，只能是更高一級的領導，那麼毫無疑問，敢做出這種決策的人，絕不可能是吳東鎮的鎮委領導們。鎮委書記羅天磊在自己的點化下，肯定也不敢做出這種事情來，他不敢的話，其他人就更不敢了。

如此推斷，做出這個決策的人，要麼在縣裡，要麼在市裡，但是，不管是誰做出的決策，縣公安局絕對是繞不開的一個部門，畢竟這人是關在公安機關的，外人要想放人的話，不可能不通過這個單位。

想到此處，柳擎宇直接一個電話打到了康建雄那裡。

此刻，康建雄並沒有睡覺，因為他睡不著。

柳擎宇的電話打進來，康建雄一眼就看到了，不過他沒有立刻接通，而是等了一會才接，裝出一副朦朧未醒的樣子說道：「啊，誰啊，這個時候打電話。」

柳擎宇是多精明的人，雖然康建雄極力裝出困倦的樣子，但是對柳擎宇而言，一個人處於什麼狀態，他只要聽到對方的聲音便能分辨出來，他很確定康建雄對吳家父子被釋放之事絕對知情。

柳擎宇沉聲道：「康同志，你知不知道吳登生三人被釋放了？」

康建雄故作吃驚的樣子說道：「什麼？被釋放了，這不可能吧？我沒有聽到這個消息啊。」

柳擎宇說道：「沒有聽說不要緊，我可以給你時間去瞭解。康同志，還記得我當時對阮洪波所說的那番話嗎？」

康建雄一愣，問道：「什麼話？」

柳擎宇重申道：「我不希望看到那些與吳家父子有關的證據丟失、著火或者發生其他的意外，否則我會堅決追究到底，不管涉及到誰，都會嚴懲不貸。」

康建雄的心頭一顫，他回憶起當時柳擎宇說這番話的神情，一種大事不妙的感覺從他的心頭升起。不過康建雄很快就收斂心神，沉著應對起來：「柳書記，我想起來了，您的確說過這番話。」

「嗯，你記得就好。現在給你兩個小時的時間，早晨六點鐘之前，把吳家父子被釋放的真相彙報給我知道，七點，召集你們縣公安局所有副局長、各個科室主任到縣委會議室集合，我要和你們進行談話。怎麼樣，有沒有問題？」柳擎宇一聲令道。

康建雄為難地道：「柳書記，現在可是凌晨四點，這個時候調查這件事，恐怕連個人都找不到啊。」

柳擎宇質疑道：「找不到人？康同志，據我所得到的消息，一直到昨天晚上十點鐘，吳家父子還在派出所關著，他們是昨天晚上十點之後才被釋放出去的，你認為正常情況下，那個時間點應該有人去操作這件事情嗎？」

柳擎宇這麼說，康建雄還真是有些無語了。

「康建雄同志，我需要你肯定的回答，到底行還是不行？」

康建雄面對柳擎宇的逼問，頓時頭大如斗，卻不得不回答道：「行，我六點前向您彙報調查結果。」

掛斷電話後，康建雄立刻把柳擎宇的意思向魏宏林進行了報告。

魏宏林哼了聲道：「柳擎宇這傢伙倒是很有辦法啊，居然讓你去調查此事，這樣吧，老康啊，到時候你就告訴他，說這件事市局接手了，經過市局的調查，發現吳家父子沒有任何問題，所以才被釋放的。」

康建雄聽到魏宏林給出的藉口，這才鬆了口氣，他只擔心再被牽扯進去，他是真的害怕了。

兩個小時後，康建雄回報道：「柳書記，我調查了，下面人反映說是經過市局的調查，發現吳家父子沒有任何問題，所以才釋放他們的。」

柳擎宇聽到康建雄這個解釋，不禁說道：「市局？這麼小一個案子，什麼時候輪到市局插手了？你給我說說看，到底是市局哪個科室、哪個人負責此事的？」

康建雄連忙推脫道：「柳書記，這個我還沒有調查清楚，我也是剛剛才得知這件事是市局負責的。」

柳擎宇冷冷地說道：「康同志，我想你大概忽略了一件事，那就是市局到底有沒有資格跨界插手此事？就算他們有資格，需要不需要得到咱們縣局的支持？如果沒有縣局領導承認或者確認此事，市局憑什麼插手?!還有，如果沒有縣局的首肯，沒有派出所所長阮洪波的簽字確認，吳家父子憑什麼被釋放？釋放手續到底合理不合理？這些事你自己好好的想想。

「我最後給你半個小時的時間，我要聽到阮洪波同志親自向我彙報此事，如果半個小時後我聽不到阮洪波同志的彙報，那麼我會直接在常委會上提出對你的免職提議，與上次高速路攔截記者的事併案處理，你自己看著辦吧！

「康同志，不要把別人都當成是傻瓜！即便是找理由、找藉口，最好也找得冠冕堂皇一點，別露出太多的破綻。」說完，柳擎宇自行掛斷了電話。

聽著電話裡傳來的忙音，康建雄再次鬱悶起來。沒想到自己千小心萬小心，還是被柳擎宇抓住了小辮子。這個柳擎宇幹嘛總是處處針對我呢？我就那麼好欺負嗎？康建雄心中不斷咒罵著柳擎宇。

但是罵歸罵，對柳擎宇的嚴重警告，他卻不敢不放在心上，上次柳擎宇提議免去自己的職務，雖然有魏宏林等人的極力阻止和求情，但是依然落得了一個嚴重警告處分，如果這次自己再被柳擎宇提出免職，以柳擎宇的個性，絕不會再有任何的妥協餘地了。

要是因為這麼一點小事被免職，真他媽的太冤枉了。

想到這兒，康建雄趕忙撥通吳東鎮鎮長趙青柱的電話：「老趙，差不多了，讓阮洪波回去吧。讓他出來後給柳書記打個電話。」

趙青柱遲疑地說：「康局長，我並沒有接到魏縣長的電話，這事是不是先跟魏縣長通報一聲比較好？」

康建雄冷冷地回道：「趙鎮長，難道你認為身為一名鎮長，長時間滯留派出所所長的行為很正當嗎？」

康建雄換上一副公事公辦的語氣。

聽到康建雄語氣驟變，趙青柱立刻意識到事情恐怕發生了變化，雖然他不願意得罪魏宏林，但是對康建雄他更不願意得罪。**官場之上，奉行的原則一向都是多栽花，少栽刺**，因此他連忙改口道：「好的，好的，康局長，您別生氣，我馬上放人。」

趙青柱另外用室內電話給魏宏林彙報了康建雄的意見，魏宏林便猜到康建雄肯定是受到了柳擎宇那邊的壓力，便說道：「既然康建雄說放，那就放吧。」

趙青柱得到口令，這才放心地去放人。

然而，掛斷電話後的魏宏林臉色卻陰沉了起來，心中暗道：看來康建雄對柳擎宇的指示越來越上心了啊，這次竟然敢不向我請示就要放人，有機會我得好好敲打敲打他了。」

趙青柱走到自己家的客房內，看著正被幾個副鎮長拖著打麻將的阮洪波說道：

「阮洪波，今天就到這裡吧，我來替你，你趕快去給柳書記打個電話，柳書記好像找你有事。」

阮洪波連忙站起身來，臉上帶著極度的疲倦。今天晚上，他是被趙青柱拖來打麻將的。他雖然不想來，但是架不住趙青柱的軟磨硬泡，再說了，自己只是一個小小的所長，鎮長要自己陪著打麻將，錢也不用自己出，他要是再不來，就太不給鎮長面子了，只好應付一下。

阮洪波出來後，立刻給柳擎宇打了個電話，當柳擎宇告訴他吳家父子被放出來後，阮洪波立時呆住了，驚訝地道：「不可能吧，我出去的時候他還沒有被放出來啊。」

柳擎宇聽到阮洪波的回答後，也是一愣，本來柳擎宇以為阮洪波對此事知道一二的，卻沒想到阮洪波竟然什麼都不知道。

柳擎宇立刻沉聲道：「阮同志，你給我仔細講講你昨天晚上接到電話前後的情形。」

阮洪波回想道：「昨天晚上十點左右，我正準備回家睡覺時，突然接到鎮長趙青柱給我打來的電話，告訴我他那邊有緊急公務要我配合，要我過去一趟。我一聽不敢怠慢，立刻趕了過去。

「不過等我到了之後，才得知原來並不是什麼緊急公務，而是鎮長那邊打麻將三缺一，要我過去湊手，我雖然不想打，但是鎮長和其他兩個副鎮長好說歹說的，我也不能走，便陪著玩了起來，期間趙鎮長說，為了讓大家玩得開心盡興，要大家把手機都關掉，我只好把手機給關了。沒想到就這麼一晚上的時間，就發生了這麼多的事。」

柳擎宇聽完，臉色立時沉了下來。

從阮洪波的話中，他已經可以清楚的判斷出來，這個鎮長趙青柱肯定是有問題的，畢竟他找阮洪波打麻將的時間選得也太巧合了些，而且讓阮洪波關機也是一個十分令人懷疑的舉動。

想到此處，柳擎宇便向阮洪波說道：「阮同志，你立刻向派出所的同志們瞭解一下，吳家三人到底是誰簽字或者口頭讓放走的，把這個人在第一時間控制起來。」

阮洪波連忙點頭：「好的，柳書記，我馬上去調查。」

掛斷電話，已經是凌晨五點半多了，柳擎宇沒有絲毫的睡意，乾脆也就不再躺著，直接洗漱一下前往縣委大院。

柳擎宇到達縣委大院時，大門緊閉，整個大院內空蕩蕩的，沒有一個人。柳擎宇來到值班室叫醒看門的老頭，讓老頭幫他開門。

看門老頭見柳擎宇這麼早就來了，十分吃驚，心疼的說道：「柳書記，你昨天晚上那麼晚才離開，怎麼不多休息一下啊，總是這樣，你的身體會扛不住的。」

柳擎宇曉得看門大爺對自己是發自內心深處的關心，笑道：「大爺，我今天有點睡不著，所以乾脆提早過來，今天有個早會，會兒會有一些單位的人要過來，今天恐怕要打擾您休息了。」

看門老頭道：「沒事沒事，我人老了，覺少，早就睡醒了。」

聊了兩句後，柳擎宇邁步向樓上走去。

看門老頭看著柳擎宇離去的背影，讚嘆道：「真是一個幹勁十足的年輕人啊，像柳書記這樣的幹部真的不多啊。」

半個小時後，柳擎宇的手機再次響了起來。

打電話來的是阮洪波。

阮洪波聲音中帶著幾許焦慮和幾許憤怒說道：「柳書記，我先向您請罪。」

柳擎宇沉聲道：「發生什麼事了？」

「柳書記，整件情我已經查清楚了。昨天晚上，市局突然派來一輛車把吳家父子給接走，同時帶走的還有所有的卷宗。市局把人提走後，交給了縣局，縣局在進行審訊後，確認吳家父子無罪，不過，當我向縣局詢問那些卷宗和證據的時候，縣局卻說他們並沒有看到什麼卷宗和證據，可是市局卻強調說把證據和卷宗都交給縣局了。現在兩家單位互相扯皮起來，但是不管他們怎麼扯皮，有一點是可以肯定的，那就是吳家父子的所有證據資料都在這波轉移過程中消失了。柳書記，很抱歉，我沒有保護好您交給我的那些證據資料。」阮洪波懊惱地說道。

柳擎宇臉色陰沉下來。沒想到市局竟然參與了這件事，如此一來，事情可就有些複雜了。

如果只是縣局操作此事，這還在他的掌控之內，他有很多辦法來徹查此事，但是一旦牽扯到市局，他就有些力有不殆了，畢竟市局根本不可能會賣給他面子的，尤其是在某些人的故意操控之下。

柳擎宇無奈地說道：「好的，這事我知道了，是誰負責此事的接洽，你搞清楚了嗎？」

阮洪波回道：「搞清楚了，是派出所的副所長李立群，他是排名第二的副局長，平時和我不怎麼對盤，這次把人交給市局，就是他直接跟負責看管的人說的，不過並沒有留下任何的文字資料。」

「好，你打一份報告上來，讓相關責任人全都在報告上簽字，把事情的詳細經過給我寫出來，要確定接洽人員的姓名、接洽時間等細節，如果對方不簽的話，你告訴他，會在報告上提及他私自釋放犯人。」柳擎宇交代道。

阮洪波聽到柳擎宇的命令，立刻明白柳擎宇的意思了，**柳擎宇這樣做，是要玩一把大的啊**。這樣做雖然有些風險，但是他也知道，現在是自己向柳擎宇表明決心靠攏的最佳機會。

掛斷阮洪波的電話後，康建雄的電話打了進來，回報道：

「柳書記，我這邊調查得差不多了，吳家父子無罪釋放的決策是市局下派的調查人員與我們縣局的副局長婁雲飛一起做出的，他們確認吳家父子沒有任何問題，反而是代理所長阮洪波所負責的案子存在著諸多疑點，很多地方涉嫌證據不清等問題，婁雲飛同志向我建議要免去阮洪波同志代理局長的職務，挑撥李立群同志擔任吳東鎮派出所所長。」

柳擎宇聽了，點點頭道：「好，我知道了，你讓婁雲飛同志帶上所有的卷宗原件到縣委來開會，現在距離開會時間還有三十分鐘左右，我相信你們應該不會遲到吧？」

「不會不會，我們馬上就出發了。」康建雄保證道。

隨後，柳擎宇又給縣政法委書記朱明強打了個電話，讓他過來開會。

半個小時後，縣委會議室內。

柳擎宇、朱明強、康建雄等人圍坐在圓桌上，柳擎宇主持了這次小範圍的會議。

柳擎宇直接看向婁雲飛說道：「婁同志，請你把你和市局同志們所審理的有關吳家父子案件的卷宗給我拿過來，我要親自過目。」

婁雲飛早有準備，連忙把資料拿來，放在柳擎宇的面前。

柳擎宇拿過卷宗，在眾人的注視下，不慌不忙仔細的看了起來。

一分鐘、兩分鐘……十分鐘……二十分鐘。

隨著時間的推移，會議室內的氣氛顯得有些緊張起來。

所有人的目光全都看著柳擎宇，因為誰也沒有想到，柳擎宇看得那麼仔細。

過了二十幾分鐘後，柳擎宇這才抬起頭來，看向婁雲飛說道：「婁同志，這就是你和市局的同志一起審理的案件嗎？」

婁雲飛點點頭：「是的。」

「市局負責這件事情的是哪位同志？」

婁雲飛頓時猶豫起來，他不想說。

柳擎宇質問道：「怎麼？難道你是在說謊不成嗎？婁同志，我很納悶啊，既然你剛才說這個案子是由你和市局的同志來負責這個案子的，那為什麼這個卷宗上只有你的簽字，卻沒有市局的那位同志簽字呢？我是不是可以理解為你在說謊呢？」

婁雲飛聽到柳擎宇這樣說，連忙否認道：「沒有沒有，柳書記，您誤會了，這件事的確是我和市局治安大隊的大隊長馬會仁一起審理的，他之所以沒有在上面簽字，是因為在審理完案件後他有急事離開了，所以來不及簽字，所以就我一個人在上面簽字了。」

柳擎宇冷冷的說道：「你確定你所說的話是真的嗎？」

婁雲飛連忙點頭。

「那好，你當場給馬會仁打個電話，確認一下。」

婁雲飛無奈，只能撥通馬會仁的電話：「馬隊長，有關吳懷仁那個案子的卷宗，你啥時候簽字啊？」

馬會仁笑道：「老婁啊，那個案子你直接簽字就得了，我就不用簽了，我太忙，顧不過來啊。」

柳擎宇向婁雲飛做了個手勢，示意他把電話交給自己。婁雲飛道：「馬隊長，你等一下啊，柳書記要和你說話。」

柳擎宇接過電話，道：「馬大隊，既然這件案子是由你和婁雲飛一起辦理的，我想你還是應該簽字的好，萬一出什麼事，你也是需要負責的。」

馬會仁立刻撇清道：「柳書記啊，你可能誤會我的意思了，我的確是跟進了一下這個案子，但是具體負責審理的還是婁副局長，我簽字就完全沒有必要了，我只是負責監督一下而已，我這邊還很忙，先掛了啊。」

柳擎宇聽到這裡，看向婁雲飛道：「婁副局長，既然馬會仁都這樣說了，我看主要負責人就是你了，那麼現在，我們可要好好談一談這個案子了。」

柳擎宇的臉色刷的一下沉了下來，一股強烈的氣場立時籠罩全場。眾人都是一驚，都看出來現在的柳擎宇已經怒氣衝天了。

柳擎宇狠狠一拍桌子，怒聲道：「婁同志，我想問問你，這個案子你到底是怎麼審的？從這個卷宗上可以明確的看出，你所得出的吳家父子沒有任何問題的結論，是基於一些老百姓的供述，而且這個案子是在縣局審理的，那麼我有一個疑問，你所詢問的這些七里河村的村民採取的是什麼方式？從縣城到七里河村得一段時間吧？當時可是三更半夜，你不可能那麼晚了把人給喊來配合你們的審訊吧？」

婁雲飛狡辯道：「柳書記，我們採用的是電話詢問的方式，那些老百姓也是隨機抽取的。」

柳擎宇哼了聲：「好，既然你說是電話詢問的，那我問你，你使用的是哪部電話？」

「我們用的是縣局審訊室的電話。」

「你們沒有用其他的電話嗎？」

婁雲飛眼珠一轉：「嗯，還有我的手機。」

柳擎宇點點頭，轉頭看向縣委辦主任宋曉軍：「曉君主任，麻煩你派個人去查一下婁雲飛同志的手機通話記錄，以及縣局審訊室電話的通話記錄，列印出來送過來。」

宋曉軍立刻轉身去辦，婁雲飛的臉色立時慘白起來。

這時候，柳擎宇突然轉移了話題：「婁雲飛同志，對於這個案子，你是認認真真的審理了嗎？」

聽到柳擎宇不再執著於電話的問題，婁雲飛心中稍安，心裡希望宋曉軍那邊查不出什麼來，畢竟現在很多通訊單位都還沒有上班呢，嘴上回道：「是啊，我的確是認真審理的。」

「好，那麼我再問你，這吳家父子是你親自從吳東鎮派出所提走的吧？」

婁雲飛點點頭：「是我和馬會仁一起提走的。」

「那之前吳東鎮派出所審理此案的卷宗在哪裡？」

婁雲飛裝糊塗道：「這個我不清楚，我們並沒有接收那些卷宗。」

「你確定你沒有接收卷宗嗎？」柳擎宇再問了一次。

「我確定。」

柳擎宇突然一拍桌子，怒道：「婁同志，你能不能說一句實話呢？你口口聲聲說沒有接收卷宗，那你看這是什麼？」

說完，柳擎宇突然拿出一個隨身碟，從裡面調出一段視頻，將之切換到投影布幕上，柳擎宇用手指著視頻說道：

「婁雲飛，你好好看看，視頻中可是清晰的記錄了你和馬會仁從派出所監控室內抱走了所有案件卷宗，現在你卻說沒有抱走，你到底是什麼意思？

「你以為你派人刪除當時的監控影像就就可以高枕無憂了嗎？就沒有人知道嗎？你錯了，大錯特錯，你忘了一件事，雖然吳東鎮派出所只是個小小的派出所，但是卻並不缺電腦高手，你雖然刪除了主機上的視頻，但是這些影像早已即時的傳輸到各個派出所副所長的電腦上，並且遠端備份到了雲端，所以遠端伺服器上的檔案並沒有被刪除。」

婁雲飛的臉色那叫一個難看，比豬肝還要紅，此時的他再也不敢理直氣壯的回答柳擎宇的話了，把頭低了下去。他萬萬沒有想到，柳擎宇這麼短的時間竟然弄明白了這麼多的資訊。

其實，柳擎宇對阮洪波能夠在這麼短的時間內找到這麼多的資料也感到相當震驚，從這件事情裡，他看出這個阮洪波還真是個人才，雖然因為打麻將的事，著了趙青柱的道，但是卻能夠在離開那麼久，別人把證據刪除後依然能夠找到反擊的資料，說明這個人思維縝密，的確是個幹公安的好人才。

而更讓柳擎宇意外的是，阮洪波雖然只是個派出所的副所長，級別卻是副科級，屬於高配的副局長。

這種情況十分少見，要知道，一個副科級如果是放在鎮委鎮政府裡面，足可以擔任一個副鎮長或者鎮委副書記了，就是擔任派出所所長也沒有問題，但是阮洪波卻只混到一個副所長，看起來的確很不得志。

當柳擎宇研究了一下阮洪波的簡歷後才發現，原來阮洪波和自己一樣，也是軍轉幹出身，轉來的時候就是副科級的級別了，只是後來一直沒有升遷過，所以才會出現如今這種尷尬的局面。

此刻，當柳擎宇看到婁雲飛一下子就蔫了，心中對阮洪波就更加欣賞了。

# 第九章

# 超級計劃

瑞源縣可以說是一窮二白啊，比起南方一些發達地區的鄉鎮都不如，想在這種基礎上去經營城市何談容易？柳擎宇看出了宋曉軍的疑慮，在柳擎宇的內心深處，有一個龐大的常人難以想像的超級計劃在緩緩的醞釀著。

柳擎宇的發飆並沒有到此結束。

他看著一言不發的婁雲飛道：

「婁副局長，既然你們把那些卷宗都帶走了，那麼阮洪波他們所收集到的各種證據應該也在卷宗裡面吧？為什麼那些證據在你所提供的這份卷宗裡面並沒有看到呢？你摸摸你的良心問問你自己，你所謂通過電話收集到的證據真的能夠作為證據嗎？這吳家父子可是我親自下令，由吳東鎮派出所親自審訊結案的案子，馬上就要轉入司法程序了，就算你們要翻案，也得給出充分的證據來吧？這裡面是不是有什麼難以讓人知道的內幕呢？」

說完，柳擎宇直直瞪著婁雲飛。

婁雲飛恐懼得滿頭大汗。他真的怕了，因為柳擎宇說的話，可謂句句扎向他的心裡，他想要反駁都很難。

最重要的是，他注意到柳擎宇今天召開這次內部會議，針對的重點就是自己啊。此時害怕的不僅僅有婁雲飛，還有局長康建雄。

康建雄其實對昨天發生的一切都非常清楚，甚至還在幕後策劃了一二，只不過他早就吸取了教訓，凡是和柳擎宇有關的事絕對不親自出面，只躲在幕後策劃，然後再扶植一個代理人擺到台前。

婁雲飛就是在他的暗示下衝在台前的。

而婁雲飛之所以願意當馬前卒，是因為他聽說市局的一個副局長要退休了，馬會仁很有可能會接任這個老局長的位置，他想要提前拍拍馬屁，而且這件事又是魏宏林親自交辦下來的，如果辦好的話，也可以在魏宏林那邊邀功。

然而看到婁雲飛如今的處境，康建雄開始擔心起來，不知道柳擎宇會不會把這個事情一查到底，自己弄不好也要暴露出來啊。

擔心歸擔心，他也只能忍著。

婁雲飛聽到柳擎宇的問話，嚇得汗水濕透了全身，頭幾乎低得都快要垂到桌上了。

「婁雲飛，現在我給你一個解釋的機會，你回答我之前的那些問題，尤其是那些吳東鎮派出所整理出來的卷宗現在到底在哪裡？如果你無法回答這些問題的話，那麼我會直接召開緊急常委會，對你就地免職，同時追究你怠忽職守等責任，並讓紀委介入調查。」

柳擎宇雙眼直視著婁雲飛，等待他的回答。

此時，眾人才知道柳擎宇今天召開這次會議的真正目的。

婁雲飛聽到柳擎宇的最後通牒後，心臟開始激烈的跳動起來。

此刻的他，進退兩難。因為這件事從源頭上來說，算是魏宏林交代的，但是自己沒有任何證據去指證魏宏林，而且一旦咬出魏宏林，自己的下場會更加悲慘；可是如果自己不交代實情的話，恐怕真的要面臨和上一個副局長一樣的下場。

婁雲飛猶豫不決，陷入天人交戰中。

看到婁雲飛難以決斷，柳擎宇便道：「康同志，現在我宣布，從現在起，婁同志暫時停止手頭上的一切工作……」

柳擎宇剛剛開口，婁雲飛便受不了了，他太清楚一旦自己沒有權力後會面臨多麼嚴峻的困難，而且他相信，到時候，魏宏林絕對不會管他。既然如此，他只能把責任全都往市局那邊推了，而且那些卷宗也的確是由市局那邊負責處理的。

婁雲飛大聲道：「柳書記，您別急，我說，我全都說。那些卷宗的確是由我和馬會仁同志給帶走的，不過帶走之後，那些檔案並沒有拿到我們縣局來，而是由馬同志直接帶到市局去了。」

柳擎宇正色道：「婁雲飛，我希望你最好不要耍什麼花樣，如果馬會仁否認的話，這件事又成了羅生門了，我可沒有心情陪你們玩這些。」

婁雲飛連忙說：「柳書記，我有證據。」說著，婁雲飛拿出手機，調出一段錄音遞給柳擎宇道：「柳書記，這段對話是我和馬會仁前往吳東鎮派出所提人的過程中錄的，包括提人過程以及卷宗交接的過程，我相信，有了這個，馬會仁就算是想抵賴都無法。」

柳擎宇把錄音用藍牙發送到自己的手機上，這才說道：「那好，既然婁同志的認錯態度很積極，我就先暫緩提出罷免你的提議，不過你也不要高興，有關你們提人審訊這件事，我還是要追查下去的，整件事必須調查個水落石出，如果你知道什麼，最好及時跟我溝通，爭取寬大處理，戴罪立功。」

說到這裡，柳擎宇的目光看向康建雄道：

「康同志，從吳家父子被釋放這件事可以看出來，你們縣公安局的工作存在著嚴重的問題，我認為你這個公安局局長難辭其咎，今天朱明強同志也在，我希望你好好檢討一下，談一談今後的工作該怎麼改進。

「我在這裡鄭重重申一點，如果縣公安局再次出現類似的事件，我會毫不猶豫的免去你這個公安局局長的職務，我們瑞源縣需要的是一個執行能力強、有責任心的公安局局長，而不是一個到處捅簍子的局長。」

康建雄心中的憤怒無以復加，柳擎宇這是當著公安局裡大小幹部面前讓自己檢討，這面子可是丟大了，但是誰讓瑞源縣公安系統總是出事呢，他難辭其咎。

等康建雄做完檢討後，柳擎宇便當眾撥通了南華市市公安局局長石金生的電話：

「石局長您好，我想瞭解一下，有關瑞源縣吳東鎮七里河村吳家父子被釋放的事，到底是市局哪位同志作出的決定，為什麼這麼重要的事，我們瑞源縣主要領導一點訊息都不知道？這是不是非常不符合流程？

「而且據我所知，吳東鎮派出所在審理這個案件的時候，積攢了很多的證據和相關的口供，現在卷宗被你們的馬會仁同志給帶走了，還請石局長協調一下，讓他馬上給我們還回來。

「石局長，我想，像吳家父子這麼小的一個非刑事案件，你們市局沒有什麼直接介入，甚至完全把我們縣局摒除在外的理由吧？」

柳擎宇這番話可謂軟中帶硬，後勁十足。

石金生自然知道其中發生了什麼事，但是他根本沒有在意，他相信身為一名成熟的縣委書記，市局直接插手這件事時，他便應該意識到一些東西；夠聰明的話，就不該在這件事情上繼續糾纏下去，那樣的話，只會讓他越來越被動。

然而，石金生沒有想到柳擎宇竟然直接給自己打電話交涉此事，**這小子簡直是太囂張了。他以為他是誰啊，不過是一個小小的縣委書記罷了，而且還是南華市排名墊底的縣的縣委書記。**

雖然柳擎宇在級別上和自己差不多，都是處級，但是自己可是市公安局的局長啊，而且還是享受著副廳級待遇的局長，好歹也算是市領導吧，柳擎宇竟然這樣跟自己說話，簡直是無視自己的威嚴。

石金生冷冷地說道：「柳同志，我不知道你在說什麼，對此也不感興趣，我們市局的工作我都忙不過來呢，哪裡有時間去協調你做什麼事，你想做什麼你就看著辦吧。」

說完，石金生直接掛斷了電話。

柳擎宇聽到電話裡傳來嘟嘟嘟的忙音，臉上露出淡淡的微笑，沉聲道：「好，既然市局局長都說這件事不感興趣，也不知道此事，那這件事我們就自己操作了。」

柳擎宇便對康建雄和朱明強說道：「二位，現在請你們跟我走一趟吧，我們有重要的事要去辦。」

又看向宋曉軍道：「曉君主任，我看縣局這邊很多幹部同志們心態有些不正，缺乏為老百姓服務的意識，這樣吧，今天正好有機會，你就親自帶著大家學習一下，深入理解檔案中所規定的各種要求，然後每個人學習完後，都要交出一個學習報告出來。另外，為了讓大家更好的學習，派人把大家的手機等通訊工具都先收繳上來，學習完之後再發下去。學習時間為一天，下午五點鐘下課。」

說完，柳擎宇帶著康建雄和朱明強兩人向外走去。

此時，康建雄和朱明強目光中都露出了警惕之色，他們已經意識到，**今天柳擎宇要有大動作了**。

剛才柳擎宇吩咐的事，不是擺明了暫時要把縣局這些幹部們全都暫時困在這裡嗎？讓大家誰也無法出去，也無法向外傳遞任何的訊息，這個柳擎宇到底要做什麼呢？

在康建雄和朱明強不解的目光中，柳擎宇帶著他們上了汽車，由程鐵牛開車直奔吳東鎮七里河村。

就在柳擎宇他們前往七里河村的路上，柳擎宇的手機突然響了起來。

電話是縣長魏宏林打過來的：

「柳書記，我這邊剛剛接到通知，省委組織部部長莊海東同志正在前往我們瑞源縣吳東鎮七里河村視察，市裡點名要我們陪同，你現在在哪裡？請前往吳東鎮集合。」

柳擎宇沉聲道：「魏縣長，我並沒有接到相關的通知，所以不知道此事，不過你既然說了，那我肯定也是要過去的，正好我也在前往七里河村的路上，我看這樣吧，咱們就到七里河村去集合吧。」

魏宏林一愣：「柳書記？你也去七里河村？」聽到這個消息，魏宏林相當震驚，柳擎宇去七里河村做什麼？

柳擎宇笑道：「是啊，我也要去七里河村，去那邊幫老百姓解決問題，這也算是在省領導面前作作秀嘛！」

魏宏林聽完笑了笑，眉頭卻緊皺起來。以他對柳擎宇的瞭解，這傢伙絕對不是那種喜歡作秀之人，這也就意味著柳擎宇前往七里河村去肯定是有別的事。

不過魏宏林仔細想了想，這莊海東馬上也要去七里河村了，柳擎宇去了那裡肯定也不敢做出什麼出格之事，這樣一來他便放心了，繼續籌備接待莊海東的相關事宜去。

掛斷電話，柳擎宇的嘴角露出了一絲冷笑。

從魏宏林的這個電話，他可以捉摸出很多滋味。首先就是莊海東要去七里河村的事，只有魏宏林得到了消息，而自己這個一把手卻不知道，說明**某些人並不信任自己，或者是故意冷淡自己。這樣做算是對自己一種無聲的警告**。

另外還有一種可能，那就是莊海東對自己十分不滿，採用這種方式來警告一下自己。但是，魏宏林卻又偏偏把訊息透露給自己，還要自己也陪同前去，**這弄不好是在給**

自己下套。

想到這種可能，柳擎宇笑容更加濃郁了。

給我下套？魏宏林啊魏宏林，你好像忘了我是什麼人了。

此時，坐在柳擎宇身邊的康建雄和朱明強聽到兩人的對話後，心中越發不安起來，尤其是朱明強，他隱隱有一種預感，柳擎宇要幹一件大事了。

朱明強猜對了。**柳擎宇的確是要幹一件大事，而且是一件驚天動地的大事。**

上午十點左右，南華市市長黃立海、瑞源縣縣長魏宏林等人正陪著莊海東在七里河村進行調研。

眾人在七里河村村支書吳懷仁、村長吳懷水等人的帶領下在七里河村進行調研，吳懷仁一人對著矗立在旁邊的一塊牌子講解著從外地抄來的未來規劃方案。

以莊海東的水準，怎麼可能看不出來吳懷仁講得驢唇不對馬嘴，只不過他並沒有在意，畢竟吳家對自己有恩，他也就睜一隻眼閉一隻眼過去了，既不誇獎，也不批評。他今天帶著黃立海過來只是表示一個態度，那就是他對吳家還是心存感激之情的，他莊海東並不是一個忘本的人。

他相信吳家父子有了先前被抓的教訓，應該會收斂一點了。

這時候，黃立海低聲問向魏宏林道：「我說魏同志，你們瑞源縣縣委書記柳擎宇哪裡去了？你到底有沒有通知他過來啊？莊部長調研這麼重要的事他都敢遲到，這也太不像話了。他的眼中到底還有沒有領導？他到底在忙什麼？」

雖然黃立海故意壓低了聲音說話，但是他的聲音剛剛能夠讓莊海東聽到。他今天想要玩一招**借刀殺人**。

魏宏林自然明白老領導的意思，配合著道：

「黃市長，我早就打電話通知過柳書記了，他說他正在趕往七里河村的路上，說他也有事要過來，但是具體什麼事不知道。」

魏宏林和黃立海的對話，莊海東聽了個真真切切，對兩人的意思他自然明瞭。其實即使兩人不說，他也注意到了這件事，而且他讓秘書通知下去的時候，還特別叮囑王連奇，讓王連奇一定要讓南華市通知柳擎宇也要隨行陪同。

他的目的是想要告訴柳擎宇，我和吳家人是認識的，如果可能的話，柳擎宇最好能夠照顧一二。

然而從一開始他就沒有看到柳擎宇，這讓他相當不滿，這簡直是不給自己面子啊。說曹操，曹操就到。黃立海剛剛念叨起柳擎宇，柳擎宇便趕了過來。

不過，他並不是單獨趕來的，和他同行的還有吳東鎮派出所代理所長阮洪波，以及吳東鎮派出所的八名警員以及三輛警車。警車還鳴著警笛。

本來，按照正常流程，莊海東是下來調研的話，要由縣公安局局長負責進行安保，只是莊海東這次到七里河村帶有私人色彩，所以安排起來就很低調，除了省裡、市局派了一些安保跟隨外，並沒有驚動瑞源縣公安局，只是讓瑞源縣的幾個縣委常委陪同。

柳擎宇帶著眾人，向黃立海他們走了過來。

柳擎宇認識黃立海，所以先跟黃立海打了招呼。黃立海這才給柳擎宇介紹起來：「柳擎宇同志，這位是咱們省委領導莊部長。」

柳擎宇連忙伸出手來恭敬的說道：「莊部長您好，我是瑞源縣縣委書記柳擎宇，歡迎您到我們瑞源縣來視察，如有不周之處還請見諒。」

莊海東淡淡說道：「柳同志真是年輕有為啊，像你這麼年輕的縣委書記，我還是第一次見到啊。」

這時，黃立海責備道：「柳同志，你是怎麼回事？怎麼現在才來，市政府不是早就通知你和魏宏林同志，莊部長要來考察的事嗎？」

柳擎宇回道：「黃市長，市裡什麼時候通知魏同志的我不知道，但是我們縣委卻並沒有接到任何通知，我是在不久前才接到魏同志通知莊部長要過來的。」

黃立海眉頭一皺，他沒有想到柳擎宇竟然敢當著莊海東的面頂撞自己。

不過他也是明白人，知道這個場合肯定是不能和柳擎宇吵起來的，便冷冷的說道：「柳擎宇同志，我想問問你，你剛才到底在忙什麼，既然接到了魏宏林的通知，為什麼不儘快趕過來？」

柳擎宇笑道：「莊部長、黃市長，我的確過來得慢了些，不過我今天來也是有重要事情要辦的，二位領導，你們先忙你們的，我這邊忙完我的事情後，會親自向二位領導賠罪。」

說著，柳擎宇直接向阮洪波大手一揮：「阮洪波，把嫌犯全都給我抓起來。」

阮洪波看到黃立海和魏宏林、莊海東等大咖領導都在現場，腿肚子都有些抽筋了，聽到柳擎宇的指示，勉強提起精神，咬著牙衝著手下們說道：

「大家行動起來，把吳家父子給我抓起來，他們涉嫌唆使他人擅闖民宅、尋釁滋事、貪污受賄等多項嚴重犯罪，證據確鑿，事實清楚，立刻全部逮捕。」

隨著阮洪波一聲令下，他手下的這些員警們立刻行動起來，當著莊海東等人的面，把吳登生、吳懷仁、吳懷水給銬了起來。

這一下，不僅魏宏林瞪大了眼睛，黃立海和莊海東也瞪大了眼睛，不可思議的看向柳擎宇。誰都沒想到，柳擎宇竟然敢當著莊海東的面下令抓人，而且還是在現場這麼多人的情況下。

此刻，莊海東心頭的怒火一波一波的洶湧澎湃著，怒浪滔天。**柳擎宇這是什麼意思？這是當著眾人的面打自己的臉啊**！柳擎宇他憑什麼抓人啊！難道他看不出來自己到七里河村調研的真實用意嗎？

心中有怒，臉上平靜，雙目中卻多了幾分冷意。

莊海東自然不會向柳擎宇發飆，而是看向黃立海說道：「黃同志，這到底是怎麼回事？」

黃立海此刻也有些發矇，在他看來，柳擎宇這小子完全是瘋了，這簡直是自己找死啊！你一個小小的縣委書記當著堂堂省委領導的面抓走他的恩人，你這不是讓莊海東下不來台嗎？領導能不恨你嗎？

黃立海傻眼的同時，心裡也樂開了花，柳擎宇啊柳擎宇，**你這完全是在自尋死路啊，這次你小子死定了。**

雖然幸災樂禍，黃立海的臉上卻表現出十分嚴肅的樣子，怒聲道：「柳擎宇，你這到底唱的是哪一齣？誰讓你隨便抓人的？」

柳擎宇露出納悶的表情對黃立海道：「黃市長，你忘了嗎？我是瑞源縣的縣委書記啊，我們縣有人涉嫌嚴重違法、違紀，證據確鑿，難道我不能下令抓人嗎？」

黃立海擺出官腔道：「抓人？你的手續齊全嗎？你有逮捕令嗎？」

柳擎宇點點頭：「當然有，我來的時候把縣政法委書記朱明強同志也帶來了，他直接現場簽字批示的逮捕令。」

黃立海一愣，看了一眼朱明強，這才恍然大悟，急問：「柳擎宇，你憑什麼抓吳登生他們？」

柳擎宇沉聲道：「黃市長，我想您應該問一問他們才是，昨天晚上，他們深更半夜在喇叭裡廣播說他們又回來了，隨後，很多村民即遭到惡霸闖入，更被施以毒打，這些惡人已經有一部分被吳東鎮派出所給抓起來了，他們供認是收了吳登生、吳懷仁父子給的錢才會如此。

「另外，吳登生、吳懷仁、吳懷水這些人涉嫌嚴重的貪污等違紀違法行為，正處於調查的階段中，根本不應該讓他們如此自由的在外面待著，他們現在形同是越獄的行為。黃市長，您說，這樣的犯罪嫌疑人我憑什麼不能抓他們？」

黃立海反駁道：「據我所知，吳登生他們被釋放，是因為他們是冤枉的，經過市局和縣局調查後證明無罪才釋放的。」

柳擎宇突然笑了起來，他等黃立海這句話等了半天了。

柳擎宇不禁反問道：「黃市長，我想問一問，你確定吳登生和吳懷仁他們是縣局和市局共同審理之後，證明無罪才被釋放的嗎？」

黃立海被問得一愣。柳擎宇的話中似乎有陷阱的味道，但是他剛剛當著這麼多人說的話自然不能反悔，只能說道：「沒錯，我是這麼聽說的。」

柳擎宇點點頭：「那麼黃市長，我想問你，你所謂的『聽說』，指的是有人向你彙報了這件事，還是只是道聽塗說？」

「當然是有人向我進行彙報啦。這種事怎麼能道聽塗說呢？」黃立海很自然地回道。

「好，既然您說是有人向您彙報的，我想再瞭解一下，到底是誰向您彙報的？」柳擎宇又問。

黃立海眉頭一皺，**柳擎宇竟然步步緊逼**。他垮下臉來，不悅地說道：「柳同志，你的職務好像是瑞源縣縣委書記，不是什麼刑偵隊隊長吧？你這樣對我提問是不是有些過分啊？」

柳擎宇連忙抱歉說道：「黃市長，您說得沒錯，我的確不應該這麼問，不過，我這樣也是不得已的，因為，如果我的這些疑問解不開，我就沒有辦法回答您之前的那個問題。」

自始至終，莊海東一直在冷眼旁觀，從柳擎宇和黃立海的對話中，他感覺到這個柳擎宇雖然是縣委書記，但是氣場卻非常足，竟然與黃立海不相上下，甚至隱隱掌控著兩人對話的主動權，這個年輕人非比尋常。

黃立海聽了柳擎宇的說辭，不解地問：「柳擎宇，你這是什麼意思？」

柳擎宇解釋道：「黃市長，我的意思非常簡單，你說吳登生父子等人是冤枉的，但是我卻認為不是，原因很簡單，吳登生父子的案子，是我親自指揮吳東鎮派出所代理所長阮洪波負責審理的，整個案子在昨天晚上十點鐘前已經審理完畢，證據確鑿，鐵案如山，卷宗也都整理完善了。

「但是，就在昨天晚上，阮同志突然被吳東鎮鎮長以打麻將的名義軟困在家中足足有六七個小時，就在這段時間，吳登生父子被市局的馬會仁和縣局的婁雲飛兩人給帶走，卷宗也同時被拿走。

「根據監視器的時間顯示，他們被帶走的時間是凌晨一點左右，而據吳東鎮村民反映，吳家父子在村裡用喇叭廣播的時間是凌晨三點半左右，也就是說，這中間有兩個小時左右的時間，那麼，我有許多的疑問：

「第一，在這短短的兩個多小時內，市局和縣局到底是如何審理這個案件的？用兩個多小時來審理這麼複雜的案子，而且還結案了，這可能嗎？

「第二，市局和縣局的人到底是在哪裡審理這起案件的？根據相關的規定，所有審訊必須要全程視頻監控記錄，那麼吳家父子的案子有沒有視頻監控記錄？如果有的話，必須要拿出來讓大家看一看；如果沒有，那他們又憑什麼做出吳家父子無罪釋放的決定呢？

「更重要的是：這個決定到底是誰下的？有沒有相關的簽字確認的書面文件？如果什麼都沒有，那麼所有參與第二次審訊的人，必須要受到嚴厲的懲罰和處理，因為這簡直是怠忽職守！甚至涉嫌蓄意劫走嫌犯、私自放人等嚴重瀆職行為。我想問一問黃市長，您說這樣的人該不該處理呢？

「第三，吳東鎮派出所審理結案的那些卷宗和證據在哪裡？是不是有些人為了給吳登生父子了脫罪，故意毀壞證據？是不是有人指使呢？」

聽到柳擎宇接連好幾個問題，黃立海的臉色瞬間陰沉下來，心中暗罵馬會仁這些人做事竟然有如此多的漏洞，又偏偏被柳擎宇給抓住，這可如何是好。

一時間，黃立海不知該如何回答才好，雖然他是市長，但是市長也得講理不是?!如果不給出合理的回應，萬一柳擎宇把這屁大的小事捅到省委書記那裡去，肯定是有人要承擔責任的。

不過黃立海也是老油條了，任何時候，保護自己的本事相當強，便裝著意外的表情說：「哦？還有這種事，那我瞭解一下再給你回答。不過在事情調查之前，你不能把吳登生父子帶走。」

柳擎宇淡淡一笑：「黃市長，這話您說錯了，今天我們必須要把吳登生父子帶走。」

黃立海變臉道：「柳擎宇，你這是什麼意思？」

柳擎宇雷厲風行地說：「黃市長，我今天要帶走吳登生父子等人的理由有兩條，第一，吳登生父子被帶走屬於違法違規行為，因為在整個過程中，並沒有阮洪波同志的簽字，這一點明確無疑。所以這起案件到目前為止，真正的審理權並不在縣局、不在市局，依然處於吳東鎮派出所那邊。如果市局或者縣局想要插手此案也可以，請先給出合規定的流程手續，並且歸還吳東鎮相關的卷宗和所有證據。

「第二，吳登生父子等人涉嫌教唆地方混混毆打村民，這些人已經全都招認是受到吳家父子的指使，並且交出了吳家父子給他們的酬勞三萬元。」

柳擎宇指證歷歷，不僅黃立海傻眼，就連莊海東也無話可說了。

真是太不像話了！剛回來就指使人打人，這吳家父子也太囂張了！他們以為自己是誰啊！此刻，莊海東對吳家父子的好感直線下降，也終於明白柳擎宇為什麼要收拾這家人了。如果他們真的像柳擎宇所說的那樣惡霸，那這吳家父子真是太可惡了。尤其是在外面打著他的旗號為所欲為，魚肉百姓，更是不可原諒。

見事態發展成這樣，黃立海也有些頭疼了。柳擎宇的話讓他找不出任何反駁的理由，這可如何是好？

這時，魏宏林突然說道：「柳書記，凡事都講究證據，你說這些混混招認了吳家父子指使他們毆打百姓，有口供嗎？」

魏宏林的本意是為難一下柳擎宇，畢竟柳擎宇總不可能隨身攜帶著那些證據的，柳擎宇想提供證據，肯定要回去拿，這樣他們就有操作的空間了。

然而，讓魏宏林啞口無言的是，柳擎宇早就有備而來，嘿嘿笑道：「嗯，魏同志提醒得好啊，證據資料我都帶來了。」然後看向阮洪波道：「阮所長，請你把卷宗都拿過來，給莊部長和黃市長過目。」

阮洪波顫巍巍的拿出一疊厚厚的卷宗以及一隻隨身碟，連同平板電腦都遞給了莊海東和黃立海，說道：「卷宗裡是我們記錄的口供，隨身碟裡是整個審訊的過程以及這些嫌犯交代的全部敘述，請各位領導視察。」

直到這時，阮洪波才想明白柳擎宇為何反覆叮囑他在審訊的時候必須要文明審訊，全程錄影了，原來柳書記這個局布得是這麼深啊。

莊海東沒有去看記錄，而是直接拿過隨身碟，將其插在平板電腦上，直接看起審訊畫面來。

從錄影的內容來看，吳東鎮派出所的確是文明審訊，以心理攻勢及具體事證讓那些嫌犯無法狡賴，有些人還供出了以前他們受吳家父子指使所犯下的其他罪行，足證吳家父子的問題十分嚴重。

莊海東越看，心中的怒火越直線飆升，他冷冷地看向吳登生，沉痛地說道：「登生哥，你和懷仁讓我失望了，七里河村的發展真的是太落後了，你們好自為之吧。我會照顧好你們的家人，我能做的只有這些了。」

說完，莊海東直接上車離去。

吳登生聽了莊海東的話，當場呆住了，萬萬沒有想到一向認為是絕對穩固的靠山、大樹會突然棄他們而去，這下他可急眼了，大喊道：「老莊，你不能不管我們啊，我們吳家可是對你有恩啊！」

人在車上的莊海東聽到吳登生的話後，緩緩搖下車窗，痛苦的說：

「登生哥，我知道吳家對我有恩，我一生難還，但是，請你不要忘了一點，有些事情的原則不能亂，我們身為國家幹部，要做的是帶領老百姓去改善生活環境，共同致富，可是你們是怎麼做的？

「是，我對你們吳家十分感激，但這並不代表我會包庇你們的犯罪行為！登生哥，你們太讓我失望了。希望你們進監獄後好好反省自己的行為。好了，我走了，我會去監獄看望你們的。」

說完，莊海東搖上車窗，汽車疾馳而去。

望著莊海東離去的背影，吳登生當場傻眼，吳懷仁、吳懷水等人也呆立現場。

黃立海更是意外莊海東會壯士斷腕，做出這樣的決定。從莊海東的表態，顯然他已經決定不再插手吳家父子之事了，既然如此，他也就不必再干涉柳擎宇要怎麼做了。於是他轉而對柳擎宇道：「柳同志，這邊的事就交給你了，我先回去了。」

說完，要上車準備離去。卻被柳擎宇一步攔在面前，說道：「黃市長，有件事還得您幫忙。」

「什麼忙？」黃立海沉聲問。

「是關於吳東鎮審理吳家父子的卷宗歸還之事，我認為，這件事必須要追究相關人的責任，我會寫一份報告，就市局橫行插手我們瑞源縣之事，提出嚴重抗議和追責要求，所有相關人等都必須承擔相應責任，並且歸還卷宗。」

黃立海算是看出來了，這個柳擎宇就是不希望自己舒坦啊，他這明顯是到自己面前落井下石來了，他冷冷地回道：「這件事你愛怎麼辦就怎麼辦吧，我管不著。」說完就迅速上車離去。

柳擎宇嘴角露出一絲冷笑。

柳擎宇可不是傻瓜，雖然莊海東不再管吳家父子的事了，但是吳家父子被釋放，肯定和莊海東有一定的關係。

不過柳擎宇相信，莊海東絕不會落下痕跡，直接插手此事，必然會有人幫他處理，從今天的情況來看，負責操辦此事的幕後人物就應該是黃立海了。

**什麼事都有遊戲規則**，黃立海欲插足此事，柳擎宇並沒有異議，但前提是，**必須要按照流程來辦事**，黃立海根顯然沒有按照流程來做，柳擎宇可就不幹了。

在柳擎宇的指揮下，吳家父子以及七里河村相關的責任人再次全部被抓獲，由吳東鎮派出所負責跟進此事，審理完畢後，按照程序向縣局和相關部門進行後續動作。

而柳擎宇在七里河村這邊事情完結之後，立刻趕到市委書記戴佳明的辦公室內，把整件事情詳細的向戴佳明報告了，然後用十分憤怒的語氣說道：

「戴書記，我現在最想知道的是，我們吳東鎮派出所收集到的那些證據和卷宗到底去哪裡了？為什麼到現在為止沒有人歸還。我認為這件事可能涉及到相關國家公務人員嚴重的瀆職和蓄意毀滅證據的行為。」

隨後，戴佳明便就柳擎宇提供的線索、資料，在市委常委會上進行了討論，並且讓市紀委和市公安局組成聯合調查小組，在經過一番調查之後，最終確定了此事是由市公安局副局長楊立波牽頭，市治安大隊大隊長馬會仁和縣局的副局長婁雲飛聯手操縱毀滅證據、釋放吳家父子的。

最後經過市委討論決定，楊立波、馬會仁、婁雲飛全部就地免職，同時由紀委進一步調查其違紀行為。經過調查後，發現三人不僅存在違規操作的問題，還有其他受賄行為，三人全部被雙規。

與此同時，戴佳明並指出，在吳家父子的案件過程中，吳東鎮派出所所長阮洪波表現十分出色，縣委書記柳擎宇提議由他來接替婁雲飛的職務，擔任瑞源縣公安局的副局長。

黃立海雖然在常委會上極力反對，但是由於戴佳明堅決支持，並且指出阮洪波在軍轉幹前的級別問題，黃立海只能妥協，阮洪波也因此正式被任命為瑞源縣公安局的副局長，級別從享受副科級待遇變成了正式的副科級，享受正科級待遇。

阮洪波在接到任命通知後，整個人都傻住了。他做夢都沒有想到，短短幾天內，自己能夠從一個小小的鎮派出所所長一躍而成縣公安局的副局長，還享受正科級的待遇，讓他頗有一種范進中舉的感覺。

太意外！太震撼了。好在阮洪波的心臟比較大顆，沒有像范進那樣瘋了。

相反的，阮洪波很快便鎮定下來，稍微思考一下便知道自己為什麼會被提拔起來了，這全都是因為柳擎宇！

想到柳擎宇，阮洪波感覺到心中暖暖的。在處理吳家父子案件的過程中，他因為主持正義，堅定的站在柳擎宇這一邊，按照柳擎宇的指示進行每一步措施，最終把吳家父子案件處理得滴水不漏，雖然可能會得罪一些大人物，但是對他而言，現在的結果他非常滿意。

阮洪波此刻最想表達的就是對柳擎宇的知遇之恩，他撥通了柳擎宇的電話，感激地說：「柳書記，謝謝您。」

柳擎宇笑著說道：「阮同志，什麼都不用說，也不用多想，做好你的本職工作就可以了。」

柳擎宇沒有對阮洪波提出任何要求，只是簡單的說了這麼一句話。然而，柳擎宇越是沒有提出要求，阮洪波心中就越對柳擎宇充滿了感恩之情和回報之心。

**這就是人心**。有些人斤斤計較，總想要占些便宜，或者和別人進行交易，卻不知道，有些東西因為交易而失去了情分，而有些東西恰恰不是交易能夠換來的。**情分比交易更重要，尤其是站隊這種事**，阮洪波內心深處，已經毫不猶豫的把自己歸到了柳擎宇這方陣營中來。

阮洪波正式上任後，首先處理的就是吳家父子的案子。在阮洪波的主導下，吳家父子最終全部被免去職務、移交司法機關，進入司法程序，等待他們的將是牢獄之災。

隨著吳家父子案件的結束，柳擎宇的工作進入了異常忙碌的階段。

因為這件案子，柳擎宇在瑞源縣聲名大燥，所有瑞源縣的老百姓都知道柳擎宇這個強勢縣委書記不畏強權、為民做主的事，以前柳擎宇的辦公室就已經很熱鬧了，自吳家父子案件後，柳擎宇的辦公室外面幾乎天天排起了長隊，從白天一直排到深夜十一點。

不過老百姓們知道，柳擎宇每天工作十七八個小時非常累，所以大家都很有默契的一到十一點就自動散去，這樣可以讓柳擎宇能夠稍微休息一下，不至於太過勞累。

然而，據很多老百姓們觀察，雖然柳擎宇十一點鐘會離開自己的辦公室，但是回到住處後，他的臥室燈光往往要亮到凌晨左右。有人甚至在網路上發了不少柳擎宇臥室外面窗簾映出他伏案工作的影子。

就是靠著這種執著的為民辦事的精神，在柳擎宇發表電視廣告後的第二個月後，前來告狀的百姓開始有所減少。到了第三個月，每天來告狀的不到十五個，之後告狀的不到五個人，逐漸越來越少，每天也就一兩個人。

這時，柳擎宇也要求電視臺撤下廣告，同時發布了另外一條訊息，那就是他的辦公室隨時對老百姓開放，有任何事情都仍然可以到他的辦公室去申訴。

在這短短三個月的時間內，柳擎宇在瑞源縣的人氣指數一下子達到了頂點，每個去過柳擎宇辦公室的百姓，沒有一個不說柳擎宇好的。

因為這個年輕的縣委書記完全沒有架子，對老百姓所反映的事，處理起來十分果斷和高效，該是誰的責任，柳擎宇總是能夠在第一時間就判斷出來。哪怕是老百姓之間的糾紛，有些幾十年來都無法調和的矛盾，柳擎宇也能夠在極短的時間內給出合理的調解方案。

就在這三個月內，瑞源縣因為老百姓的申訴而被處置的幹部，就有三個副鎮長、一個鎮委副書記、一個鎮長被直接就地免職，有十八名縣局幹部、科員也被就地免職，六名幹部被雙規。

經過這三個月的整理，瑞源縣老百姓們的心氣順了很多，前往市裡、省裡上訪的老百姓，從過去每個月上百起，銳減到後來幾乎再也聽不到百姓去上訪的消息。

此時，遠在白雲省的省委書記曾鴻濤看著省委秘書長于金文遞交過來的彙報資料，瞪大了眼。

這是一份關於瑞源縣的報告。從這份報告上可以看得出來，整整三個月，柳擎宇每天最少工作十八個小時，每天平均要接待至少五十名老百姓，處理三十次老百姓的投訴，當他看到瑞源縣上訪案的曲線從高峰跌落到零點時，曾鴻濤臉上露出了震驚之色。

沒錯，曾鴻濤被柳擎宇這種近乎於瘋狂的工作方式給震驚了。尤其是柳擎宇當著莊海東的面抓人的事，他也有所耳聞，當時他的第一個想法就是柳擎宇瘋了，這個事情根本不可能成功，但是柳擎宇硬是把事情給辦成了。

**柳擎宇這種一往無前的氣勢讓他震驚不已，同時更充滿了極度的欣賞。白雲省就是要柳擎宇這種強勢的幹部，這種敢挑戰任何威嚴、堅持實事求是的幹部！**

看著看著，曾鴻濤笑了。

「金文啊，對柳擎宇這個年輕人你怎麼看？」

于金文也是嘆為觀止地道：「曾書記，如果我說我服氣了，你信嗎？」

曾鴻濤點點頭道：「我信，因為我也服氣了，說實在的，以瑞源縣那種上訪的狀況，即便換成是我，恐怕也沒有辦法像柳擎宇處理得那麼成功，柳擎宇真是敢打敢拼敢幹啊！」

于金文認同道：「是啊，三個月的時間，讓一個上訪大縣再也不出一個上訪案例，這才是實實在在的政績啊！」

曾鴻濤笑著說：「沒錯，這才是**真正的政績**！金文啊，你猜猜看，下一步柳擎宇會做什麼？他會開始發展經濟嗎？」

于金文聽到曾鴻濤的問題，思索道：「曾書記，如果是換成別人，我相信他一定會儘快進入到發展經濟模式的，但是柳擎宇這個人卻不能用常理來衡量，他是一個很有主見的人，做事不是一般人能夠預測得了的，但是我有一種預感，我認為現在離柳擎宇真正把心思放在發展經濟上還有一段距離，但是我相信他現在所做的一切都是在為發展經濟鋪路。」

曾鴻濤聽到于金文的回答，不禁笑道：「金文啊，你可真夠狡猾的。」

于金文呵呵的笑了起來。

事實證明，于金文很有先見之明。

在成功的完成自己對省委書記曾鴻濤的承諾以後，柳擎宇並沒有向曾鴻濤打電話邀功，而是繼續穩紮穩打的忙起了工作。

而柳擎宇現階段工作所關注的重點，則從鄉村轉移到了縣城。柳擎宇每天下班後，都在瑞源縣大街小巷進行調研，宋曉軍是柳擎宇的同伴。

宋曉軍陪著柳擎宇出來調研足足有十多天了，他感覺天天陪著柳擎宇這樣四處胡亂看很沒有意思，也不知道柳擎宇到底在看什麼，想要看什麼。

這一天，當宋曉軍再次陪著柳擎宇走在瑞源縣的街道上時，終於忍不住發問了：

「柳書記，您天天出來，到底是在看什麼啊？你想要知道什麼，直接交代一聲，我就讓下面的人準備好就行了。」

柳擎宇搖搖頭：「曉軍主任，我知道你很能幹，下面的人工作也很得力，不過呢，很多事還是眼見為實的好。我之所以天天出來亂轉，主要目的是想要實地看一看瑞源縣縣城的整體規劃，看看瑞源縣老百姓的生活狀況，看看與民生有關的相關事宜。」

宋曉軍聽柳擎宇這樣說，兩眼一亮，興奮地問道：「柳書記，您該不會是準備重新規劃縣城的建設吧？」

柳擎宇淡淡一笑，點點頭道：

「曉軍主任，你猜對了，我的確有這個打算。咱們瑞源縣縣城的整體規劃實在是太亂了，甚至可以說沒有一點規劃可言，身為縣委書記，身為一座城市的經營者，我們必須要有一種城市經營的意識，要把現代化的經營理念和經營機制運用到城市的規劃、投資上，讓城市能呈現多元化的全新模式。」

宋曉軍不由得一皺眉頭，雖然他聽過城市經營的概念，但是據他所知，城市經營一般是在地級市這樣級別的城市才會有，而且真正懂得城市經營的幹部少之又少，即便有，也往往存在於地級市甚至是省裡，像柳擎宇這樣在一個小小縣城就想實行城市經營的案例，他可沒有見過。

宋曉軍不禁說道：「柳書記，我有些不了解，像瑞源縣這麼小的一個城，而且要自然資源沒有自然資源，要歷史文化沒有歷史文化的地方，我們怎樣才能把城市經營給搞起來呢？」

柳擎宇提點道：「曉軍主任，你的觀點有些偏頗了。你說瑞源縣沒有自然資源，這一點我不認同，比如說瑞源河吧，在經過幾個月的治理後，現在不是已經變得清澈起來？只要我們繼續加大治理，相信一定會恢復到魚蝦滿塘的程度。

「另外，瑞源縣處於三省交界處，距離周邊兩個省的發達城市直線距離並不算遠，只要我們想辦法，就一定能夠找到突破之道。至於說歷史文化，這個關鍵在於挖掘，我就不相信瑞源縣在中國幾千年的歷史中就沒有任何值得開發的資源。」

雖然柳擎宇信心十足，鬥志高昂，但是身為瑞源縣縣委辦主任的宋曉軍太瞭解瑞源縣的現狀了，**瑞源縣可以說是一窮二白啊**，比起南方一些發達地區的鄉鎮都不如，**想在**

這種基礎上去經營城市何談容易？

柳擎宇看出了宋曉軍的疑慮，不過他沒有再說下去，在柳擎宇的內心深處，有一個龐大的常人難以想像的超級計劃在緩緩的醞釀著。

# 第十章

# 民生工程

什麼才叫真正的民生工程？只有想老百姓之所想，急老百姓之所急，讓老百姓們真真正止收益的工程才算是民生工程。只要能夠讓老百姓受益，讓老百姓們能夠生活得更舒適、更便利，這樣的工程就是民生工程。

隨著這些天每天的實地走訪，柳擎宇心中對瑞源縣的發展規劃越來越清晰了。第二天柳擎宇一上班，就讓宋曉軍通知各位縣委常委以及瑞源縣交通局的主要領導幹部們，九點半到常委會會議室開會。

宋曉軍接到柳擎宇的指示，當時就是一愣，他不明白，柳擎宇開常委會幹嘛要喊上縣交通局的同志呢？據宋曉軍瞭解，**最近這段時間，好像縣交通局的人並沒有誰得罪過柳擎宇啊？柳擎宇這是要收拾誰啊？**

九點半整，縣委常委會再次召開。

縣交通局局長邵劍鋒、常務副局長顧雲翔列席本次會議，由柳擎宇主持會議。

柳擎宇的目光在眾人的臉上掃了一遍，接著說道：

「現在開會。今天會議的主要議題，是瑞源縣應該如何提升我們縣城的城市品味，打造良好的城市形象，為下一步的招商引資、發展經濟等工作做好鋪墊。關於這一點，大家可以暢所欲言。」

縣委副書記、縣長魏宏林立刻第一個發言：

「我先來說兩句吧，我認為柳書記提到的這兩個概念非常的好。城市品味是城市對文明程度和人文素養的追求，這中間涉及了城市建築、公共設施、園林綠化、環境衛生等。至於城市形象也很關鍵，城市形象良好，不僅可以提高城市品味，而且能使城市增值，提高城市在市場經濟中的競爭力，有利於促進經濟的持續發展。」

柳擎宇讚許道：「嗯，魏縣長對這些概念理解得非常好嘛，不知道有沒有什麼具體的措施可以實施呢？」

魏宏林頓時就有些鬱悶了，概念他是瞭解的，但是要說具體措施，他可就真的抓瞎了，這些概念都是他為了應付上級領導檢查或者發言的時候專門背下來的，說到具體措施，他還真不知道該怎麼做，否則瑞源縣也不可能這麼多年都沒有什麼改變了。

不過魏宏林是個聰明人，自然不能被柳擎宇問倒，雖然具體的措施沒有，但是套話他還是會說的，立刻說道：

「具體措施嘛，我認為應該從四個方面入手，第一呢，要完善城市布局，我們可以圍繞經濟強縣、交通樞紐、山水名城、和諧瑞源的縣城形象這一戰略定位來做好縣城建設的規劃和形象設計，並由政府部門研討和制定瑞源縣城建設的規劃和形象設計。

「第二呢，要完善縣城功能，建立經濟商貿中心、行政中心、文化中心、教育中心、科技中心、資訊中心、健身休閒中心等設施，推廣公園綠化以及垃圾、汙水處理等功能。

「第三呢，要提高經濟實力，發展提高峽江的經濟總量。

「第四呢，要營造宜居環境，安居樂業……」

魏宏林這個縣長還是有些功力，這一講就是十五分鐘，劈里啪啦的講了一堆，表面上聽起來相當厲害。然而，柳擎宇聽了，心中卻充滿了鄙夷，魏宏林所說的這些，根本就是陳腔濫調，早在十多年前瑞源縣的相關檔案上就是這麼說的，但是真正實行起來卻沒有一點能夠做好。

等魏宏林講完，柳擎宇卻帶頭鼓起掌來。

魏宏林有些震驚，自己講得很好嗎？柳擎宇看起來似乎很是欣賞？看來平時用功多背些文章還是挺有用的！能得到柳擎宇的鼓勵，他不禁興奮起來。

看到柳擎宇鼓掌，其他人自然也跟著鼓掌。

等掌聲落下後，柳擎宇看向魏宏林道：

「嗯，魏縣長剛才這番話，說得的確非常精彩，我看這樣吧，有關如何提升城市形象、提高城市品味的這件事，就交給魏縣長來負責了，希望魏縣長儘快整理出一份切實可行的方案提交給我，常委會通過後立刻進入實施階段。魏縣長，你看給你三個月的時間能否把這件工作做好？」

魏宏林頓時一愣，**這時候他才發現自己掉入了柳擎宇的圈套中**。

不過魏宏林的目光落在列席的邵劍鋒等人的身上，心中多了幾分疑問：柳擎宇既然要設計自己，幹嘛把交通局的人也給喊來呢？柳擎宇今天唱的到底是哪一齣啊？

魏宏林心中想著交通局的事，嘴裡卻不得不接著柳擎宇的話道：「好的，三個月的時間足夠了，我們縣政府會努力整頓縣城形象、提升城市品味的。」

對魏宏林而言，不管任何時候，他都不會向柳擎宇有一絲一毫的屈服和妥協。至少在別人面前，他必須要保持一個強勢縣長的形象，哪怕是心中根本不認為自己會把事情辦好，但是他依然決定先把事情接下來再說，至於做到什麼程度，到時候不過是如何解釋的問題。

柳擎宇滿意地說道：「魏縣長的能力和魄力我相當佩服，我相信魏縣長一定會把這件事情做好。相信各位常委們應該也看到了，今天我請到了縣交通局的同志列席了本次會議，所以，今天的第二個議題是有關交通局的。」

說到這裡，柳擎宇看向交通局局長邵劍鋒說道：「邵同志，不知道我們瑞源縣的交通建設情況怎麼樣？」

邵劍鋒是魏宏林的鐵桿手下，掌控交通局多年，早就養成了誇誇其談的性格。因為他知道自己吹得越厲害，自己就越受到重用。

聽到柳擎宇的話，他立刻又吹起了大話道：「柳書記，我認為瑞源縣的交通情況相當不錯，這些年來，在縣委縣政府的領導下，我們瑞源縣先後修整縣道及鄉道數百公里，可以說，我們交通每年都非常忙碌，各位幹部對自己的工作都有在認真執行。」

柳擎宇點點頭，沒有進行點評，又問道：「那麼對於瑞源縣縣城的交通情況你怎麼看？」

邵劍鋒回道：「我認為瑞源縣縣城的交通情況也非常不錯，尤其是在交通設施的建設上我們做得尤其出色，去年還獲得了南華市最優秀交通建設團隊獎，說明市委領導對我們的工作也相當肯定。」

一直沉默不語的縣委副書記孫旭陽在一旁聽了，不由得露出一絲冷笑，心中暗道：

「邵劍鋒啊，你這樣和柳擎宇說話，根本是找死啊，柳擎宇是什麼人，他可不是以前的老書記，這人一向務實，你說得天花亂墜都沒有用，柳擎宇既然把你揪來，肯定是另有安排。我倒要看看，柳擎宇這個傢伙到底想要做什麼？」

果然如孫旭陽所預料的那樣，柳擎宇聽了這番話後，眉頭便緊皺起來，沉聲道：

「邵同志，你口口聲聲說你們交通局做得不錯，那麼我想問問你，為什麼每天上下班的時候都會發生嚴重的交通擁堵現象呢？甚至很多老百姓開玩笑說瑞源縣是『東方的拉斯維加斯』——超級『堵』城啊！擁堵的堵！邵同志，難道你下班的時候不堵車嗎？」

邵劍鋒立時一愣，柳擎宇竟然給自己當頭一棒，頓時有些發暈。

好在旁邊還有常務副局長顧雲翔，顧雲翔立刻接口道：「柳書記，隨著私家車、電動車的增多，老百姓生活變好，下班時擁堵一會兒也是很正常的事，我們正在想辦法緩解這種狀況，相信很快就會見到成效了。」

柳擎宇眉毛一挑：「哦？什麼辦法？實施到什麼程度？什麼時候可以完成？投入人力金錢多少？預計會達成何種效果，你說來聽聽！」

柳擎宇一連串的問話把顧雲翔也給問了個啞口無言，心中頻頻抱怨道：

「柳書記，你這個縣委書記也太能搞事了吧？怎麼問個問題還問得這麼細啊，就算是我們主管副縣長也不一定會問的這多啊？」

心中抱怨著，他卻一句話都不敢說，只能低著頭。

柳擎宇冷冷說道：「怎麼？難道你是在忽悠我不成？如果真是這樣的話，你這個副局長的位置看來得動一動了。」

聽到官位可能不保，顧雲翔嚇了一跳，連忙道：「柳書記，是這樣的，我們交通局制定了一個千萬疏堵計畫，準備投入一千萬的專款，大力整頓縣內的交通情況，將會在縣城內展開大力宣傳，建議老百姓錯開尖峰時間上下班，同時也會增加一些道路指示和顯示系統安裝在各個街口，方便老百姓及時瞭解各條道路的擁堵情況，可以及時選擇合適的道路以避開擁堵路段。」

柳擎宇聽了，質問道：「千萬疏堵計畫？很是大氣啊，不知道你們的資金到位了沒有？打算怎麼籌集？我怎麼不知道這個計畫啊？」

顧雲翔連忙說道：「這是前任縣委書記在任的時候批准的，後來因為種種原因耽擱了，最近我們交通局覺得縣城交通狀況有待改善，便決定重新推出這個計畫，正準備重新申請呢！至於這個資金嘛，我們的規劃是我們自籌一部分，縣裡財政支出一部分，再從市裡申請一部分，三方合力的方式籌集。」

柳擎宇不由冷笑道：「邵劍鋒、顧雲翔兩位同志，我想問問你們，如果真的給了你們一千萬，你們是否把縣城的交通擁堵狀況徹底緩解？」

邵劍鋒保守地說道：「這個很難說，但是我相信，肯定會比治理前有所改善的。」

柳擎宇搖搖頭：「邵同志，你這話很有問題，稍微有所改善也是改善，但是對整個城市的交通起不到什麼根本性的作用，邵同志，我想問問你們，你們知道不知道，造成我們縣城交通擁堵的根本問題在哪裡？」

邵劍鋒順口道：「柳書記，這個很簡單啊，車多人多，老百姓不遵守交通規則，胡亂插隊行走，這就是根本原因啊。」

柳擎宇點點頭：「嗯，你說得很有道理的，但是你有沒有注意到，為什麼老百姓不遵守交通規則呢？為什麼有很多人任意改變行車路線呢？」

邵劍鋒和顧雲翔被問得一愣，皺起了眉頭，不知道柳擎宇指的是什麼。

這時，柳擎宇從口袋中拿出一隻隨身碟插在面前的電腦上，打開裡面的視頻資料，使之在投影布幕上播放起來。

柳擎宇用手指著視頻說道：

「各位同志，這些視頻是我這幾天每天上下班時間用手機所拍攝的種種擁堵狀況，從視頻中，我們可以看到一個十分明顯的問題，那就是由於一些老百姓遵守交通規則的意識很淡薄，的確有很多老百姓不按照規定路線行駛，隨意變換車道，甚至佔據對向車道行駛，導致瑞源縣交通擁堵。那麼，為什麼會造成這種現象呢？」

說著，柳擎宇又打開了另外一個視頻，從裡面調出一個其他縣城的交通視頻，從視頻可以看得出來，視頻上的人流量相當大，但是老百姓行駛非常規矩。

柳擎宇評論道：「大家看到沒有？我們縣城的人流量和這個縣城的人流量差不多，甚至比對方要少得多，但是為什麼人家卻不會發生交通擁堵現象呢？」

說著，柳擎宇用手一指道路中間的隔離護欄說道：

「大家可以看看這裡。正是因為這道隔離護欄的存在，道路兩側的老百姓只能各行其道，就算有些人想要不遵守規則改變車道，也只能在同向車道上改來改去，不管他怎麼改，效果其實並不大。

「別小看這麼一個隔離護欄，但是作用卻是不小。我認為，交通局現在的當務之急並不是搞什麼所謂的千萬計畫，那些根本就是面子工程和政績工程，而是應該集中力量在縣城的主要街道上豎立起隔離護欄，用硬性規則來約束老百姓的行為，這樣久而久之，老百姓們就會自動養成遵守交通規則的習慣。邵同志，你說是不是這樣？」

邵劍鋒看到兩個視頻的對比，不由得一皺眉頭。對此他也有所瞭解，卻一直沒有實施，他辯解道：「柳書記，你說得很有道理，不過您可知道，如果要設立護欄的話，那可是一筆巨額投資啊，我們縣交通局每年的經費有限，根本支撐不起這麼大規模的護欄建設。」

柳擎宇反駁道：「不會吧，據我所知，縣裡每年撥給你們交通局的專項資金有三百多萬，就算是拿一半出來，也綽綽有餘了。」

邵劍鋒苦笑道：「柳書記，交通局每筆資金都有專門的用處，不可能隨意挪用的。」

邵劍鋒直接拒絕了柳擎宇的提議，隨後道：「柳書記，你看能不能請縣裡另外再給我們批示一筆專款資金，這樣我們做起事情來就更加有效率了。」

聽到邵劍鋒又想要錢，柳擎宇臉色一沉：「邵同志，難道沒有專款資金，你們交通局就不能辦事了嗎？」

邵劍鋒回道：「柳書記，這沒錢怎麼辦事啊！」

柳擎宇冷冷地看了邵劍鋒一眼，在他心中，對這個交通局局長簡直失望透頂，這個局長實在是太迂腐、太不作為了，就這麼件小事都擺不平，還成天想著要錢撈好處，這樣的人當交通局局長怎麼能成呢？

不過柳擎宇今天並沒有收拾他的意思，畢竟他並沒有犯什麼錯誤。柳擎宇隨即看向魏宏林道：「魏同志，你怎麼看？」

魏宏林道：「柳書記，縣交通局的資金的確都是有專門用途的，很難拆借，這點沒有任何疑慮。至於道路護欄的問題，我認為我們要儘快跟進，不過這資金嘛，我們瑞源縣肯定是拿不出來的，要不我們去市裡想想辦法？」

柳擎宇直接問：「魏縣長，你能從市裡要來多少？」

魏宏林苦笑道：「我沒有把握，但是肯定多不了。」

柳擎宇兩手一攤：「這不就結了，即便是我們去市裡要，市裡也未必會給我們多少，畢竟這樣的小事市裡根本不屑出手，而且這本就是我們縣自己應該做的工作，如果真的去市裡要的話，市裡領導會怎麼看我們？」

魏宏林一想還真是這麼回事，那樣肯定會被市領導給看扁的。

這時，柳擎宇的目光落在孫旭陽的身上：「孫副書記，這件事你認為該怎麼解決？」

孫旭陽眼珠轉了轉，笑道：「柳書記，我可沒有什麼好的辦法，但是我認為您肯定是胸有成竹了吧？您就不要再賣關子了，直接說出來吧。」

孫旭陽簡單的一句話，讓柳擎宇意識到這個孫旭陽不是個簡單的人物，平時常委會的時候很少見到他表態，但是這個人絕不能輕視。

柳擎宇又問了其他人有沒有辦法，其他人這時候自然不敢胡亂發表意見，紛紛表示沒有辦法。

柳擎宇笑著說道：「好，既然大家都說沒有辦法，那我就獻醜了，把我的意見說出來。我認為，建設道路隔離護欄其實並不是一件多大的工程，但是這項工作全部由縣交通局去做的話，我看他們肯定是幹不來的，畢竟巧婦難為無米之炊嘛，這一點我還是懂的，但是，道路隔離護欄又關係到瑞源縣交通狀況改善的頭等大事，我們不能等，必須得儘快行動起來。

「中國人不是有句古話嘛，眾人拾柴火焰高，既然縣交通局連他們自己的工作都做不好，那我們大家就只能替他們做了。我看這樣吧，咱們還是和當初清理垃圾一樣，分區劃域的來進行承包，各位領導承包的區域和上次一樣，這一點大家沒有什麼意見吧？」

對柳擎宇的分配，眾位領導自然沒有意見，上次清理垃圾的時候，柳擎宇所負責的區域工作量也是最大的。現在到了護欄建設，柳擎宇所負責的區域依然是任務最為繁重的，關鍵就看各個領導負責的範圍內，具體應該怎麼去操作。

柳擎宇接著說道：「我接著說我的任務攤派辦法，縣內各級機關單位的人負責自己單位門前，以大門為中心百米範圍內的隔離護欄建設，如果兩個單位有重疊區域，則由專人負責進行路段轉移，要確保縣內每家單位至少負責百米長的護欄。

「另外，所有護欄全部採用統一標準，統一顏色，一會兒散會後，我會讓宋曉軍主任將規格分發給各位常委們，最後，由縣委縣政府組成聯合驗收小組，對各個單位所負責的道路隔離護欄進行最後統一驗收，不達標準者、品質差者，直接追究領導責任。

「在聯合驗收小組進行驗收前，我建議各位常委們最好自己先按照相關標準驗收一遍，以免出問題，到時候丟大家的臉。醜話我可要先說在前面，驗收的結果是要在縣電視台甚至是市裡的新聞媒體上進行公開報導的，如果哪位常委負責的區域品質出現問題，上了電視報紙，到時候可別怪我柳擎宇。希望大家都能認真負責起來，落實好這個民生工程。」

柳擎宇的辦法說完，各位常委全都傻眼了。

孫旭陽和魏宏林兩個人的臉上也露出了鬱悶之色。這個柳擎宇還真是有辦法啊，竟然採取這種強行攤派的方式來推動這件事，但是，身為縣委常委，解決民生任務是他們的工作，他們無法推辭。

所以，即便是心中百般不願意，眾人還是得接下這個任務。

不過這樣一來，眾人可是把交通局局長邵劍鋒和常務副局長顧雲翔兩人給恨上了。因為這本來應該是他們交通局的工作，現在他們工作做不好，只好把這破事情攤派到各位常委們的頭上。

與此同時，大家都對交通局的這兩位領導的工作能力產生了深深的懷疑。

雖然各位常委什麼都沒有說，但是大家心中都跟明鏡似的，要知道交通局每年的撥款在各個縣局裡絕對是數一數二的，每年都拿到那麼多的錢，卻沒有看到他們做過什麼事，那些錢全都去哪裡了？

做到常委這種級別的官員，**誰的心中沒有一本屬於自己的帳本**？散會之後，各位常委們紛紛行動起來。

這一次，各位常委們可沒有再像上一次清理垃圾那樣觀望了，因為透過清理垃圾的事，大家都意識到柳擎宇做任何事都是雷厲風行，自己不要想推脫了事，更別說這哥們要再搞一次全省直播，萬一自己沒有完成任務成為柳擎宇批評的對象，那可真是要把臉丟到全省去了。

對縣委常委以上級別的官員而言，他們的能力其實都相當強，關鍵在於他們是否真的願意去做而已，因而在全體縣委常委的大力推動之下，在各個機關單位心急火燎的行動中，整個瑞源縣縣城內各個主要街道上在兩天的時間內，突然多出了一道道白色閃亮的隔離護欄。

有了隔離護欄的存在，那些已經習慣隨意變換車道、隨意轉彎、亂闖馬路的行為，一下子就少了很多。因為隔離護欄上的漆，有些地方還沒有乾呢，誰要是翻越的話，弄不好會弄一身，而且有了隔離護欄，想要變換車道也不可能了。

很快的，瑞源縣的交通擁堵現象立即就少多了，尤其是在主要路口處，縣交警隊也增加了警力進行現場指揮，整個縣城的交通狀況立時讓人耳目一新。

上下班時，魏宏林、孫旭陽等一干縣委常委們看著街道上秩序井然的交通狀況，心中也爽朗很多。身為縣委領導，誰也不願意看到自己主政的地方到處都是一團亂糟糟的，現在這種順暢有序的樣子看起來當然順眼多了。

老百姓們自然也發現了這種情況，當眾人得知這件事又是由縣委書記柳擎宇推動的時候，心中對柳擎宇的欽佩幾乎無以復加。

**什麼才叫真正的民生工程？只有想老百姓之所想，急老百姓之所急，讓老百姓們真真正正收益的工程才算是民生工程。**

民生工程不分大小，並不是投入鉅資的工程才算是民生工程，**只要能夠讓老百姓受益，讓老百姓們能夠生活得更舒適、更便利，這樣的工程就是民生工程。**

老百姓的眼睛雪亮著呢。

自從隔離護欄事情之後，交通局局長邵劍鋒和顧雲翔兩人都是心情忐忑，他們知道經過這件事，柳擎宇肯定對他們十分不滿意，生怕柳擎宇把他們給免職了。好在令他們欣慰的是，柳擎宇事後並沒有找他們的麻煩，讓他們心情放鬆許多，做起事情來又像以前那樣有恃無恐起來。

其實，柳擎宇並不是不打算處理他們，而是現在柳擎宇沒有心情和時間去處理。因為柳擎宇最近實在是太忙了。

那天常委會散會後，柳擎宇剛回到辦公室，便接到了好幾個老百姓打來的電話。電話裡，老百姓對柳擎宇抱怨起今年農作物種子的價格異常昂貴的事來。據老百姓們反映，再有十多天就要開始春種了，然而今年玉米、小麥、稻米的種子價格比去年貴了將近一倍，而化肥、農藥等價格也貴了將近五分之二，老百姓如果照這種價格去種植，根本就沒有辦法賺錢啊！這地還不如不種呢！

柳擎宇一聽可急了！不急不行啊！農民農民，種地為本！如果農民不種地了，這瑞源縣的天下可就要不安定了！

柳擎宇是個非常喜歡讀歷史的人，深知中國歷史上，幾乎每一次改朝換代都是由農民發起的！而農民之所以要造反，根本原因就是土地！因為吃不飽穿不暖，生活無法得到保障！

現在農民手中都有土地，但是卻無法靠土地獲得最基本的生活保障，那麼這也將會成為社會不安定的因素。

在接連兩天時間內，柳擎宇又陸續的接待了一些前來找柳擎宇投訴的來自各個鄉鎮的農民，這些人所投訴的主要事情，還是種子以及農資太貴了，農民不滿的是，種子和農資的價格並不是因為天災人禍所致，而是廠商刻意浮報抬高的原故，畸形虛高的價格才是老百姓憤怒的根本原因。

好比同樣一斤種子，在其他地市賣十元一斤，到了瑞源縣，可以賣到二十元一斤，還是愛買不買！即便是臨縣的價格也比瑞源縣要便宜三分之一，但是為了幾斤種子跑到臨縣去買也不切實際，因而讓農民十分不滿。

過柳擎宇曾經和這些農民仔細談過，問為什麼過去投訴的農民這麼少，投訴的農民告訴柳擎宇：「柳書記，不是我們農民不願意投訴，而是因為這麼多年來，一直都是這種情況，我們瑞源縣是種子大縣不假，但是這裡種子的購買價格比之其他縣貴已經是多年的事實，而且我們南華市的種子價格，比起白雲省其他地市也要貴上許多。」

柳擎宇的眉頭皺了起來，問道：「難道縣裡其他領導以前從來不管嗎？」

農民嘆道：「管？當然管！我們反映了，他們就承諾會立刻展開調查，但是結果往往是等著等著就沒有消息了，即便是有消息也是查無實據，無法真正採取什麼有效的措施。

「柳書記，大家都說您是青天大老爺，您能不能再給我們老百姓做一次主啊。不然的話，按照今年的市價，我們種地根本就不賺錢，大家都不想種，都想出去打工算了。說實在的，打工雖然賺錢，但是我們老百姓如果能夠靠種地養活一家人的話，沒有人願意背井離鄉去打工啊！」

說話間，這個老農聲音悲苦、淒切，令柳擎宇聽了深深觸動。

如果自己不是瑞源縣縣委書記，肯定是鞭長莫及，但是現在，自己既然身為瑞源縣縣委書記，治下竟然發生這種事，他怎麼能袖手旁觀呢？

但是讓柳擎宇感到心涼的是，老百姓們反映的這些事，縣農業局和主管農業的副縣長等領導，沒有一個人向自己報告過這些事關老百姓切身權益的事。

為什麼會這樣？是老百姓在說謊，還是主管農業部門的幹部工作太離譜呢？

為了查明事情真相，柳擎宇帶著縣委辦主任宋曉軍再次微服出訪，到縣裡和各個鄉鎮的各大種子公司和農資公司進行調研。

調研的結果讓柳擎宇大吃一驚。柳擎宇發現，整個瑞源縣各大種子公司裡，銷售的種子雖然名稱花樣各異，但是即便柳擎宇這個外行人也可以看得出來，大部分種子公司都是把怡海集團的最新玉米品種——黃金一百當成是主力品項來推銷，而且宣傳得相當誇張，什麼抗蟲害、產量高，簡直是什麼能夠打動人心，他們就宣傳什麼。

就算是其他那些沒有打著黃金一百的種子，柳擎宇經過仔細比對之後發現，那些種子本質依然是黃金一百，只不過是散裝而已。

雖然還有一些其他品牌的種子，不過這些種子大多都是一些外資品牌的種子，或者是由外資企業控股的種子品牌。真正的國產種子品牌少得可憐，只有在一些鄉下特別小的種子站裡，偶爾才能看到一些，但是購買者亦是寥寥無幾，老百姓們購買最多的還是怡海集團的那些種子。

柳擎宇曾經拉住幾個購買種子的農民問了一下，問他們為什麼不買國產品牌的種子，老百姓給出的理由讓柳擎宇十分心酸：

「其實國產品牌的種子不比外國品牌種子的收成差，但問題是，那些種子我們種出來之後沒有人收購啊，瑞源縣本來就是靠種植玉米來賺錢的，如果種了卻賣不出，那我們豈不是要賠本嗎？」

柳擎宇問道：「難道種怡海集團的種子就能賣出去嗎？」

農民回道：「是啊，肯定能夠賣出去，就是價格低一些罷了，但就算是低一些，起碼能夠賣出去，一畝地賺個一兩百塊錢也還可以，好的話可以賺個三五百。不過今年這行情夠嗆，能夠不賠錢就是好事了。哎，找回去得好好教育教育子女，當啥都不能當農民啊，得好好念書，擺脫當農民的宿命。」

和農民的這番對話，讓柳擎宇深刻意識到瑞源縣在農業生產領域存在著的嚴重問題。並不是國產品牌的種子不行，而是沒有人來收購這些種子。

柳擎宇和其他農民溝通後，又得到了另外的情報，其實不是沒有人來收購這些國產品牌的種子，而是每到種子銷售的季節，就會有交警和農業部門的人在各條要道上設立層層關卡，凡是收購國產品牌種子的汽車和經銷商的車輛，都會被以各種理由罰款、收取各種稅費，搞得那些經銷商成驚弓之鳥，到後來人家也就不過來收了。

因為他們發現，收購怡海集團那些品牌的種子就不會遇到種種刁難，經銷商是商人，他們是以利益為主去做事的，既然買怡海集團的種子可以賺錢又不會受到當地有關部門的騷擾，他們幹什麼非得去買國產品牌的種子呢？

於是，在這種種手段和措施的層層擺弄之下，國產的種子在瑞源縣基本上絕跡了，而怡海集團和其他外資品牌的種子在種子市場上大行其道，遍地開花。

柳擎宇和宋曉軍經過兩天的實地調研後，看到的情況讓他們觸目驚心。

在回來的路上，宋曉軍臉色嚴峻的說道：「柳書記，看來瑞源縣的種子市場還真是夠混亂的，我看有關部門似乎有和外資公司相互勾結的嫌疑啊！」

柳擎宇十分認同道：「是啊，不看不知道，一看嚇一跳，我查過其他地方的玉米種子價格，明明是同樣的品種品牌，價格只有瑞源縣種子價格的一半或者三分之二，瑞源縣的種子和各種農資的價格不是普通的高啊！」

宋曉軍也說：「是啊，我看這絕對是有人操盤所致，據我了解，怡海集團在瑞源縣的種子市場上，占了百分之六十至七十的市場占有率，他們的銷售價格直接決定著整個種子市場的銷售價，其他兩家外資品牌價格也是居高不下，三大外資品牌早已形成了價格聯動機制，完全被外資品牌操控著價格！」

柳擎宇沉聲道：「曉軍主任，難道以前魏縣長他們就從來沒有過問過此事嗎？」

宋曉軍苦笑道：「他們年年都會問，但是年年都沒有任何結果。」

柳擎宇咦了聲道：「為什麼？」

宋曉軍嘆說：「有錢能使鬼推磨啊！現在這些外資企業行賄的那一套玩得那叫一個溜，很多本地公司比起他們來差得遠了，更何況人家在白雲省裡還有人啊！上下聯動之下，就算是魏宏林他們也不敢跟這些人動真格的啊！」

柳擎宇聽了，臉色顯得異常嚴峻。他曉得宋曉軍的話說得還算客氣，但已經點出了事情的本質，很顯然，魏宏林他們**是不敢對怡海集團和那些外資品牌動手啊，他們是擔心他們的烏紗帽不保啊！**

就在這時候，柳擎宇的手機突然響了起來。

電話是劉小胖打來的。劉小胖第一句話就讓柳擎宇震驚不已：

「老大，我剛剛調查完畢，發現你們瑞源縣的種子市場問題太嚴重了，整個瑞源縣幾乎成為基因改造種子的大本營啊！想要在瑞源縣找出一些非轉基因的種子幾乎是難上加難！」

聽了劉小胖這番話，柳擎宇臉色黑得猶如鍋底一般。

從小到大，柳擎宇的很多思想深受老爸劉飛的影響，他非常清楚，老爸劉飛對轉基因產品深惡痛絕，尤其是隨著現在高血壓、糖尿病等各種文明病不斷增加，甚至得癌症和不孕症的人越來越多，他對轉基因產品更是十分厭惡，如今，劉小胖竟然說整個瑞源縣成了轉基因種子的大本營，這讓柳擎宇憤怒得無以復加。

他很清楚瑞源縣的農業定位。瑞源縣從十多年前便把自己定位為整個南華市，乃至整個白雲省的種子發源地，瑞源縣的幹部也一直在不斷努力著，哪怕是幹部的行銷能力再不行，隨著多年的發展，瑞源縣也已經建立了南華市最大的種子發源地形象。

如果瑞源縣都是轉基因種子，也就意味著整個南華市，甚至白雲省幾乎都陷入轉基因種子的危機中了。真是那樣的話，這對白雲省這個農業大省，尤其是糧食輸出大省來說，絕對是災難性的的結果。

雖然並不是所有的轉基因食品都不好，都有問題，但是大部分的轉基因食品因為沒有辦法證明食用的安全性，不然歐盟等國家也就不會禁止轉基因食品輸入了。

柳擎宇的心在這一刻狂亂了。他勉強讓自己鎮定下來，沉聲道：

「胖子，你確定你所說的這個結果可靠嗎？我可告訴你啊，如果你所說的是真的，那這個問題可就相當嚴重了。」

劉小胖知道老大十分認真，也十分認真的回道：

「老大，我向你保證，我說的這些全都是真的，為什麼我這麼多天一直在下面進行調查，就是想要徹底瞭解清楚瑞源縣種子產業和市場的真實情況，為此，我進行過極其仔細又周密的調查。

「根據我對瑞源縣各個鄉鎮老百姓的調查得知，很多農民在種地的時候所用的種子，基本上沒有自己留種的，用的都是從各個種子公司購買的成品，追蹤這些種子的來源，我發現這些種子又大多來自國外，哪怕是上面打著國內產地的包裝，但實際上，就是來自國外，尤其是美國，而這些種子九成以上都是轉基因種子。

「還有一點讓我十分震驚，那就是瑞源縣農民已經有十幾年都在購買成品種子了，這一點才是引起我震撼的真正原因。據我的瞭解，二十多年前，農民所用的都是自家地裡選擇顆粒比較飽滿的糧食來作為種子，但是近十幾年來，農民都不再自己留種了，原因很簡單，如果再照這樣留種的話，種出來的種子產量相當低，秧苗也瘦弱。

「我記得有一份相關的資料上顯示，那些轉基因種子的研發機構為了確保對轉基因種子的絕對掌控，在基因序列進行設計的時候，故意在種子上留下一些缺陷，讓種子在經過二代或者三代種植之後，發芽率和種植率全面衰減，這樣，老百姓就不得不購買他們最新推出的種子，他們就可以任意抬高售價，從而掌控整個糧食市場。」

柳擎宇點點頭：「你說得沒錯，這的確是很多轉基因產品生產企業通用的做法，可是你僅憑這一點就可以斷定這些農民種的是轉基因玉米和大豆嗎？」

劉小胖搖頭道：「當然不是。為了證實我的猜想，我特地跑了將近一百多家農戶，從他們家中提取了最近十來年的糧食樣品，然後送到北京轉基因產品鑑定中心去進行鑒定，鑑定的結果讓我觸目驚心，從這一百多家農戶採樣了八百多份樣品，竟有七百五十六份樣品屬於轉基因產品，尤其是玉米的樣品，比率更是高達百分之九十八！老大，你說說，現在的形勢有多麼嚴峻。」

柳擎宇聽完，感覺到後脊背有些發涼。

柳擎宇可是非常清楚，老爸也曾經在白雲省任職過，他在任職期間對轉基因玉米、大豆就採取了多種措施進行打擊，卻沒想到，這麼多年過去，不僅轉基因玉米沒有絕跡，反而愈演愈烈，甚至有席捲全省的趨勢。

這實在是太嚴重了。怎麼辦？到底該怎麼辦？一時間，柳擎宇陷入了苦思之中。

沉思良久之後，柳擎宇才緩緩問道：「胖子，你說說看，為什麼瑞源縣會成為轉基因玉米和轉基因大豆種子的發源地呢？」

劉小胖苦笑道：「非常簡單，**官商勾結和外企壟斷是禍根**！如果沒有某些地方官員收受賄賂為這些外資種子企業大開方便之門，這些外企就不會那麼順利的把轉基因種子運進瑞源縣；如果不是某些官員利用手中的權力大力打擊國產的種子企業在瑞源縣的銷售、生存、運輸等環節，只要給他們一點點的利潤和活路，就不會斷絕正常種子的來源和途徑，也就不會讓外資種子企業在瑞源縣形成集團壟斷優勢，從而可以肆意的定價、漲價。

「雖然我的觀點有些偏激，但是我還是要說，我認為，你們瑞源縣的很多官員應該承擔主要責任！如果他們能夠稍微負責任些，不要那麼貪婪，就不會形成如今這種局面。」

聽了劉小胖的話，柳擎宇的臉色顯得更加嚴峻了。對劉小胖的話，雖然柳擎宇並不完全認同，但是他卻不得不承認，劉小胖的話還是相當有道理的。

從他的調研結果來看，正是因為瑞源縣的各級官員們為了自己的利益，甚至有些官員因為收取了賄賂，大力推動怡海集團和其他外資種子企業的種子品牌，對國產其他種子品牌進行大力打壓和排擠，從而導致瑞源縣成了三大外資種子企業壟斷的局面。

想到此處，柳擎宇的眼中閃過兩道強烈的殺氣，咬著牙道：

「如此看來，我在瑞源縣掀起的反腐聲浪還是不夠大啊，農業這種關乎國計民生的領域，竟然也成了重災區，這是我絕對不能容忍的！看來，**我有必要把反腐工作進行得更加深入、更加徹底了！**」

劉小胖道：「老大，亡羊補牢，為時未晚，趕快行動吧，否則的話，一旦今年春種開始，轉基因玉米和轉基因大豆、大米種子全面佔據瑞源縣的農田，恐怕到時候整個白雲省也將會成為轉基因的重災區啊！」

柳擎宇點點頭：「嗯，說得好，亡羊補牢，為時未晚啊！」

掛斷電話後，柳擎宇立刻陷入到深深的思考之中。

柳擎宇雖然心中充滿了殺氣和怒意，但是他也清楚，瑞源縣之所以會成為轉基因種子的重災區，絕對不是一朝一夕形成的，也絕對不是自己一句話或者一個會議就可以搞定的，這裡面肯定是涉及到了各方面的利益。比如說南華市農業局、白雲省農業廳，他們難道不清楚轉基因種子的事嗎？難道他們就從來沒有對瑞源縣或者白雲省的糧食進行定期的檢測嗎？

那是絕對不可能的。但是，這十幾年來竟然沒有一個檢測報告提到了轉基因種子的事，**是技術水準達不到，還是有人故意隱瞞不報呢？這裡面到底牽扯到多少人？多少利益？**

越想，柳擎宇越發感覺此事的重大和問題的嚴重。

但是他曉得這件事自己不能輕舉妄動，否則打草驚蛇就會牽一髮而動全身，就算自己背後有曾鴻濤的支持，但是在南華市上面就有可能被人給搞掉！那時候，曾鴻濤就算是想要拉自己一把都不可能啊！

菸！一根接一根的抽著！柳擎宇不斷地在辦公室內來回的踱步。

他十分煩躁！糧食安全，這可是關係到國計民生的大事啊！為什麼有些人根本不上心呢？甚至還有一些專家教授成天為轉基因產品奔走呼號！

也許轉基因技術的確是國家應該掌握的，但問題是，轉基因產品不應該把人類當成試驗品啊！

怎麼辦？我該怎麼辦？

柳擎宇整整思考了足足有兩個多小時，這才稍微想出了一絲眉目。

如果自己真的要對這件事動手的話，就絕不能打著針對轉基因種子的旗號去做事，否則的話，恐怕剛有動作，就要胎死腹中了。

對於這一點，柳擎宇還是有相當認知的。畢竟，**在官場之上，官大一級壓死人**，既然范金華敢在瑞源縣如此肆無忌憚的操作整個市場行情，甚至操縱整個白雲省的種子市場行情，要說他沒有夠硬的後臺是絕對不可能的。甚至他相信他們在省、市縣三級都有足夠強硬的後臺。這樣的話，自己一個小小縣委書記只要有所動作，立即就會被反制得死死的。

這件事要想真正從根源上袪除，就必須**要想一個萬全的辦法**，而且必須要**出其不意**，**以迅雷不及掩耳之勢發動攻擊**，**同時要把影響做足**，**引起大人物的重視**，**讓那些人不敢輕舉妄動**，只有如此，才有可能達到自己的目的。

決定了方法，**柳擎宇開始準備做局了**。

官場上，處處都有局。上下級之間有飯局，官商之間也有飯局、娛樂局、麻將局、牌局，這些局都是做出來的，都是為了達到某種特殊目的而營造的。

柳擎宇這一次也要做局。不過這一次他要做的局既不是飯局、娛樂局，也不是牌局，而是要**造勢**。

柳擎宇仔細研究過老爸的為官心得，從老爸的為官經歷中，柳擎宇發現了一個規律，那就是當自己無法掌控局勢，無法對局勢有任何的預判時，就要去做局，去造勢，要想辦法營造出一個對自己有利的局勢出來，一旦這種有利局勢做出來，自己就可以借勢、用勢，化被動為主動。

大致規劃了一下自己的行動方針後，柳擎宇立刻行動起來。

柳擎宇先撥通了宋曉軍的電話：「曉軍主任，你通知一下所有常委們，下午三點半到常委會會議室開會，另外通知一下主管農業的副縣長和農業局局長、副局長們也一起列席會議，討論一下今年春耕春種的問題。」

宋曉軍表示明白，連忙通知去了。

下午三點半，會議準時開始。

會議一開始，柳擎宇便開門見山的說道：「各位同志，我今天之所以讓宋曉軍同志臨時通知大家召開緊急常委會，是因為現在我們瑞源縣農業系統出現了嚴重的問題，如果再不解決的話，恐怕要出大事了。」

柳擎宇話一出，常委會上一下子安靜下來。

柳擎宇這話說得也太誇張了吧！只要老百姓有地種，有飯吃，還能出什麼大事啊。

魏宏林便當堂質問起來：「柳書記，農業系統出現了什麼問題？怎麼我這個縣長不知道啊？」

柳擎宇看了魏宏林一眼，臉色同樣不太好看地說：「魏同志，這就是我要批評你的地方了，身為瑞源縣的縣長，對農業領域出現的問題你竟然一無所知，看來，你真的需要好好的下基層調研一番了。」

說到這裡，柳擎宇停頓了一下才又說道：「魏同志，你可知道今年我們瑞源縣玉米、大豆及水稻種子的價格比去年整整貴了一倍，化肥、農藥的價格也比去年貴了百分之三十以上？」

魏宏林聽到這裡，不由得笑了出來：「柳書記，這種情況很正常啊，這是現在經濟形勢造成的，其他物價都在漲，種子和農資漲價是很正常的，沒有什麼好大驚小怪的吧！」

柳擎宇臉色一寒，沉聲道：「魏縣長，這就是你的態度嗎？」

魏宏林反問：「我的態度有什麼問題嗎？」

柳擎宇怒聲道：「當然有問題，這也是我為什麼說你需要去實地調研一下的原因！魏同志，你可知道，我們瑞源縣種子的價格比臨縣要高出快一倍，比臨市要高出三成到四成，農資的價格也是處高不下。明明是同樣品牌的種子和肥料，為什麼外地要比我們瑞源縣低那麼多？為什麼我們瑞源縣居高不下？

「魏同志，你可曾想過，按照現在的價格，農民們種植一畝地的玉米，一年下來有可能連一百塊錢都賺不了，要是遇到乾旱、水災什麼的，就會血本無歸，損失慘重？

「魏同志，你可知道現在很多農民都不願意種地了！瑞源縣現在荒廢的土地在逐年增加，這些到底是為什麼？瑞源縣可是種子大縣、農業大縣，按理說，農民的生活應該過得不錯，但是為什麼農民坐擁那麼多的土地，偏偏還要出去打工呢？

「因為農民靠土地賺不到錢啊！農民為什麼賺不到錢？因為層層盤剝實在是太多了！魏縣長，你應該真正為老百姓們想一想、調研一下，你知道這些年來，瑞源縣的老百姓日子過得是多麼艱辛嗎？糧食豐收了，外地糧價不錯，但是本地價格卻不高，還不讓往外運輸，魏縣長，你是睜眼瞎子嗎？他媽的！幹！」

柳擎宇越說心中的怒火越旺，忍不住爆了粗口。

魏宏林聽柳擎宇罵到後面還帶了髒字，怒火也一下子衝到頭頂，他沒想到柳擎宇竟然會對他爆粗口，這實在是對他天大的污辱。

魏宏林憤怒的用手指著柳擎宇道：「柳……柳擎宇，你竟然敢罵我！」

柳擎宇揚著頭道：「是，我就罵你，怎麼了！身為縣長，這麼多年了，你任由本地各種物價高於其他地區，卻偏偏沒有任何作為，難道你不該罵嗎？你知不知道老百姓是怎麼說你的？就差罵你跟那些商人相互勾結了，可惜他們沒有證據！」

柳擎宇臉色顯得異常難看。本來他今天並沒有打算和魏宏林翻臉，但是說著說著，柳擎宇的怒氣實在是無法忍受了，終於大爆發出來。

畢竟，柳擎宇不是那些宦海沉浮幾十年的老狐狸；他只是個心中充滿了正義感的年輕人，今年也才廿五歲！

當柳擎宇想起瑞源縣老百姓十多年來都要忍受比外地高不少價格的時候，他實在忍不住了！柳擎宇絕不相信這種價格落差是市場因素造成的，這裡面絕對有人謀不臧的因素在裡面！而瑞源縣一些官員不作為，甚至為虎作倀絕對要佔很大一部分因素。

柳擎宇這番話說完，孫旭陽的眉頭緊皺，看向柳擎宇的時候，目光中多了幾分異樣的神色。他一直以為柳擎宇是個城府頗深、少年老成的人，卻沒有想到柳擎宇也有如此衝動的一面。

魏宏林此刻火氣依然蹭蹭蹭的往外冒，怒聲道：

「柳擎宇，你不要血口噴人，我告訴你，各地的種子和肥料價格都是市場自己調節的，現在我們早已經不是計劃經濟時代了，各種物資的價格應該由市場自己來決定，我們地方政府不能隨意干預！我想，這一點你身為縣委書記不應該不知道吧？」

魏宏林決定進行反擊。

柳擎宇聽了，冷冷地說道：

「你有一點說得沒錯，市場經濟的確應該要讓市場去決定物資價格，但是身為地方政府的一把手，你也有責任去查看一下市場價格的增長是否符合市場規律，否則，如果有人故意囤積居奇、故意操控市場價格你也聽之任之嗎？正是因為你這種不負責任的態度，我們瑞源縣的種子價格和各種農資的價格才會如此虛高的。」

魏宏林冷笑道：「不負責任？我要是不負責任的話，恐怕價格比現在要高出一倍都不止！柳書記，你可能剛剛到我們瑞源縣還有所不瞭解，我們瑞源縣位於白雲省的最邊緣地區，地理交通十分不方便，另外，這裡由於氣候等諸多因素，各種種子和農業物品都需要特別訂製，這也是為什麼這裡價格高的原因。

「你知道把同樣一車種子運到我們瑞源縣，與運到南華市其他縣區的運費要差出多少來嗎？到底是你不做調研還是我不做調研？」

此時，魏宏林將心中壓抑著對柳擎宇的不滿全部傾洩出來，和柳擎宇針鋒相對的打起了擂臺賽。

柳擎宇聽到魏宏林這樣強辯，對他徹底死心，只是沉聲問道：「魏同志，我想問問你，你們縣政府到底有沒有打算讓我們瑞源縣的種子和農資恢復正常價格？」

魏宏林毫不猶豫的說道：「不好意思啊柳同志，我們正在努力的平抑物價，但是我認為，我們同時也要遵守市場規則，讓物價按照市場的規律去發展，過分干預市場，最終肯定會傷害我們瑞源縣本身！」

雖然魏宏林沒有明確表示否定的意思，但是他的話已經暗示了，這件事情我不管。

柳擎宇寒著臉，點點頭道：「好，既然魏同志這樣說，那這件事我親自來管，我就不信了，市場價格畸形高出外市一半，還能算是市場規律？」

說到這裡，柳擎宇直接喊來列席會議的物價局局長朱海龍道：

「朱同志，你身為物價局局長，對於種子和各種農資的市價擁有不小的發言權，現在我給你三天時間，把外地和本地的市場價格給我調查清楚，寫成報告交給我；同時，談一談你們物價局準備採取什麼行動來平抑彼此間的物價差距！如果你這次工作做不好的話，我看就直接引咎辭職吧！」

說完，柳擎宇臉色陰沉著看向朱海龍。

朱海龍心中那叫一個鬱悶啊，心說這真是躺著也中槍，莫名的被流彈掃到了尾巴。

但是他早對柳擎宇的強勢作風有所瞭解，知道這位縣委書記動不動就喜歡拿人家的官帽子，所以也只能硬著頭皮答應下來，目光卻充滿求救的看向了孫旭陽。他是孫旭陽的人。

孫旭陽看到朱海龍的求救眼神後，並沒有說什麼。

今天的氣氛讓孫旭陽十分警覺，他總有一種感覺，今天柳擎宇的表現有些太誇張了，如果是平時，柳擎宇絕對不會這麼武斷的，尤其是對物價局局長朱海龍的警告之語，雖然平時柳擎宇的確拿下了不少局長、副局長的官帽子，但是每一次都是先掌握了證據才直接拿下，但是這次，柳擎宇卻是提前警告對方，並且給出了條件，這就給了朱海龍一些緩和的餘地，這說明柳擎宇還是給自己一些面子的。

同時，他也注意到了柳擎宇這次行動有些異常。孫旭陽是個十分注重細節的人，柳擎宇這次不按常規操作辦事的風格，讓他認為柳擎宇絕對隱藏著其他的目的，雖然他暫時想不明白柳擎宇的目的到底是什麼，但是他認為自己在這時候切入其中，並不是什麼明智之事。

在這種分析推斷下，孫旭陽決定暫時採取隱忍策略，冷眼旁觀，看看柳擎宇推動這次**事件的背後到底有什麼深層的圖謀，伺機而動。**

見孫旭陽不搭理自己，朱海龍只能低著頭道：「好的，柳書記，請您放心，我一定會儘快把報告提交上去的。」

得到朱海龍肯定的答案，柳擎宇這才滿意的點點頭，掃視眾人說道：

「各位同志，我相信大家都應該知道一個道理，那就是當一個地區的某種商品物價超出了正常價格很高的時候，就說明一點，就是這個商品存在著兩種狀態，第一種是壟斷狀態，壟斷者利用其壟斷地位肆意推高定價，攫取利益；第二種則是有些人囤積居奇，控制貨源，從而導致物以稀為貴。

「不管我們瑞源縣的情況到底是以上哪種原因，甚至不屬於以上兩種範圍之內，但是我認為，瑞源縣平抑物價的行動必須要積極行動起來。既然魏同志不願意，或者不知道該怎麼行動，那麼這次行動由我柳擎宇全權負責，到時候魏同志可別說我柳擎宇手伸得太長！」

柳擎宇最後這段話直接給自己的行為下了定義，提前堵住了事後魏宏林有可能向上級領導告狀的路。

魏宏林心中那叫鬱悶，心說自己有些衝動了，早知道柳擎宇有意插手，還不如自己直接攬過此事來管呢，現在弄不好就要被排除在外了。

柳擎宇接著說道：「為了豐富我們瑞源縣種子和其他農資的種類和數量，我提議，召開種子和各種農資的農貿交易會，敞開大門迎接來自全國各地的種子商人和農資商人，帶著他們的產品走進我們瑞源縣，走進瑞源縣老百姓之中。

「我相信，有了充足的貨源，有了競爭，物資的價格一定會降下來的，老百姓們一定會享受到實惠。同時，透過這次農貿會，也是一次宣傳瑞源縣的大好機會，這對於我們未來招商引資工作能夠帶來很大的好處，今年招商引資工作我們還沒有什麼進展，透過這次全方位的展示，我相信今年我們縣的招商引資工作肯定會大有進步的！大家怎麼看？」

請續看《權力巔峰》12 鐵證如山

# 權力巔峰 卷11 悶棍女王

作者：夢入洪荒
發行人：陳曉林
出版所：風雲時代出版股份有限公司
地址：10576台北市民生東路五段178號7樓之3
電話：(02) 2756-0949
傳真：(02) 2765-3799
執行主編：朱墨菲
美術設計：吳宗潔
行銷企劃：林安莉
業務總監：張瑋鳳

初版日期：2020年4月
版權授權：蔡雷平
ISBN：978-986-352-808-1
風雲書網：http://www.eastbooks.com.tw
官方部落格：http://eastbooks.pixnet.net/blog
Facebook：http://www.facebook.com/h7560949
E-mail：h7560949@ms15.hinet.net
劃撥帳號：12043291
戶名：風雲時代出版股份有限公司

風雲發行所：33373桃園市龜山區公西村2鄰復興街304巷96號
電話：(03) 318-1378
傳真：(03) 318-1378
法律顧問：永然法律事務所 李永然律師
北辰著作權事務所 蕭雄淋律師

行政院新聞局局版台業字第3595號 營利事業統一編號22759935


**定價：270元**



國家圖書館出版品預行編目資料

權力巔峰 / 夢入洪荒著. -- 初版. -- 臺北市：風雲時代, 2020.03- 冊； 公分

ISBN 978-986-352-808-1（第11冊：平裝）--

857.7 109000686